# 마음의 눈으로 세상 읽기

구자균 외 지음

한국경제신문

## 책을 펴내며

수년 전 일입니다. 영국 외무성 장학금을 받고 웨일스로 연수를 떠나기 전 주한 영국 대사가 장학금 수혜자들을 위해 조촐한 환송회를 마련했습니다. 영국 대사는 이 자리에서 "당신들은 이제 영국의 스파이가 됐다"라고 웃으며 말했습니다. 앞으로 친영親英 인사가 되어달라는 애교 섞인 '협박'인 셈입니다. 세계 곳곳에 식민지 국가를 거느렸던 대영제국의 외교관다운 표현이라는 생각이 들었습니다. 영국 대사의 당부 때문인지 아니면 영국과의 소중한 인연 때문인지 공부를 마치고 업무에 복귀한 뒤 영국 대사관이 내놓는 보도자료나 행사에는 솔직히 한 번 더 눈길이 갔습니다. "어? 내가 진짜 영국 스파이가 된 거 아니야?"

《한국경제신문》에는 많은 고정 칼럼이 있습니다. 그중 '한경 에세이'는 역사와 전통을 자랑합니다. 여류 소설가 손장순 씨가 1998년 3월 30일자에 '젊은 대통령의 매력'이라는 글로 첫선을 보인 후 지난 10여 년간 독자들의 한결같은 사랑을 받아왔습니다. 지금까지 어림잡아 400명 가까운 필진이 칼럼을 빛내주었습니다. 한경 에세이는 말 그대로 에세이입니다. 기업 최고경영자, 문학가, 의료인, 행정가, 국회의원, 연예인, 학자 등 우리 사회 각 분야의 오피니언 리더들이 삶의 진솔한 이야기를 담아냅니다. 덕분에 독자들도 부담 없이 읽다 보니 한경의 최고 인기 칼럼 중 하나로 자리 잡았습니다. 독자들의 뜨거운 사랑에 보답하고자 오피니언부장으로 일했던 2009년 한 해 동안 신문에 실린 에세이 몇 편을 모아 책으로 펴냅니다.

이 칼럼을 통해 독자들과 소중한 인연을 맺은 한경 에세이 필진 여러분은 이제 《한국경제신문》의 '스파이'가 되었습니다. 실제 필자들은 우리 신문에 대해 남다른 관심과 애정을 보여주었습니다. 앞으로도 그 사랑만큼 우리 신문에 눈길 한 번 더 주고 칭찬은 물론 쓴소리도 서슴지 않았으면 합니다.

'없는 집에 제사 돌아오듯' 하는 데드라인에 쫓기면서도 가슴 훈훈한 글을 써주신 한경 에세이 필진께 거듭 감사드립니다. 이 책을 펴내는 데 힘이 되어준 김영규 전 편집국장(광고 담당 이사), 김정호 편집국장께도 고마운 마음을 전합니다. 또 회사 이익에 큰 도움이 안 되는데도 선뜻 책 출간을 맡아주신 김경태 한경BP 사장께 고개 숙여 감사드립니다.

김수찬

한국경제신문 기획부장(전 오피니언 부장)

# 차례

# 구자균 LS산전 부회장, jkkoo@lsis.biz

- 1957년생
- 고려대학교 법학과, 미국 텍사스 주립대학교 국제경영학 석사 및 재정학 박사
- 1993년 국민대학교 경영학과 교수
- 1997년 고려대학교 국제대학원 교수, LG산전 경영컨설턴트
- 2005년 LG산전 관리본부장 부사장
- 2007년 LS산전 대표이사 사업본부장 사장
- 2008년 LS산전 대표이사 CEO 사장

# 내 숨을 빌려드립니다

내 숨을 빌려드립니다 | 피카소의 경쟁력 | 마음의 벽

● ● ● 내 숨을 빌려줘서라도 함께 숨을 쉬며 위기를 헤쳐 나오는 다이버들처럼 노사가 서로 신뢰를 갖고 고통을 분담해야 하며, 협력 업체는 물론 경쟁사까지도 비즈니스 파트너로 인정해 효율을 극대화해야 현재의 위기를 슬기롭게 헤쳐 나갈 수 있다.

# 내 숨을 빌려드립니다

필자는 한때 시간 여유가 있을 때마다 스쿠버다이빙을 즐겼다. 서울시 수중협회 회장을 맡아 바다 속에 잠수한 횟수만도 2000번이 넘을 정도다. 바다 속 미지의 세계를 탐험하며 자연을 있는 그대로 감상하다 보면 자연의 이치를 깨우치는 묘한 매력에 빠지곤 한다. 물론 건강한 삶을 유지하는 데도 더없이 좋다.

간혹 룰을 어긴 다이버들이 예상치 못한 일을 당했다는 소식을 접하기도 한다. 하지만 필자는 철저한 사전 준비와 공부를 통해 스쿠버다이빙을 안전하게 즐겼으며, 많은 다이버가 아무런 문제 없이 취미 생활을 즐기고 있다.

비결은 간단하다. 스쿠버다이빙은 혼자가 아니라 적어도 다이버 둘이 짝을 이루어 서로 위험을 점검하기 때문이다. 입수하기 전, 자신의 장비가 아니라 상대방의 장비를 점검한다. 입수해서는 서로를 살핀다. 그러면 아무리 위급한 상황이 생기더라도 서로 도우며 헤쳐 나갈 수 있다. 이처럼 스쿠버다이빙은 상호 신뢰와 믿음을 전제로 하지 않고서는 제대로 즐길 수 없는 스포츠다.

기업도 요즘처럼 어려운 경영 환경을 헤쳐 나갈 수 있는 해법을 스쿠버다이빙이 주는 교훈에서 얻을 수 있지 않을까. 경영 위기가 심해질수록 노와 사, 더 나아가 자기 기업의 이익만을 좇다 공멸하는 사례를 흔히 보곤 한다. 이는 마치 심해에서 위기에 처했을 때 혼자만 살겠다고 발버둥치며 동료를 발로 차버리는 우를 범하는 꼴이다.

내 숨을 빌려줘서라도 함께 숨을 쉬며 위기를 헤쳐 나오는 다이버들처럼 노사가 서로 신뢰를 갖고 고통을 분담해야 하며, 협력 업체는 물론 경쟁사까지도 비즈니스 파트너로 인정해 효율을 극대화해야 현재의 위기를 슬기롭게 헤쳐 나갈 수 있다.

최근 불황 탈출을 위해 노와 사가 고통 분담을 선언하는가 하면, 대기업 경쟁사끼리 원료와 제품을 나눠 쓰기도 한다. 중소기업끼리 공장을 공유하거나 공동 브랜드를 개발해 경쟁력을 높이고 있다는 반가운 소식도 들린다.

필자의 회사도 노사 상호 신뢰를 바탕으로, 경영 컨설팅, 상생협력펀드를 통한 금융 지원, 미래 기술 공동 연구 등을 통해 협력 회사뿐만 아니라 업계의 상생相生을 위해 노력하고 있다. 이처럼 노사 간, 업계 간 상호 신뢰가 있기에, 불황의 파도를 슬기롭게 넘기고 더욱 강력한 경쟁력을 갖추게 되리라고 믿는다.

경제가 어렵지만 내 숨을 빌려주는 고통 분담과 신뢰가 전제된다면, 현재의 위기는 기업 체질을 강화하고 시장의 신뢰를 얻는 좋은 계기가 될 것이다. 우리 기업들은 공존공영을 위해 상대방 입장을 헤아리는 역지사지易地思之 정신을 다시 한번 되새겨볼 필요가 있지 않을까.

# 피카소의 경쟁력

필자는 대학 교수 시절 학회 참석 등으로 해외 여러 나라를 방문할 기회가 많았다. 짬이 있을 때 가끔 그 도시의 미술관을 찾아가 미술 작품을 감상하곤 했다.

입체파를 대표하는 현대 미술의 거장 피카소는 그만의 창의적인 3차 원적 인물 묘사로 유명하지만, 사실주의에서 초현실주의에 이르기까지 기법과 주제가 다양하게 변하는 다작으로도 유명하다. 그의 다작 비결 은 독창적인 3차원 묘사법에 있다. 그는 명작으로 불리는 그림의 소재, 구도, 배치를 벤치마킹 해 마음껏 재생산했다. 그가 기존 화가들처럼 사실주의적 기교를 바탕으로 소재와 구도를 짜내는 레드오션Red Ocean 에서 승부했다면, 피카소의 이름을 기억하는 이는 많지 않았을 것이다. 그는 르누아르, 뭉크, 고갱, 고흐 같은 거장들의 영향을 받으면서도 특 유의 표현법으로 자신만의 독특한 작품 세계를 창안해 20세기 최고의 거장이 될 수 있었다.

이처럼 융합의 천재인 피카소의 독창성과 변화에 대한 뛰어난 능력 은 최근 이종 산업 간의 융·복합화 현상이 급속히 진행되는 우리 기업

현실에 시사하는 바가 크다. 융·복합화는 고객과 시장의 전략적 가치를 변화시키고 있으며, 이는 곧 산업의 진화를 이루어낼 것이라는 데 의심의 여지가 없다.

사업 간 경계가 무의미해지는 융·복합 시대에 우리 기업들은 영유하는 사업만이 아닌 전체 산업 관점에서 핵심 역량과 중·장기 사업 전략을 재정립할 필요가 있다. 핵심 기술의 분류와 정의, 자원의 분배 방식에 대해 새로운 고민을 해야 한다.

필자 회사에서도 시장에 대한 재정의와 열린 연구개발Open R&D을 통해 시장 개념을 확장하여 전략을 수립하고 있다. 또 융·복합 시대에 적응하려면 기업 인재들 스스로 모든 가능성의 문을 활짝 열어 상상력이 경쟁력이 될 수 있어야 한다.

소니의 창업자 이부카 마사루가 트랜지스터의 가치를 이해하고 세계 최초로 트랜지스터라디오와 텔레비전을 상용화해 큰 히트를 쳤고, 미국의 실업가 록펠러가 남들이 인정하지 않는 자동차의 가치를 이해하고 석유 회사를 설립해 거대한 회사로 성장시켰듯이, 새로운 기술을 인정하고 수용할 줄 아는 마음을 가져야 한다.

융·복합이 가지는 의미는 수용, 흡수, 결합이다. 무엇보다 자신이 보유하고 있는 분야의 기술이 중심이고, 다른 기술들은 주변의 기술이라 여기며 자신의 것을 발전시키는 수단으로만 여겨서는 융·복합이 이루어지기 어렵다.

때로는 역발상을 해야 하며 주요 가치를 버릴 줄도 알아야 한다. 고객 입장에서 자신의 가치와 위상을 재정립하는 작업이 필요한 시점이다. 이제 기업의 경쟁력은 상상력과 아이디어를 바탕으로 고객의 새로운 가치를 찾아 빠르게 이동할 수 있는 역량에서 찾아야 할 것이다.

# 마음의 벽

최근 경기 침체와 맞물려 서로를 포용하는 우리 민족 특유의 가족애가 사라지고 있다고 한다. 이를 반영하듯 가족과 아버지를 소재로 한 신간 도서가 잇따라 나오는가 하면 연극과 뮤지컬에서도 경기 불황으로 어깨가 한층 무거워진 아버지를 재조명하는 공연이 진행되고 있다.

아들, 남편, 아버지, 직장인으로 1인 4역의 짐을 짊어진 이 시대 가장들은 요즘 같은 예기치 못한 경제 위기 속에서 자신의 정체성마저 잃어버리는 듯싶다. 왜 아버지들은 가정에서 소외감을 느낄까. 자식과는 세대 차이라는 벽, 부부간에는 성격 차이라는 벽 등 가족 구성원들에게서 느끼는 벽 때문이 아닐까 싶다. 가정에 눈 돌릴 틈도 없이 앞만 보며 달려오다 보니 이것이 결국 부부간의 갈등과 세대 간의 단절을 불러왔다고 볼 수 있다.

가정은 남녀가 만나는 데서 출발한다. 서로 다른 성장 배경을 지닌 남녀가 한 가정을 이루다 보니 상대방의 단점이 보이게 마련이다. 따라서 원만한 가정을 이루려면 서로의 단점을 이해하고 포용하려는 마음가짐과 자신의 감정과 생각을 솔직히 나눌 수 있는 태도, 상대방을 인격체로서 긍정적으로 대하는 가치관이 필요하다.

기업에서도 마찬가지다. 기업 내 생산, 연구개발, 영업, 관리 등 각 기능 부문들 간 부문 이기주의로 눈에 보이지 않는 벽이 존재하고, 결국 갈등으로 치닫는 사례를 간혹 볼 수 있다. 상사와 부하 직원 간에도 세대 차이로 인한 갈등, 상하 관계가 신분상 특권의 유무로 이해되어 발생하는 갈등 등 다양한 갈등이 존재한다. 이러한 갈등은 일처리를 더디게 하고 팀워크에 결정적 저해 요인이 된다.

하나의 통합된 조직 문화 속에서 다양성을 인정하고 유연한 조직으로 바꾸어나가는 일은 결코 쉬운 일이 아니다. 오늘날 조직이 살아 숨 쉬게 하고 조직원 서로가 신뢰를 바탕으로 공동의 목표를 향해 나아가는 데는 부문 간, 구성원 간 마음의 벽을 허물고 갈등을 해소하는 것이 무엇보다 중요하다. 이를 위해 필자 회사도 합리적으로 판단하는 '유연', 터놓고 이야기하는 '솔직', 자기 역할을 다하는 '자율', 배려하고 협력하는 '조화'를 기업 문화의 핵심 가치로 정해 부문 간, 구성원 간 마음의 문을 열고 신뢰를 쌓기 위한 활동을 하고 있다.

많은 시간이 필요하겠지만, 필자는 궁극적으로 구성원 간 마음의 벽을 허물고 개인의 창의와 자율을 존중하는 일하기 좋은 직장Great Workplace 인프라를 구축하고 싶다. 그리하여 아침에 일어나면 출근하고 싶은 회사, 구성원 자신의 꿈을 이룰 수 있는 회사, 누구나 다니고 싶어 하는 회사를 만들고 싶다.

가정의 행복이나 기업의 경쟁력을 위해 구성원들의 마음의 벽 허물기가 무엇보다도 선행되어야 하지 않을까.

## 이철휘 한국자산관리공사 사장, leech@kamco.or.kr

- 1953년생
- 서울대학교 무역학과, 일본 히토쓰바시 대학교 경제학 석사
- 1975년 제17회 행정고시 합격
- 1989년 재무부 과장
- 1992년 일본 대장성 재정금융연구소 연구위원
- 1996년 대통령비서실 경제비서실 총괄국장
- 1997년 주 일본대사관 재경관
- 2003년 재정경제부 국고국장
- 2004년 아시아개발은행 이사
- 2007년 재정경제부 대외 부문 부총리특별보좌관

# 위기와 기회

위기와 기회 | 인사 안 하면 역적? | 공직 소회

본래 '위기'라는 말 자체가 '위험'과 '기회'를 뜻하는 바를 모르는 것은 아니지만, 우리의 노력 여하에 따라 '위기'라는 말의 '위'와 '기'의 간극이 천 리 길이 될 수도 있고, 숨찬 고갯마루 뒤에 이어지는 평탄한 오솔길이 될 수도 있다. 다행히 우리는 이미 위기 극복의 경험을 기억하고 있고 국민적 결속력도 강하다. '위기'라는 말 본연의 뜻처럼, 우리 경제가 현재의 위험을 극복하고 새로운 기회와 발전적 변화를 만들 수 있도록 모두의 관심과 노력이 필요한 때다.

# 위기와 기회

오랜만에 일본 출장을 다녀왔다. 출장 전 심각한 글로벌 경제 위기 속에서 일본만은 금융 시스템이 붕괴하지 않았으므로 분위기가 그리 나쁘지 않을 것으로 예상했다. 그러나 막상 현지에 가보니 엄청난 공포가 경제·사회 전반을 압도하고 있었다. '잃어버린 10년'을 경험한 탓일까. 그야말로 급속히 얼어붙고, 그 누구도 희망을 이야기할 여유가 없이 그저 살아남는 것에만 집중하는 듯 보였다. 사실 미국과 유럽도 더하면 더했지 이보다 낫지는 않은 듯하다. 자유시장경제의 선봉에서 철칙으로 지켜온 각종 경제원칙을 뒤로하고 적극적인 정부 개입과 규제를 통해 생존에 올인 하는 형국이다.

이러한 상황에서 최근 우리나라의 분위기는 이례적이다. 위기에 대비해야 한다는 한목소리가 울려 퍼지는 가운데 일부에서는 약간의 낙관과 안도감마저 퍼져가는 듯하다. 결코 나쁘다고만은 할 수 없다. 그간 정부의 적극적인 대응에 따른 긍정 신호일 것이다. 더욱이 정부의 선도 아래 '위기는 기회'라는 대합창이 요원의 불길처럼 퍼져가는 점, 그 자체가 우리가 가진 바이탈리티일 것이다. 다만 그 과정에서 언제부

터인가 '위기'를 논하는 것보다 '기회'를 이야기하는 경향이 커지고 있
는 점에 대해서는 다소 걱정이 앞선다. 아직 본격적인 위기는 그 무서
운 실체를 드러내지도 않았는데 말이다.

태평양 너머에서 발생한 경제 쓰나미가 이미 대양을 가로질러 밀려
오는 상황에서 방책을 쌓거나 고지대로 피난하기보다 쓰나미 이후의
여건 선점을 위해 도로 보수공사나 집 담벼락 외장 공사에 힘쓰는 경우
가 있어서는 안 될 것이다.

이런 상황에서 구호에만 그치지 않고 '위기'를 진짜 '기회'로 만들려
면 먼저 살아남아야 한다. 이를 위해서는 위기에 대한 정확한 분석과
이해가 선행되어야 한다. 사실 지난 외환 위기 때도 우리는 무슨 일이
벌어신 것인지, 그 위기의 신성한 배경이 무엇인지도 모르는 채 어려움
을 겪었다. 그래서 그 충격은 더 컸고, 회복 과정에서 많은 희생을 감수
할 수밖에 없었다. 위기를 극복하기 위한 사회 구성원 모두의 희생과
인내가 대전제가 되어야 함도 분명하다. 더욱이 '임기응변'이나 '새용
지마'와 같은 경험적 대처로는 자칫 위기를 키울 수 있다는 점에서 더
철저하고 세심한 대비와 마음가짐이 필요하지 않을까 생각한다.

본래 '위기'라는 말 자체가 '위험'과 '기회'를 뜻하는 바를 모르는 것
은 아니지만, 우리의 노력 여하에 따라 '위기'라는 말의 '위'와 '기'의
간극이 천 리 길이 될 수도 있고, 숨찬 고갯마루 뒤에 이어지는 평탄한
오솔길이 될 수도 있다. 다행히 우리는 이미 위기 극복의 경험을 기억
하고 있고 국민적 결속력도 강하다. '위기'라는 말 본연의 뜻처럼, 우리
경제가 현재의 위험을 극복하고 새로운 기회와 발전적 변화를 만들 수
있도록 모두의 관심과 노력이 필요한 때다.

# 인사 안 하면 역적?

　　　　　　　　　　　　새해다. 손수 적은 연하장부터 이메일과 휴대전화 문자 메시지까지 지인들에게서 "새해 복 많이 받으세요"라는 신년 인사가 폭주하는 시기다. 시도 때도 없이 울려대는 문자 메시지 도착 소리로 잠을 설친 탓에 올해도 어김없이 부스스한 신년 아침을 맞이하게 되었지만, 메시지를 하나하나 읽다 보면 그 사람과의 인연과 추억이 떠올라 빙그레 웃음 짓게 된다.

　사람들의 만남은 인사로 시작해 인사로 끝난다. 말 그대로 인사人事란 사람人을 섬기는 일事로, 삶에 가장 기본이 되는 일이다. 바쁜 출근 시간 엘리베이터에서 만난 직원들에게 활기차고 예의 바른 인사를 받는 날이면 왠지 기분 좋은 하루를 보내게 된다. 고개 숙여 인사하는 모습을 통해 관심과 배려의 마음이 느껴지기 때문이다.

　이처럼 다른 사람에게 자신의 허리를 굽혀 인사하는 자세는 단순히 예의를 차리는 것보다 더 중요한 의미가 있다. 남에게 고개를 숙임으로써 상대방에 대한 관심, 존중, 배려의 마음을 표현하는 동시에 자기를 낮추는 겸허함을 갖는다. 인사는 상대방에게 하는 것이지만 결국 자기 자신에게 하는 것과 마찬가지라는 것을 최근에야 깨달았다. 그런데 세계 어느 나라 사람보다 정이 많고 친절한 우리나라 사람들은 자존심이 세고 쑥스러움이 많아서인지 남에게 깊이 허리 숙여 인사하는 일에는 서툴다.

얼마 전 해외에서 열린 우리나라 기업인 회의에 참석한 적이 있다. 우렁찬 박수 속에 회의를 주최한 대표께서 참석자들에게 첫 인사를 하는 모습을 본 필자는 순간 당황스러웠다. 잔뜩 힘이 들어간 어깨에 뻣뻣한 자세로 고개를 숙이는 둥 마는 둥 인사하는 모습이 마치 영화에서 본 조폭 두목과 닮아 있었다. 물론 그분이 그 자리에 참석한 사람들을 가볍게 여겨 그랬을 리는 없다. 문제는 평소에 별생각 없이 그런 인사를 주고받는 것이 우리 사회의 습관이 된 것이다.

이에 비해 일본인들의 결벽증에 가까운 인사성은 잘 알려진 사실이다. 오랜 공직 생활을 일본에서 경험한 필자 역시 만나고 헤어질 때마다 서너 차례씩 90도 가깝게 허리 숙여 인사하는 그곳 사람들에게 답례하느라 처음 얼마간은 허리에 파스를 붙이고 생활해야 할 정도였다. 하지만 그들을 흉내 내 허리를 깊이 굽혀 공손히 인사해보니 왠지 마음이 가라앉고 차분해지는 것을 느낄 수 있었다.

인사성 하나만 보아도 그 사람을 알 수 있다고 했다. 오죽하면 선조들은 "군자가 예절이 없으면 역적이 되고, 소인이 예절이 없으면 도적이 된다"(명심보감)라는 살벌한 말로 자녀를 교육했을까. 요즘은 인사 잘하는 아이가 커서 돈도 잘 번다며 영어 단어 대신 인사 제대로 하는 법을 먼저 가르쳐야 한다는 웃지 못할 이야기도 들린다.

경제 위기로 힘든 한 해를 보내게 될 것 같다. 모쪼록 관심과 배려가 담긴 인사로 서로에게 위안과 힘이 될 수 있었으면 좋겠다.

# 공직 소회

  필자는 32년간의 공무원 생활을 무탈하게 끝내고 공기업 경영자로 새로운 일을 하고 있다. 박봉에 힘들고 지칠 때도 있었지만 그만큼 국가와 국민에게 봉사한다는 자부심과 긍지로 보낸 후회 없는 시절이었다. 처음 공직 생활을 시작한 1970년대 후반만 해도 모두가 어렵고 가난한 시절이었다. 가업이라도 물려줄 부모가 있다면 모를까, 그저 공부 열심히 해서 은행 또는 대기업에 들어가거나 공직에 진출하는 두 갈래 길이 당시 젊은이들 대부분이 선택할 수 있는 꿈이자 희망이었다. 그만큼 공직은 선망이었다.

  세태가 변하고 사회가 다양해지면서, 당연한 일이겠지만, 그간 공직에 대한 인식과 생각에도 변화가 많았다. 무엇보다 공직에 대한 자부심이 떨어졌고 공직을 바라보는 주변의 시각도 예전만 못하다. 가끔 후배들이 안쓰럽게 느껴질 정도다. 필자 역시 민간금융기관장들과 함께하는 모임에 참석할 때면 공기업 기관장들을 바라보는 그분들의 태도에서 이 같은 변화를 느끼곤 한다. 물론 자격지심이겠지만, 연봉과 능력이 비례하는 현실에서 자기들 연봉의 10분의 1밖에 안 되는 봉급을 받고 일하는 공기업 기관장들을 내려다보는 듯한 시선이 이해가 안 가는 바도 아니다.

이처럼 그간 공직에 대한 많은 인식의 변화가 있었지만 고금동서에 아직 변하지 않은 것이 한 가지 있다. 바로 '공직의 무서움'이다. 공직의 무서움에 관해서는 기원전 법가를 대표하는 탁월한 이론가로 중국 진시황의 총애를 받았던 한비자가 모함으로 죽임을 당하면서 관직에 나선 일을 후회했던 일이나 '공직에 나서는 것은 멸문지화滅門之禍로 들어서는 길'이라며 후손들이 벼슬길에 나서는 것을 만류했다는 선인의 이야기까지, 예로부터 이를 경계하는 일화가 셀 수 없이 많다.

공직에 몸담았던 분들이라면 모두 고개를 끄덕이겠지만 필자 역시 공직 생활을 할수록, 더 어려운 자리에 올라설수록 공식의 무서움을 절감하곤 했다. 물론 이는 시시포스의 바위처럼 국가와 국민에게 봉사하는 공직자가 짊어져야 할 숙명인지 모른다. 하지만 평소 철저한 자기 관리와 투철한 사명감으로, 도천지수(盜泉之水 : 아무리 목이 말라도 도둑 도 자가 들어 있는 이름의 샘물은 마시지 않는다는 뜻)의 자세로 공직을 수행하신 분들조차 시끄러운 일에 본의 아니게 연루되는 모습을 보면서 그 무서움을 더욱 실감한다. 더욱이 자신의 결백을 스스로 밝혀야 하는 것이 얼마나 어렵고 고통스러운 일일까 생각하면 정말 두렵다.

우리 사회의 투명성과 효율성이 신장된 만큼 공직자에 대한 국민들의 요구수준도 높아지는 현실에서 공직에 대한 자부심과 긍지보다 어려움과 두려움만 배가되는 것 같아 안타깝다. 민간 부문 못지않게 사명감과 능력을 두루 갖춘 우수한 인재들이 공직에 진출해서 국민에 대한 차원 높은 봉사의 기회를 갖게 하는 일 또한 우리 국가의 미래 경쟁력과 직결되는 중요한 일이기 때문이다.

## 조윤선 한나라당 국회의원, yscho2008@hanmail.net

- 1966년생
- 서울대학교 외교학과 졸업, 미국 컬럼비아 대학교 LLM(법학 석사)
- 1991년 제33회 사법고시 합격
- 1994년 김&장법률사무소 변호사
- 2002년 미 연방항소법원 근무, 제16대 대통령선거 한나라당 선대위 공동대변인
- 2007년 한국씨티은행 부행장 겸 법무본부장
- 2008년 한나라당 대변인, 제18대 국회 정무위원회 위원
- 저서 : 《미술관에서 오페라를 만나다》

# 나의 스승 꽃나무

나의 스승 꽃나무 | 외할머니의 사랑 | 반려

● ● ● 　2008년 의원회관으로 사무실을 옮기면서 이 꽃나무를 또 데려왔다. 이 꽃나무는 그 어떤 것에서도 내가 쏟은 정성만큼만 거둬들일 수 있다는 것을 가르친다. 자식도, 직장 생활도, 친구도, 또 내 자신마저도 결국 모두 정성을 들이지 않으면 금방 황폐해질 수밖에 없다는 것을…… . 일에 쫓기는 나와 눈을 마주칠 때마다 이 엄청난 가르침을 주는 것이다.

# 나의 스승 꽃나무

내 사무실에는 내가 가는 직장마다 함께 다니는 꽃나무가 한 그루 있다. 8년째 키우는 중국산 재스민 나무다. 작고 하얀 꽃이 수국 송이처럼 무더기로 핀다. 한두 송이만 피어도 사무실 문을 들어서면 방 전체에 진한 라일락 같은 향기가 난다. 처음 들였을 때는 나보다 키가 작았는데, 이제는 나보다 크다. 자태도 무척 곱다.

로펌 변호사 생활은 아침에 출근해 컴퓨터 부팅 하는 시간도 아까울 정도로 격무였다. 촌음을 다투는 생활이었지만, 꽃나무를 들여놓은 후에는 출근하자마자 꽃나무를 살피는 것으로 일과를 시작했다. 매일 아침 출근하자마자, 그리고 아주 잠시 한숨을 돌릴 여유가 생기면 어김없이 꽃나무를 살폈다. 집이건 사무실이건 햇빛이 잔뜩 들어오는 남향을 좋아하는 나는 남향으로 난 창문 앞에 꽃나무를 놓고 하루에도 몇 번씩 햇빛을 골고루 받도록 화분을 이리저리 돌려주곤 했다.

주말을 지내고 월요일 아침에 출근하면 마치 지난 일주일간 나의 애정에 보답이라도 하듯, 꽃나무에는 예닐곱 군데 새 이파리가 돋아 있곤 했다. 물을 흠뻑 주는 월요일 아침이면 몇 군데나 새순이 돋았나 세어 보는 것이 작은 행복이었다. 갓 피어난 투명한 이파리는 꽃보다 더 고 왔다.

그렇게 얼마나 지났을까. 어느 날 문득 나는 몇 달이 지나는 동안 한 번도 꽃을 피우지 않았다는 사실을 깨달았다. 마음속으로 서운했다. '너는 내가 이렇게 예뻐하는 데도 어쩜 꽃 한 번을 안 피우니…….'

그 주말이 지나고 월요일 아침에 출근해 나무를 살펴본 나는 정말 소스라치게 놀랐다. 거짓말처럼 꽃망울이 올망졸망 맺혀 있는 것이었다. 스무 송이는 족히 되는 것 같았다. 감격스럽기도 했지만, 한편으로 꽃나무가 내 말을 알아듣는다고 생각하니 그 무거운 마음은 형언할 수 없었다. 행여 내가 꽃나무에 신경 쓸 여유가 없어지기라도 하면 곧 숙어 버리지나 않을까 싶은 생각에 무섭기도 했다. 마치 첫아이가 아팠을 때 아이의 생명이 내 두 손에 쥐어진 양 무서웠던 책임감과 같았다. 꽃나무가 마치 내 셋째 아이 정도 되는 듯했다.

2008년 의원회관으로 사무실을 옮기면서 이 꽃나무를 또 데려왔다. 이 꽃나무는 그 어떤 것에서도 내가 쏟은 정성만큼만 거둬들일 수 있다는 것을 가르친다. 자식도, 직장 생활도, 친구도, 또 내 자신마저도 결국 모두 정성을 들이지 않으면 금방 황폐해질 수밖에 없다는 것을……. 일에 쫓기는 나와 눈을 마주칠 때마다 이 엄청난 가르침을 주는 것이다.

우연히 만나 좋은 인연을 맺은 이 꽃나무는 밤늦도록 내 사무실을 함께 지키는 친구이자 스승이다.

# 외할머니의 사랑

　　"애야, 내 손 좀 보거라. 이렇게 애기같이 작아졌구나." 어느 날 친정어머니의 꿈속에 돌아가신 외할머니가 나오셔서는 손을 보여주시며 하신 말씀이라고 어머니는 스님 앞에서 이야기를 꺼내셨다. 스님과 우리는 아마도 외할머니가 다시 환생을 하셨나 보다고 해몽을 했다. 생전에 그토록 넉넉한 인품을 지니셨던 외할머니가 미처 윤회의 틀을 벗어나지 못하셨다는 것이 나는 못내 아쉬웠다.

　　어릴 때부터 외조부모와 함께 살았던 나는 특히 외할머니의 각별한 사랑을 받으며 자랐다. 고 2 겨울방학을 맞으면서 느닷없이 대입 준비를 한다는 각오로 친구들과 도서관에 가기 위해 새벽 6시에 버스 정류장에서 만나기로 했다. 평소에는 찾지도 않던 도서관에 가려고 깜깜하고 추운 새벽에 일어나 준비를 하니 서럽기도 했지만, 매일 아침 천근만근 몸이 제대로 일어나지지 않았다. 외할머니는 그 새벽에 밥을 먹여 보내시겠다고 새로 밥을 해주셨지만, 여고생들이 흔히 그렇듯 그 시간에 도대체 입맛이 나지를 않았다. "너구리 라면을 끓여주지 그랬어"라며 지금이라면 상상조차 할 수 없는 투정을 부리고, 밥에는 손도 안 대고 집을 나섰더니 그 다음 날에는 식탁에 밥도 차려져 있고 '너구리 라면'도 끓여져 있었다.

어느 날엔가는 버스 정류장에 가면서 문득 집을 뒤돌아보았다. 4층 아파트 베란다에서 정류장 쪽을 내려다보고 계신 할머니가 보였다. 도서관에 가기 시작한 지 3주는 지났을 때였다. 이제까지 매일 할머니는 저렇게 내가 버스 정류장 가는 것을 내려다보고 계셨구나 생각하니 눈물이 핑 돌았다. 그래도 그때는 철이 덜 들어 아침에 밥투정하기를 그치지 않았던 것 같다.

외할머니는 내가 대학에 들어가는 것은 보셨는데, 졸업하는 것은 못 보고 돌아가셨다. 이따금 고 2 겨울방학과 외할머니에 대해서 이야기할 때면, 웃으며 이야기를 시작하다가도 곧 눈물이 나왔다. 20년도 더 흘러서 이제는 괜찮겠지 하고 이야기를 꺼내도 이내 같은 대목만 되면 또 눈물이 나왔다.

딸에게는 엄격하고 치열하기를 바라셨던 친정어머니도 나의 딸들에게는 천생 외할머니다. 내가 이렇게 쉬운 시험 문제를 틀려 오는 것이 말이 되느냐고 펄펄 뛰면, 친정어머니는 한없이 관대한 표정으로 "아직 어린데 어떻게 그렇게 매번 잘하길 바라니" 하신다. 애들이 "할머니, 나 털목도리" 하면 하루가 채 지나기 무섭게 털목도리를 짜 애들 손에 쥐여주신다.

외할머니의 손녀 사랑에 친정어머니는 약간 비켜나 계셨다. 나 역시 친정어머니의 손녀 사랑에 약간 비켜나 있다. 같이 있는 절대 시간이 짧아 애들을 거의 전화로 키우다시피 하는 나는 두 딸에게 이렇게 이야기하곤 한다. "엄마가 지금은 비록 바쁘지만, 은퇴하면 지금 외할머니가 너희들 봐주듯이 나도 너희 애들을 봐줄게. 지금은 엄마를 조금만 봐줄래?" 언제나 바쁜 엄마의 민망한 변명이다.

# 반려

지난 금요일 안성에 다녀왔다. 몇 년 동안 병원 신세를 지셨던 작은외할머니께서 운명하셨다는 소식을 듣고서였다. 우리 외할아버지가 맏형이셨고, 안성 작은할아버지는 삼남이셨다. 슬하에 아들 다섯, 딸 하나를 두셨다. 손자 셋에 손녀 아홉이 모두 대학을 졸업했고, 증손녀도 하나 있다. 올해로 할아버지는 아흔둘, 할머니는 아흔하나 되셨고, 두 분이 60년 이상 해로하셨으니 요즘 보기 드물게 다복한 분이셨다.

두 분은 서울에 자주 올라오셨다. 봄이면 덕수궁 미술관에 국전을 보러 오셨고, 때때로 특별한 전시회가 있어도 올라오셨다. "너도 가쟈" 하시면 나도 두 분을 따라나섰다. 할머니가 노환으로 병원에서 몇 년을 보내셨는데도 할아버지는 하루도 거르지 않고 곁에서 수발을 든다는 이야기를 자주 전해 들었다. 하루를 거르기는커녕 어떤 날은 두 번도 가신다고 했다. 그런데도 할머니는 할아버지를 보면, 왜 그렇게 자주 오지 않느냐며 원망하신다고 했다.

할아버지는 자상하셨고 할머니는 호방하셨다. 환갑이 훨씬 넘었을 때 두 분은 자전거를 타기 시작하셨다. 두 분이 나란히 자전거를 타고 동네를 다니니 주변 분들이 참 보기 좋다고 했던 것 같다. 할머니가 매일같이 할아버지를 따라나서 자전거 타시느라 그만 무리를 해서 몸져누우셨다는 소식이 어느 해인가 명절날 화젯거리가 되었다. 그때 중학생이었던 나도 참 듣기 좋았다.

할아버지는 병원에 계시지 않았다. 내가 기억할 수 있는 가장 오래된 장면부터 두 분은 언제나 함께 계셨는데……. 밤이 많이 늦었지만, 올라오는 길에 할아버지 댁에 들렀다. 절을 받은 할아버지는 이내 할머니 말씀을 하셨다. "나도 이제 곧 따라가야지. 할머니 편히 보냈으니 이제 할 일도 다했고……." 할아버지 말씀에는 절망이나 포기가 묻어나지 않았다. '오늘도 하루가 가는구나' 하시는 듯 담담했나.

"자전거를 한참 타고 나서는 80cc짜리 스쿠터 두 대를 월부로 사서 신나게 탔지. 그 스쿠터로 안성을 떠나 막내아들 내외가 사는 부산까지 간 적이 있어. 대구까지는 갔는데 시내가 하도 복잡해서 길을 물어보았더니, 그걸 타고 어떻게 부산까지 가느냐며 놀라더라고. 안성에서 대구까지 갔는데 말이야."

할아버지는 자식들에게서 칠순 선물로 빨간 프라이드를 받으셨다. 할아버지는 할머니를 옆에 태우고 전국을 안 다닌 데가 없다고 하셨다. 할머니가 거동을 못하시자 휠체어까지 싣고 공원으로 드라이브를 다니셨던 추억을 끝으로, 할아버지는 두 분이 함께한 긴 세월을 반추하셨다.

두 분, 참 화목하셨다는 말씀에 할아버지는 "그래, 같이 산 지 올해로 67년이네. 참 잘 살았어. 그게 꼭 사랑이라기보다는……. 그냥 둘이 뭐든지 같이했지"라고 하셨다. 서로가 서로에게 진정한 반려였던 할아버지 내외의 모습은 마치 오래된 영사기에서 돌아가는 흑백 활동사진처럼 참 애잔한 잔상을 남겼다.

## 구영배 G마켓 공동대표, kuyb@gmarket.co.kr

- 1966년생
- 1991년 서울대학교 자원공학과 졸업, 슐룸베르거 근무
- 1999년 인터파크 전략기획실
- 2000년 G마켓 사업 총괄
- 2001년~현재 G마켓 대표
- 2007년 LS산전 대표이사 사업본부장 사장
- 2007년 벤처기업협회 철탑산업훈장

# 탐구 생활

탐구 생활 | 손을 더럽혀라 | 관성과 권태

경험과 지식에 기초해 새로운 지식을 검증하려 노력하고, 자신에게 익숙한 경험과 지식도 새로운 정보와 현상에 비추어 재해석해보는 자세가 필요하다. 이처럼 열린 마음으로 탐구한다면 책을 읽고 공부하는 것이 진정 생산적이고 발전적인 투자가 될 것이다.

# 탐구 생활

매년 새해가 되면 책을 많이 읽고 공부를 열심히 하겠다고 결심하는 사람이 많다. 필자의 새해 계획 중 하나도 책을 읽으면서 머리에 지식을 채우고 마음의 여유를 찾겠다는 것이다. 하지만 직원들이 업무 능력 향상을 위해 공부하겠다며 어떤 책을 읽는 것이 좋은지 물을 때마다 필자는 책 좀 그만 읽으라고 답하곤 한다.

사실 책을 많이 안 읽은 사람이라 무슨 책이 좋은지 모르기도 하지만, 책에 모든 답이 있고 책에 쓰인 것은 모두 진리라고 생각하거나 암기된 지식만을 쌓아가는 경향에 대한 우려가 담긴 대답이기도 하다. 책을 많이 읽는 것은 두말할 필요 없이 좋은 일이다. 경험하지 않고도 다양한 분야에서 폭넓은 지식을 습득할 수 있으며 책을 통해 사물과 인간관계, 특정 사안에 대한 통찰력까지 기를 수 있다. 물론 마음의 양식을 쌓고 다양한 교훈도 얻는다. 하지만 간혹 책에 있는 방법이 정답이라 생각하고 맹목적으로 책에 의지하는 경우를 본다.

이러한 방식으로 책을 읽다 보면 결국 지식을 자신의 시각으로 받아들이지 못하고 정보를 암기하면서 틀에 얽매이는 사고방식을 갖게 될 수도 있다. 문제의식을 갖고 스스로 답을 찾으려고 생각해보는 시도가 중요한데도 항상 책에서 본 대로 따라가면 자신이 처한 문제가 해결되리라고 믿는 경우가 많다는 것이다. 이렇다 보니 학구열이 뜨겁고 지식이 풍부한데 오히려 문제 해결 능력은 떨어지는 사람들을 종종 보게 된다.

우리는 점점 더 빠르고 역동적으로 변하는 세상에 살고 있다. 회사에서도 관행이나 업무 매뉴얼에만 의존해서는 현재 직면한 문제를 해결하기 어렵다. 그래서 책이나 학원 등 다양한 경로를 통해 더 많은 지식을 충전하고 싶어 하는 욕구도 강하고 광범위해진 것 같다.

그런데 새롭게 쏟아지는 지식의 양이 너무 방대해 이를 따라가기가 쉬운 일이 아니다. 학교에서 보는 시험과 달리 실제 생활에서는 아무리 공부를 많이 해도 아는 것을 그대로 대입해 풀 수 없는 경우가 많다. 특히 기업에서 그렇게 풀어서는 경쟁력이 없다. 따라서 필자는 학습을 통해 지식을 확대하려는 노력보다 선행되어야 할 것이 스스로의 경험과 지식을 기반으로 문제를 해결하려는 탐구 자세라고 생각한다.

일반적으로 사람은 학습 후 배운 내용을 적용하고, 한 단계 나아가 응용력을 기르고, 창조성을 키우게 된다. 필자는 학습과 적용은 독서와 훈련을 통해 얻을 수 있지만 응용력과 창의력은 많은 고민의 시간을 보내야 얻을 수 있다고 생각한다.

경험과 지식에 기초해 새로운 지식을 검증하려 노력하고, 자신에게 익숙한 경험과 지식도 새로운 정보와 현상에 비추어 재해석해보는 자세가 필요하다. 이처럼 열린 마음으로 탐구한다면 책을 읽고 공부하는 것이 진정 생산적이고 발전적인 투자가 될 것이다.

# 손을 더럽혀라

　　　　　　　　　　새 출발을 알리는 졸업 시즌이 다가왔다. 사회 진출을 앞두고 어떤 분야에서 어떻게 하면 일을 잘할 수 있을지 걱정 반 기대 반인 사람들도 있을 것이고, 누가 보기에도 멋있어 보이는 일을 하겠다며 다부진 결심을 하는 사람들도 있을 것이다.

　졸업 후 첫 직장으로 석유 탐사를 하는 회사에 입사해 엔지니어로 일하던 때가 떠오른다. 필자가 속한 팀에는 기계를 직접 만지고 관리하며 업무를 지원해주는 오퍼레이터가 있었는데, 신입 사원들도 해당 업무를 해야 하는 경우가 있었다. 하지만 컴퓨터 앞에서 연구만 하는 엔지니어와 달리 손과 옷이 더러워지는 업무를 적극적으로 하겠다고 나서는 이는 많지 않았다. 필자 역시 처음에는 다른 분야의 일까지 굳이 해봐야 하나 하는 생각이었지만 막상 기계를 다루어보니 옆에서 보는 것과는 큰 차이가 있었다. 필자는 그때부터 "손을 더럽혀라Make your hands dirty"라는 말처럼 경험을 최고의 자산이라고 생각하게 되었다.

　직업에 귀천이 없다지만 3D라는 말이 있듯이 우리는 직업과 업무에 대한 구분과 가치판단을 많이 하는 편이다. 수준이 낮다는 편견에, 시간 낭비라는 생각에, 또는 다른 사람이 보았을 때 대단해 보이지 않아 그 일을 하지 않으려는 경우도 보게 된다. 하지만 프로가 되려면 밑바닥에서부터 다양한 일을 해보는 것이 중요하다. 이런 경험은 조직의 리더에게도 필수다. 구성원이 능력을 최대로 발휘할 수 있는 업무 환경을 만드는 것이 리더의 역할인데, 다양한 업무를 직접 경험해보면 누가 어느 곳에서 가장 효율적으로 일할 수 있는지 자연스럽게 알게 되기 때문이다.

사업 초기부터 지금까지 필자는 온라인쇼핑을 통해 전자 제품이나 생필품뿐만 아니라 생선에 이르기까지 다양한 상품을 직접 구매한다. 고객의 입장에서 경험해볼 수 있어 아무리 바빠도 물건을 직접 사고 서비스를 이용한다. 쇼핑을 하다 고쳐야 할 짐을 발견하면 지체 없이 담당자에게 연락을 하기 때문에 몇몇 직원은 우스갯소리로 필자를 가장 까다로운 고객이라고 말한다. 물론 실무자들의 보고를 받는 것으로 현황을 파악할 수도 있다. 하지만 고객, 영업 사원, 서비스센터 상담원 등 다양한 역할을 직접 수행해보는 과정이 공학도였던 필자에게는 마케팅 이론을 아는 것 못지않게 소중한 경험이었다. 이런 과정을 통해 고객이 불편했던 점이나 현장에서 일하는 실무자들의 업무 환경 등에 대해 좀 더 고민하고 이해할 수 있었다.

단지 눈으로 보고 귀로 듣는 것과 직접 손을 내밀어 잡아보는 것은 큰 차이가 있다. 손이 좀 더럽혀지면 어떠랴. 경험하지 못하면 알기 어려운 문제점을 볼 수 있고 다양한 가능성을 발견할 수 있다면 말이다. 일회성 체험이 아닌 낮은 곳에서부터 진정으로 경험해보는 것. 그것이 바로 프로가 되는 첫걸음이 아닐까.

# 관성과 권태

얼마 전 〈꽃보다 남자〉라는 드라마가 젊은 시청자들에게 인기를 얻었다. 자극적이라는 지적도 있었지만 기존에 등장한 적이 없는 새로운 캐릭터와 빠른 전개로 높은 시청률을 기록했다. 이미 만화로 선보였던 작품인데도 다시 인기를 끈 이유가 궁금했다. 몇몇 직원과 이야기를 나눠보니 드라마에는 또 다른 재미 요소가 있어 계속 보게 되는 중독성이 있다고 했다.

필자도 좋아하는 프로그램을 볼 때면 자연스레 채널을 고정하게 된다. 시청자가 계속 봐주기를 바라는 것은 드라마뿐만이 아니다. 시청자 대신 고객이라는 차이만 있을 뿐, 우리에게만 시선을 고정해주길 바라는 것은 비즈니스 세계에서도 통용되는 이야기인 것 같다.

온라인 비즈니스에서 필자가 가장 어렵다고 생각한 부분 역시 고객 관계다. 초기에는 더 많은 고객을 끌어 모으는 것이 중요해 회사 인지도를 높이는 데 힘을 쏟았다. 규모가 커지면서 차별화된 서비스로 기존 고객을 붙잡는 데 집중했다. 하지만 사업이 자리를 잡자 또 다른 고민이 생겼다. 아무리 관리를 잘해도 밑 빠진 독에 물 붓기처럼 어쩔 수 없이 빠져나가는 고객도 있다는 것을 알게 된 것이다. 결국 고객을 더 많이 끌어들이고 더 오래 유지하는 것만으로 비즈니스의 반은 성공이라는 생각을 하게 되었다.

고객의 시선을 우리에게만 고정시킬 방법은 없을까. 필자의 짧은 경험에 따르면 고객의 '관성'과 '권태'를 어떻게 유지하고 해소하는가에 그 답이 있다. 움직이는 물체는 계속 움직인다는 관성은 물체의 기본 속성인데, 온라인쇼핑에서도 고객의 구매 경험이 어느 정도 축적되면 계속 동일 쇼핑몰을 이용하는 특성이 있어 이를 잘 유지시켜야 한다. 또 물체도 마찰이 있으면 정지하듯 고객 역시 이용 과정에서 불편이 생기면 이용을 멈춘다. 따라서 필자는 고객 관계에서 이러한 마찰을 최소화해 관성을 유지하는 것이 핵심이라고 생각한다.

물론 마찰을 최소화했다고 고객의 관성이 지속되는 것은 아니다. 고객은 심리적 요인에도 영향을 받기 때문에 변화 없는 반복 경험에는 권태를 느낀다. 따라서 변화를 통해 신선한 경험을 제공해야 하는데, 중요한 것은 변신을 위한 변화가 아니라 더 나은 가치를 바탕으로 한 새로움을 끊임없이 창출할 때 고객이 권태로워 떠나가는 것을 막을 수 있다.

업계 최초의 서비스를 선보이거나 신규 성장 동력을 찾을 때마다 사업을 어떻게 구상했는지, 새로운 서비스를 만들어내는 특별한 방법이 있는지 궁금해하는 사람들이 있다. 하지만 그들의 예상과 달리 대단한 전략이나 기술이 있었기에 가능했던 것은 아니다. 오히려 고객이 관성을 벗어나지 않을까, 혹은 권태로움을 느끼지 않을까 고민했던 것이 필자에게는 더 큰 원동력이 되었다. 고객이 멈추지 않고 끝까지 즐겁게 달릴 수 있게 하는 '관성 유지'와 '권태 해소'야말로 우리에게 시선을 고정시킬 수 있는 가장 기본적이면서도 중요한 노하우가 아닐까.

## 이노근 노원구청장, lng5238@hanmail.net

- 1954년생
- 중앙대학교 경제학과, 경기대학교 정치전문대학원 석사
- 1976년 제19회 행정고시 합격
- 1990년 대통령비서실 행정관
- 1993년 강남구 시민국장, 도봉구 재무국장
- 1994년 서울시청 문화과장, 주택기획과장
- 1998년 서울산업진흥재단 사무국장, 서울시청 시정개혁단장
- 1999년 금천구, 종로구, 중랑구 3개 부구청장
- 2005년 서울 종로구청장 권한대행
- 저서 : 《경복궁 기행열전》

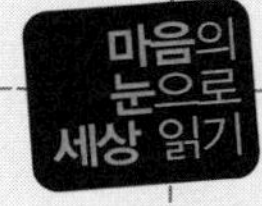


# 완찰 육법

완찰 육법 | 긍정의 힘 | 중정 미학

5단계 관찰을 통한 종합 처방이라야 그나마 오진을 줄일 수 있다. 아울러 관찰자는 청각·후각·미각·시각·촉각 등 인체의 5개 감각 기능과 유사 선행 사례, 벤치마킹, 여론조사, 문헌 자료, 토의 등의 방법과 도구를 활용해야 한다. 이러한 5대 관찰법과 도구를 활용해 임해야만 완찰完察을 기할 수 있으며 잘못된 진단과 처방을 줄일 수 있다. 우리 모두 관찰의 오류를 줄여 현재 우리 사회가 겪고 있는 파열음과 시행착오를 최소화했으면 하는 바람이다.

# 완찰 육법

　　　　　　　돌이켜보면 2008년은 유난히 시
끄러웠다. 한 포털 사이트는 10대 뉴스로 광우병 파동과 촛불 시위, 악
플로 인해 유명 연예인이 세상을 떠난 일 등을 선정했다. 세상을 떠들
썩하게 만든 일련의 사건이나 사회현상을 통해 많은 사람이 관찰의 오
류에 빠져 있지 않나 생각해보았다. 즉, 하나의 사안에 대해 너무 쉽게
받아들이고 빠른 결론을 내리는 사려 깊지 못한 관찰 말이다.

　우리는 세상을 살며 늘 어떤 사건이나 현상을 주의 깊게 체계적으로
파악하는 관찰을 한다. 눈으로 보는 것은 물론 듣고 만지고 느끼고 생
각한다. 이를 통해 나름대로 진단하고 결론을 내린다. 각자 수없이 처
방을 하며 산다. 위정자는 정책을, 개개인은 부닥치는 삶의 문제와 정
책의 좋고 싫음을. 문제는 얼마나 정확하게 진단하고 처방하느냐다. 자
칫 그릇된 관찰과 처방은, 의사가 오진을 하듯 설왕설래 소모적 낭비를
불러올 뿐 아니라 치유는커녕 병을 키우는 꼴이 되고 만다. 이러한 관
찰 및 진단의 오류를 최소화할 수는 없을까. 필자가 오랜 공직 생활을
통해 터득한 5대 관찰법이 있다.

첫째, 육안 관찰이다. 관찰의 첫 단계로, 겉으로 드러난 현상을 전방위로 파악한다. 숲 전체를 보는 것으로, 주관성이 배제된다.

둘째, 통찰通察이다. 문제 파악 단계로, 관찰 대상인 사물이나 사안에 대해 속속들이 그 실상을 본다. 숲의 나무를 하나하나 파악하거나 환자의 경우 장기를 정밀 촬영하는 것과 같다.

셋째, 세찰細察이다. 숲과 나무, 지형, 식물의 군락지 등을 망라해서 본다. 그야말로 현미경으로 손금 보듯 관찰한다. 주관적 판단이 서는 단계다.

넷째, 역찰易察이다. 세찰을 통해 결론이 섰더라도 주관적 오류를 배제하고자 상대의 처지에서 진단해본다. 역지사지易地思之의 자세다.

다섯째, 균찰均察 및 동찰動察이다. 관찰의 최종 단계로, 자칫 자신이 내린 결론이 완벽하다 하여 오만에 빠지거나 한쪽에 치우치는 우를 범했는지 되짚어보아야 한다. 균찰은 상식이 통하는 균형 있는 결론에 도달하기 위한 것이다. 이와 함께 매스미디어나 포퓰리즘에 의해 시시각각으로 변하는 상황까지 고려해야 한다. 시간과 장소, 어제와 오늘에 따라 처방이 달라지기 때문이다. 이것이 동찰이다.

이러한 5단계 관찰을 통한 종합 처방이라야 그나마 오진을 줄일 수 있다. 아울러 관찰자는 청각 · 후각 · 미각 · 시각 · 촉각 등 인체의 5개 감각 기능과 유사 선행 사례, 벤치마킹, 여론조사, 문헌 자료, 토의 등의 방법과 도구를 활용해야 한다. 이러한 5대 관찰법과 도구를 활용해 임해야만 완찰完察을 기할 수 있으며 잘못된 진단과 처방을 줄일 수 있다. 우리 모두 관찰의 오류를 줄여 현재 우리 사회가 겪고 있는 파열음과 시행착오를 최소화했으면 하는 바람이다.

# 긍정의 힘

사람들의 시각은 천차만별이다. 하나의 사안을 갖고도 긍정과 부정이 맞선다. 당연하다. 인간은 긍정과 부정의 사고를 함께 지니고 살아가니까. 문제는 매사에 부정적인 사람이다. 사람들에게 불신을 조장하고 어떤 대상을 축소시키는 퇴보적 유형으로, 부정적 측면만 보는 사람, 바로 네거티브Negative적 사고의 소유자다.

오랜 공직 생활을 하며 이러한 부정적 사고를 하는 사람을 많이 보아 왔다. 실례로 지역 내 공원에 시립미술관 강북분관 건립 유치를 검토하며 몇몇 사람에게 의견을 개진해보았다. 결과는 법이나 예산 타령을 하며 이런저런 이유의 부정적 의견뿐이었다. 그러나 담당자는 달랐다. 할 수 있다는 긍정적 자세로 서울시, 중앙정부 등을 찾아 발로 뛰며 유치에 성공했다. 심지어 관계 법령 개정까지 이끌어내 타 지자체에서 유사 사례의 업무를 추진할 수 있는 길을 열어주었다. 해보지도 않고 지레 움츠렸거나 머뭇거렸다면 부정의 사고가 싹터 일을 그르치고 말았을 것이다. 한마디로 긍정적 사고가 보여준 결과였다.

필자가 그동안 공직 생활을 하며 일을 성공적으로 추진하기 위한 나름대로의 세 가지 철학이 있다. 긍정의 힘Positive Power, 창조의 힘Creative Power, 추진력Propeller Power이다. 영문 머리글자를 따서 'PCP 파워'라고 한다.

첫째 긍정의 힘이다. 가장 중요한 핵심 요소로 일의 첫 단추와 같다. 성패의 판가름이 나는 요소다. 골인 지점을 향해 움직이게 하는 동인動因으로, 'No'가 아닌 'Yes'를 통해서만 가능하다. 부정적 사고가 개입할 여지가 없다. 혹시 걸림돌이 있어도 대안을 모색하고 제거해나가는 에너지가 생성된다.

둘째, 창조의 힘이다. 긍정의 힘으로 생긴 에너지를 바탕으로 창조적 에너지가 분출된다. 번뜩이는 아이디어로 구체적 실행의 가속도가 붙는다. 자동차를 움직여 달리다 보니 더 빨리 갈 수 있는 방법을 궁리할 수도 있고, 하늘을 날고 우주선을 발사하는 등의 이런저런 아이디어로 발전해 일의 완성도를 높인다. 인간은 누구나 무한한 아이디어 유전자가 있지만 긍정의 사고를 통해서만 나타난다.

셋째, 추진력이다. 멈추지 않고 앞으로 나갈 수 있는 강력한 힘이다. 자동차나 비행기가 앞으로 나가려면 휘발유 등 연료가 필요하듯, 사람에게도 영양분이 있어야 한다. 즉, 혼자 일하다 보면 주저하거나 막힐 수 있다. 이때 여기저기 묻고 도움을 받을 수 있는 인적 자원이 필요하다. 인적 네트워크를 구축할 필요가 있는 것이다.

돌이켜보면 30여 년 공직 생활을 하는 동안 수많은 일을 성취하며 많은 보람을 느꼈다. 그럴 수 있었던 데는 이 세 가지 PCP 파워가 원동력이 되었다. 긍정의 힘이다.

# 중정 미학

        몇 해 전 대만의 타이베이를 방문하여 중정기념관을 들를 기회가 있었다. 총통이었던 장제스를 기리고자 조성한 이 기념관은 거대한 대리석 건물과 잘 조성된 조경, 드넓은 정원 등이 매우 인상적이었다. 기념관을 들어서며 웅장한 대문 중앙에 쓰인 글귀가 눈에 들어왔다. 대중지정문大中至正門. 어떤 의미인지 안내자에게 물었다. 무슨 일에도 중용을 지키는 것이 가장 올바르다는 장제스의 의지와 정신을 나타낸 것으로, 그의 친필이란다. 문 이름 가운데 중中 자와 정正 자를 따 중정문中正門이라고도 했다. 중정은 장제스의 호다. 누가 썼느냐를 떠나 참 좋은 의미라는 생각이 들었다.

    중정中正의 사전적 의미를 생각해보았다. 중中은 '가운데, 마음, 치우치지 아니하다'이다. 즉, 이쪽도 저쪽도 아닌 한가운데를 의미한다. 사람의 마음은 어디인가. 가슴이다. 신체 구조상 가운데다. 치우치지 아니한다는 것 또한 어느 한쪽으로 쏠리지 않는 중심을 말한다.

    정正은 '바르다, 바로잡다, 갖추어지다, 크다'이다. 즉, 그릇되지 않고 옳다, 잘못된 것을 바로잡다, 어긋남 없이 모두 갖추어져 있다, '백

두산 정기'에서처럼 크다는 의미로도 해석된다. 이들 내용을 종합하면 중정은 중용中庸의 의미와 상통한다. 중용의 중中도 치우치지 않는 불편불의不偏不倚, 지나침과 모자람이 없는 무과불급無過不及, 감정이 겉에 드러나지 않은 상태인 희로애락지미발喜怒哀樂之未發을 말한다. 용庸은 변함이 없음, 평상平常을 이른다.

나름대로 중용의 의미를 '조화調和로움을 추구하기 위해 어느 한쪽으로 기울어지지 아니하고 지나치거나 모자람 없이 균형(중심)을 잃지 않으려는 평상의 이치'라고 정의해보았다.

배가 중심을 잃으면 전복되어 바다에 가라앉고 만다. 저울이 중심을 잃으면 무게를 달지 못해 제구실을 하지 못한다. 그리고 물이 넘치면 홍수가 나고 부족하면 가뭄이 드는 것처럼, 그 도가 지나치면 재앙을 가져온다. 중용의 도리를 지키지 아니하면 결국 일을 그르치고 만다는 메시지다.

우리는 역사를 통해 사사로움이 지나쳐 화禍를 불러와 비참한 최후를 맞은 사람, 중용의 원칙을 충실히 지켜 새로운 역사의 장을 열며 성공한 삶을 산 사람을 많이 봐왔다.

세월이 흘러도 역사의 진리는 우리에게 많은 교훈을 준다. 요즘 가뜩이나 어려운 경제 사정으로 국민들이 무척 힘들어한다. 설상가상 용산 화재 참사, 연쇄 살인 사건 등 온 나라가 시끌벅적 조용할 날이 없다. 정치권도 마찬가지다. 무엇이 옳고 그른지 혼돈스럽다. 우리 모두 중정미학中正美學에 담긴 의미를 되새겨보자.

# 안택수 신용보증기금 이사장, koditceo@kodit.co.kr

- 1943년생
- 서울대학교 정치학과
- 1968년 《한국일보》 기자
- 1980년 한국기자협회장
- 1982년 보건사회부 대변인
- 1988년 국민연금관리공단 재정이사
- 1996년 15~17대 국회의원
- 1998년 한나라당 대변인
- 2003년 국회 재정경제위원장
- 저서 : 《성역을 타파하자》

# 두 외손자

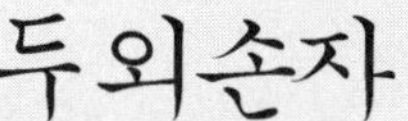

두 외손자 | 취업난은 부모 탓? | 청년 인턴

6·25 전쟁이 일어난 1950년 국민학교에 입학했던 내 어린 시절은 여유 있고 평화로웠다. 손자들의 어머니인 내 딸이 30년 전에 초등학교에 다닐 때도 요즘같이 살벌한 과외 지옥은 없었다. 생존 경쟁이 치열해지고 교육 환경과 주변 여건이 각박해지다 보니 우리들의 손자들은 가혹한 과외 전쟁으로 내몰리고 있다. 앞으로 30년 뒤 내 손자들이 낳은 자식들이 초등학교에 입학할 때가 되면 그때의 교육 현실은 어떻게 될까.

# 두 외손자

내겐 아들이 없다. 딸만 있어 간혹 섭섭하다고 느낀 적은 있었다. 그렇다고 매우 안타깝다고 생각해본 적은 없다. 이젠 대를 이을 장손이 없어도 괜찮다는 배짱(?)도 생겼다.

오래전부터 우리 집은 주말마다 사람 사는 집 같다. 동갑내기 두 외손자 덕분에 마냥 즐겁고 화목해진다. 두 놈이 잘 놀다가도 금세 싸우고, 악을 쓰다가도 다시 사이좋게 지낸다. 사람들은 가끔 외손자들의 방문에 대해 "오면 좋고 가면 더 좋고"라며 우스갯소리를 하지만, 나는 외손자밖에 없는 사람이기 때문에 그들이 가면 여간 서운하지 않다.

두 손자의 성장 과정을 보면서 재미있는 일도 많다. 초등학교 입학 전까지만 해도 형이 일방적으로 동생을 제압했다. 그런데 웬일인지 덩치가 크지만 다소 소심한 동생이 반항을 하기 시작했다. 초등학교 1학년 1학기가 지난 작년 여름부터 전세는 역전되어 덩치가 좀 작은 형이 슬그머니 백기를 들기 시작하는 것이 아닌가. 큰놈은 총명하고 활달하고 감칠맛이 있고, 작은놈은 듬직하고 신중하고 집중력이 뛰어나다. 아주 대조적인 성격이다. 그러나 지는 것은 서로 양보를 안 해 곧잘 싸움판이

벌어진다.

손자들은 국어 · 영어 · 수학 · 수영 등의 과외수업을 받는다. 형은 이 밖에도 한자 공부에 관심이 많다. 취학 전에 이미 한자 5급 검정시험에 합격하는 기록을 세웠다. 이와는 달리 동생은 축구, 인라인 스케이트에 남다른 실력을 갖고 있다. 학교 공부 외에 이렇게 많은 과외수업을 받고 또 시간을 쪼개 자기들이 좋아하는 분야에 공을 들이는 것을 보니 여간 대견스럽지 않다. 물론 부모들이 다른 아이들에게 뒤질세라 달달 볶고 있는 것이 뻔하다. 이렇게 되면 대견스러운 것이 아니라 불쌍해진다. 말 많은 공교육의 문제점이 내 손자들에게서도 그대로 발견되고 있는 것이다. 아무리 생각해도 정상이 아닌 것 같다.

6 · 25 진쟁이 일어난 1950년 국민학교에 입학했던 내 어린 시절은 여유 있고 평화로웠다. 손자들의 어머니인 내 딸이 30년 전에 초등학교에 다닐 때도 요즘같이 살벌한 과외 지옥은 없었다. 생존 경쟁이 치열해지고 교육 환경과 주변 여건이 각박해지다 보니 우리들의 손자들은 가혹한 과외 전쟁으로 내몰리고 있다. 앞으로 30년 뒤 내 손자들이 낳은 자식들이 초등학교에 입학할 때가 되면 그때의 교육 현실은 어떻게 될까.

60년이 지나면서도 악화일로만 걷고 있는 우리 교육의 지향점은 무엇인가. 이대로 가다가는 내 증손자 시대의 교육은 기계 인간, 아니 로봇 인간을 만들어낼까 걱정하지 않을 수 없다.

얼마 전 한자 공부에 여념이 없는 큰 손자가 근묵자흑近墨者黑이라는 사자성어의 뜻을 물어왔을 때 아찔했다. 벌써 이 정도 수준의 한자를 알고 있나 하고 깜짝 놀라기도 했지만, 이내 가엾다는 생각이 들었다. 손자 교육이 잘못되어가는 모습을 바라보면서도 그들 교육을 바로잡지 못하는 나 자신이 부끄럽다.

# 취업난은 부모 탓?

요즘 젊은이들의 삶이 힘겹다. 보기에도 안쓰럽다. 대학을 나와도 일할 곳이 없다. 20대 90퍼센트가 백수라는 '이구백', 10대들도 장차 백수가 될 각오를 해야 한다는 '십장생' 등 우울한 젊은이들의 현실 풍자와 자조만 난무하고 있다.

이 모두가 오래 지속되고 있는 경기 침체 때문이다. 최근 각 대학의 졸업식장 분위기는 착잡하고 침울했다. 졸업의 기쁨과 부푼 꿈은 사라지고, 미래에 대한 불안과 실망만 넘쳐났다. 함께 온 부모들은 축하할 기분이 아니었고, 총장의 축사는 난국을 슬기롭게 대처해나가자는 궁색한 당부의 말로 바뀌었다. 정확히 말하자면, 오늘날의 대졸 취업난은 대기업 취업난과 다름없다. 대기업 취업문이 극히 좁은데도 중소기업에는 눈길조차 주지 않는 젊은이들의 취업관이 문제다. 대기업이나 공기업이라면 단순 하위직인 콜센터나 텔레마케터조차 지원자가 쇄도하지만, 중소기업은 거들떠보지도 않는다.

부모 탓이 크다. 부모들이 자녀의 중소기업행을 원하지 않는다. 부모들은 대개 중소기업이라 하면 변두리 허름한 공장 작업장에서 기름

때 묻은 작업복을 걸치고 밤늦도록 힘들게 일하는 '공돌이'나 '공순이'를 떠올린다. 게다가 수익성이나 안정성도 열악해 월급도 적고, 언제 망할지도 모르는 한계기업으로 여긴다. 이렇게 기성세대가 뿌리 깊게 박아놓은 비뚤어진 중소기업관이 젊은 자녀들에게 심어졌을 가능성이 있다.

사실 중소기업의 근무 환경은 열악하다. 대기업이나 공기업에 비해 급여, 복리후생, 장래성 등 어느 것 하나 더 나은 것이 없어 보인다. 부족하고 불편하고 불리한 것투성이다. 하지만 인간만사는 다 상대적인 것이다. 때로 약점이 강점이 되고, 단점은 장점으로 작용할 수 있다.

무엇보다 중소기업이라고 단점만 있을 리 없다. 장점도 많다. 우선 중소기입 직원은 일인나억의 업무를 맡게 마련이고, 그 과정에서 '일당백'의 독자적인 전문성과 진취적이고 창의적인 기업가 정신을 쌓을 수 있다. 훗날 독립해 사업을 벌일 경우 위계와 지시에 길들여진 대기업이나 공기업 출신자들은 갖추기 어려운 경쟁력으로 작용할 것이 틀림없다.

성공의 관건은 '어디서' 일하느냐가 아니다. '어떻게' 일하느냐다. 부모 세대도 잘 알고 있다. 하지만 자신과 자녀에게는 이 원칙을 적용하려고 하지 않는다. 평소 중소기업을 경제의 뿌리이자 혈맥이라며 힘주어 말하는 이들조차 막상 자기 자녀는 중소기업에 보내고 싶어 하지 않는다.

중소기업은 '일하기 나쁜 곳'이라는 오해와 편견부터 씻어내자. 부모 세대가 먼저 반성하자. 아니면 정부에서 아무리 많은 일자리를 만들어내도 백약이 무효일 것이다. 부모들은 지금 막연한 꿈을 좇는 자녀들과 머리를 맞대라. 두 손을 맞잡아라. 실현 가능한 오늘의 희망과 지속 가능한 미래의 보람은 대기업이 아닌 중소기업에서도 발견할 수 있다.

# 청년 인턴

봄이 왔지만 우리 고용 시장에는 아직 봄기운이 느껴지지 않고 있다. 2008년 하반기부터 시작된 미국발 금융 위기 여파와 경기 침체의 영향이다. 일부 안정적인 일자리를 구한 젊은이들도 있겠지만 적지 않은 젊은이가 정부에서 청년 실업 대책의 일환으로 추진하고 있는 '청년 인턴 제도'에 따라 공공기관이나 금융 회사의 인턴으로 첫 직장을 선택하는 상황이다.

우리 기금에서도 중소기업들의 자금 수요가 늘고 업무가 폭주함에 따라 인턴 인력을 적극 활용하고 있다. 기금으로서는 새로 들어온 인턴 직원들이 각종 서류를 챙겨주고 손이 많이 가는 업무를 담당해주니 쌓인 일을 처리하는 데 큰 도움이 된다. 1년을 채 넘지 못하는 기한부 일자리지만 아침 일찍 출근해서 업무를 처리하느라 동분서주하는 젊은이들을 보고 있으면 대견하기도 하고 한편으로는 안타까운 생각도 든다.

장래의 안정적인 일자리를 기대하며 어렵게 4년의 대학 생활을 마친 젊은이들로서는 지금의 상황에 아쉬운 점이 많을 것이다. 부푼 가슴으로 희망을 안고 사회에 첫발을 내디뎌야 하는 시기에 입사 원서를 제출

할 기회조차 박탈당한 현실을 그대로 받아들이기도 쉽지 않을 것이다. 그러나 우리는 지금 경기 침체라는 긴 터널의 한가운데를 지나는 과정에 있고, 그 터널의 끝 자락에 이르기까지는 경제주체 모두가 참고 견뎌야 하는 것이 현실이다. 정부에서 추진하는 인턴 제도도 심각한 경제위기를 극복하기 위한 과정에서 단시일 내에 부족한 일자리 문제를 해결하고자 하는 불가피한 측면이 없지 않다.

인턴이라는 직무가 비록 안정적이고 항구적인 일자리는 아니지만 개개인이 이 시기를 어떻게 활용하느냐에 따라 각자의 소중한 경험과 자산으로 만들어나갈 수 있을 것이다. 본격적인 사회생활을 앞두고 사회가 어떤 곳인지를 경험하고 배울 수 있는 기회가 되고, 경우에 따라서는 앞날의 새로운 일자리를 위한 든든한 발판 역할도 될 수 있다.

지금의 인턴 제도가 아쉬움이 있고 일부 보완해야 할 점도 있지만, 이번 기회를 통해 제대로 된 인턴 제도를 만들고 우리 사회에 정착시켜 나가야 한다. 그동안의 채용 방식이 짧은 시간 면접을 통해 신입 직원을 선발하느라 업무 능력이나 인성 등 정작 중요한 것보다는 학력과 학점 같은 외형적인 것에 치중하는 불합리함이 없지 않았다. 청년 인턴 제도의 도입이 우리 고용 시장의 채용 방식을 선진화하고 한 단계 향상시키는 계기가 될 수도 있을 것이다.

이제 막 학교 문을 나선 많은 젊은이에게 지금은 정말 힘든 시간일 수 있다. 그러나 현재의 위치에 좌절하지 않고 맡은 일에 충실하면서 성공에 대한 믿음으로 꾸준히 노력한다면 반드시 좋은 결과가 있을 것이라 확신한다. 어려운 시기에 처음으로 사회를 경험하는 모든 젊은이의 앞날에 행운이 있기를 빌어본다.

## 김기문 중소기업중앙회장, kimkm@kbiz.or.kr

- 1955년생
- 고려대학교 경영대학원 최고경영자 과정, 서울대학교 경영대학원 최고경영자 과정, 국제디자인대학원대학교 디자인혁신전략 과정
- 1980년 사페리 입사
- 1982년 솔로몬시계공업 영업이사
- 1988년 로만손 대표
- 1998년 한국시계공업협동조합 이사장
- 2000년 벤처기업특별위원회 위원
- 2004년 중소기업협동조합중앙회 부회장
- 현재 한국시계공업협동조합 이사장, 개성공단기업협의회 회장, 통일부 통일고문, 국가경쟁력강화위원회 위원

# 이사 가던 날

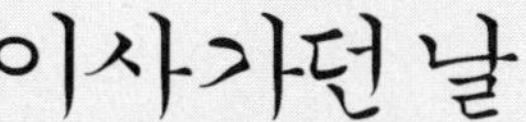

이사 가던 날 | 아버지의 마음 | 신기루 두바이 | 답은 현장에 있다

"겨울이 지나지 않고 봄이 오랴"라는 속담이 있다. 살던 집을 팔고 원치 않는 이사를 하는 분들에게는 지금이 한겨울일 것이다. 그리고 추위가 다소 길게 느껴질 수 있다. 그러나 포기하지 않는 한, 내 가족을 다시 넓은 집에서 살게 해주겠다는 마음가짐과 노력이 있다면 봄은 분명히 찾아온다.

# 이사 가던 날

최근에 이사를 했다. 그동안 살던 곳은 잠실 종합운동장 근처 아파트였는데, 단지 내에 공간이 넉넉하고 공기가 상쾌하며 작지만 잘 꾸며진 공원이 있어 새벽이나 밤에 산책하다 보면 머리가 맑아지고 기분도 한결 나아져 애착이 가는 동네였다. 사정이 생겨 이사를 하게 되었는데, 새 집은 아직 낯설고 내 집 같은 기분이 안 든다. 시간이 좀 지나야 정도 들고 안식처가 될 것이다.

오랜만에 이사를 하다 보니 문득 젊은 시절 사글셋방으로 이사했던 기억이 난다. 지금의 회사를 설립하기 전 조그마한 시계 회사에서 영업 총괄 업무를 맡았는데, 영업도 꽤 잘했고 시계에 이온 도금을 접목하는 새 기술을 개발해 회사도 많이 성장시켰다. 덕분에 경제적으로도 여유가 생겨 3층 양옥집에서 살게 되었다. 그러나 1987년 어느 날, 가까운 친척의 보증을 선 것이 화근이 되어 집을 빚쟁이에게 넘겨주고 다니던 직장까지 그만두게 되었다. 아내와 자식들을 데리고 조그마한 사글셋방으로 이사를 하려니 억장이 무너졌다. 그때 어린 자식들은 초라한 모습으로 이삿짐을 꾸리는 아빠를 보며 무슨 생각을 했을까.

　다행히 평소 나를 눈여겨본 지인들에게서 도움을 받아 1988년 지금의 회사 '로만손'을 설립하고 다시 사업에 뛰어들었다. 이때부터 정신없이 일하고 세계 수출 시장을 뛰어다니다 보니 회사가 부쩍 성장했다. 덕분에 사글셋방을 떠나 전세로, 좀 더 편안한 집으로, 몇 번을 이사하면서 20여 년의 세월이 흘렀다.

　경제가 힘들다 보니 요즘 원치 않는 이사를 하는 분들이 많은 것 같다. 여유가 생겨서 더 크고 넉넉한 집으로 이사하는 분들이야 축하받을 일이지만, 지금 이사하는 분들의 상당수는 경제난으로 집을 팔고 환경이 안 좋은 집으로 이사하는 분들일 것이다. 정들었던 집을 은행에 넘기거나 헐값에 팔고 조그만 집으로 이사하는 가장의 마음이야 오죽하랴. 배우자에게 미안하고, 무엇보다 자식들에게 죄를 짓는 것 같은 그 마음은 겪어본 사람만이 알 수 있을 것이다. 당시 나도 힘들게 마련한 집을 팔고 직장마저 그만둔 후 상실감에 빠져 가족을 두고 집을 나갔다. 일주일 만에 '이러면 안 되지' 하는 생각으로 모질게 마음먹고 돌아와 새롭게 시작했던 기억이 생생하다.

　"겨울이 지나지 않고 봄이 오랴"라는 속담이 있다. 살던 집을 팔고 원치 않는 이사를 하는 분들에게는 지금이 한겨울일 것이다. 그리고 추위가 다소 길게 느껴질 수 있다. 그러나 포기하지 않는 한, 내 가족을 다시 넓은 집에서 살게 해주겠다는 마음가짐과 노력이 있다면 봄은 분명히 찾아온다.

　지금 어려운 상황에서 이사하는 분들을 생각하면서, 그분들이 주어진 상황을 비관하지 않고 털고 일어나 몇 년이 지난 후에는 반드시 지금보다 좋은 집으로 이사하기를 간절한 마음으로 기원한다.

# 아버지의 마음

요즘 각 지역을 돌며 중소기업인들의 목소리를 듣고 있다. 현안을 둘러싸고 힘들게 기업을 꾸려온 일들, 앞으로의 경영 환경에 대한 의견 등을 교환하다 보면 예정 시간을 넘기기 일쑤다.

간담회 참석자 중 한 기업인이 가업 승계에 대한 고민을 털어놓았다. 피땀 흘려 키워온 기업을 2세에게 물려주려니 그동안 고생한 세월이 떠올라 감회가 새로운 모양이었다. 그 기업은 자동차 부품을 전문적으로 생산하는데, 끊임없는 기술 개발로 지역에서 나름의 경쟁력을 갖춘 것으로 평가받고 있다. 30여 년간 기술 개발부터 판로 확대까지 거의 혼자 도맡아 오다시피 하다 이제 나이가 들어 기업을 어떻게 유지해나갈지 고민하던 터에 다른 직장에서 전문직으로 근무하는 아들에게 어렵게 이야기를 꺼냈다고 한다. 아들은 아버지의 고민을 알고 마음의 준비를 하고 있었는지 선뜻 아버지를 돕겠다며 지난해 직장을 그만두고 회사를 옮겼다고 한다.

아버지는 그동안 쌓아온 경영 노하우를 아들에게 전수하며 회사를 경영하던 중 작년 말부터 경기 상황이 안 좋아 회사 사정도 어려워졌다고 한다. 이 때문에 실망하는 아들의 모습을 보고 과연 이렇게 약한 정신 상태로 모진 풍파를 헤치며 기업을 이끌어나갈 수 있을까 하는 마음에 걱정이 앞선다고 말했다.

그래서 중소기업중앙회에서 운영하는 가업 승계 지원 센터와 2세 경영인의 성공 교육 프로그램을 소개해주었다. 그는 한번 맡겨 교육을 시켜보겠다면서 고민 해결책을 찾은 듯 흡족해했다.

창업보다 어려운 것이 수성守成이다. 아무리 훌륭한 가업을 물려받아도 경영 여건이 바뀌면 사업을 번창시키는 것은 물론 유지하는 것조차 쉽지 않다. 하물며 경제가 어려운 요즘 같은 때 가업 승계라니 그 어려움이 오죽할까 하는 생각이 들었다.

앞으로 가야 할 길을 알려주고 혹독하게 훈련을 시키는 엄한 아버지이지만, 가슴 한쪽으로는 자식을 걱정하는 것이 아버지의 마음이다. 그런 아버지의 마음을 이해하고 아들이 가업을 이어 기업이 성장하는 모습을 볼 수 있다면 그 기쁨은 천금과도 같을 것이다.

일본은 100년 이상 된 기업이 5만 개에 달하지만 우리나라는 열 손가락으로 꼽을 정도다. 지난 100년간 100대 기업의 평균수명이 24년이 채 안 되고, 이 기업들이 다음 세대에도 존재할 확률은 12퍼센트, 3세대로 가면 그중 3퍼센트만 남을 만큼 어려운 것이 우리 기업의 생존 환경이다.

기업인과 근로자는 자신의 회사가 세기를 뛰어넘어 영원한 장수 기업으로 남기를 바랄 것이다. 다행히 작년에 중소기업 가업 승계 상속세 세금 감면 혜택이 기존 30억 원에서 100억 원까지 확대되었다. 앞으로도 중소기업의 가업 승계에 대한 사회적 분위기가 성숙되어 요즘같이 어려운 시기에 중소기업과 2세 경영인들이 힘을 내서 일할 수 있었으면 좋겠다.

# 신기루 두바이

　　　　　　　　　　얼마 전 수출 중소기업 대표들과
함께 중동 지역 시장 개척을 위해 두바이를 다녀온 적이 있다. 지난 20
여 년간 회사를 경영하면서 수출 상담차 두바이를 자주 다녔기 때문에
필자에게는 매우 친근한 도시다. 두바이는 '중동의 홍콩'으로 불리며
중동과 아프리카의 중개무역항 역할을 하던 곳으로, 몇 년 전부터 미래
의 상상 도시로 탈바꿈하는 세기의 프로젝트가 한창 진행되고 있다. 바
다 위의 인공 섬 팜아일랜드, 세계에서 가장 높은 건축물인 버즈두바
이, 7성급 호텔 버즈알아랍, 세계 최대 규모의 쇼핑몰인 두바이몰 등 모
든 것이 세계 최고·최초·최대다.

　그러나 이런 두바이도 글로벌 금융 위기 앞에서는 속무무책인 듯싶
다. 도시와 사막에서 진행 중이던 각종 프로젝트들이 한둘 중단되고,
천정부지로 치솟던 아파트와 빌라 값도 반 토막 이하로 떨어지는 현실
을 보면서 두바이의 장래가 어떻게 될지 걱정스럽기만 하다. 이러한 상
황에서도 두바이는 금융과 물류의 중심지로 여전히 중동과 인도, 북아
프리카 등 각국 바이어들이 꾸준히 몰려들고 있다. 바로 이러한 이유

때문에 한국의 많은 수출 중소기업이 두바이 시장을 자주 찾는다.

이번 시장개척단 일정에는 참가 수출 기업 대표와 바이어들 간 현지 간담회도 포함되어 있었다. 몇몇 업체는 이번 간담회에서 의외의 성과를 올렸다. 특히 시장 전망이 좋지 않다는 KOTRA의 평가에 따라 시장개척단 참가를 주저하다 뒤늦게 합류한 한 업체는 현지 에이전트를 발굴하는 결실을 거두었다. 또 다른 업체도 인근 이란에서 온 바이어와 상담을 통해 중동에서 가장 큰 시장인 이란에 진출하는 결실을 맺었다.

요즘 모두가 어렵다고들 한다. 세계적인 금융 위기로 다른 나라도 어렵기는 마찬가지다. 수출 시장이 침체되어 있는 것이 현실이지만 틈새 시장을 열심히 찾다 보면 분명 새로운 기회가 올 것이다. 이웃 나라 일본의 세계 최대 자동차 회사 도요타가 경영 실적을 공개한 지 45년 만에 처음으로 2008년 적자를 기록할 정도로 일본 기업들이 엔고로 고통을 겪고 있고, 우리의 수출 경쟁국인 중국 또한 위안화 강세로 수출 채산성이 떨어지고 있다. 원화 대비 달러화가 강세인 지금은 우리 수출 기업들이 시장을 확대할 수 있는 좋은 기회다. 어려운 시기라고 움츠리고 있기보다는 적극적으로 이 위기를 헤쳐 나간다면 오히려 더 큰 기회를 맞을 수 있을 것이다.

어제까지만 해도 전 세계 투자자들이 열광하던 신기루의 도시 두바이가 오늘은 투자자들의 골칫거리가 될 줄 누가 알았겠는가. 그러나 다시 내일 영광의 도시가 될 수도 있다. 그 또한 두바이가 어떻게 이 위기를 헤쳐 나가느냐에 달려 있다. 과거와 현재, 그리고 미래가 교차하는 모래 위의 신비, 두바이가 오늘따라 자꾸 눈에 아른거린다.

# 답은 현장에 있다

최근 지방을 돌며 시·도지사를 초청, 지역 중소기업인들과 간담회를 갖고 있다. 대전을 시작으로 전북, 부산, 대구, 충북을 거쳐 오늘은 경기도 간담회가 예정되어 있다. 2008년 경제 위기가 시작된 이후 필자를 비롯한 중앙회 임직원과 중소기업 연구원 박사들까지 총동원해 수도권과 지방의 중소기업을 방문하면서 현장의 목소리를 담아 정책에 반영될 수 있도록 노력하고 있다.

어느 지역을 가든 민원과 애로 사항이 봇물 터지듯 나온다. 기업인들이 토로하는 애로 사항과 건의 내용도 매우 다양하고 복잡하다. 다행히 지자체장들의 적극적인 노력으로 민원의 일정 부분은 해결되기도 한다. 필자도 규제 개혁 차원에서 고쳐져야겠다고 생각되는 사항을 정리해 해당 부처 및 국회에 제도 개선을 건의하고, 수시로 청와대에서 열리는 국가경쟁력강화회의와 비상경제대책회의 등에 참석해 정책 건의도 하고 있다. 어려운 상황에 처한 기업인들로서는 민원을 속 시원히 내놓을 곳이 마땅치 않다가 간담회에 참석하여 애로 사항을 털어놓고 나면 즉석에서나 이후에라도 답을 얻을 수 있기 때문에 기업인들의 민원이 갈수록 많아지는 듯하다.

민원이 많아져 힘이 들어도 건의한 사항이 한둘 해결되고, 중요한 내용은 법에도 반영되는 것을 보면서 현장에서 뛰어다닌 보람을 느낄 때 쌓였던 피로가 풀리기도 한다.

2008년 상반기부터 시작된 세계적인 금융 위기로 많은 중소기업인이 기업의 앞날을 예측하는 데 매우 혼란스러워한다. 국제기구들이 경제 전망을 발표했는데, OECD에서는 한국의 경기회복 속도가 30개 회원국 중 가장 빠르다고 발표한 반면 IMF에서는 2009년 경제성장률을 당초 4.2퍼센트에서 1.5퍼센트로 대폭 하향 조정했다. 특히 IMF는 2009년 우리나라의 1인당 GDP가 1만 4946달러로 2008년보다 4500달러 이상 줄어들고, 2014년까지 2만 달러에 미치지 못할 것이라고 내다보았다.

앞으로 7년간 2008년 수준을 회복하기 힘들 것이라는 말인데, 여러 지표를 근거로 한 과학적인 통계자료겠지만 개인적으로는 너무 비관적인 예상이 아닌가 하는 생각이다. 그러나 어떠한 지표를 이용하느냐에 따라 상반된 결과가 나올 수 있기 때문에 일희일비할 필요는 없을 것이다.

정부나 지원 기관들이 기업이 불편해하는 사항을 하나씩 해결해가면 기업이 발전할 것이고, 기업이 잘되면 고용도 늘고 침체된 경기도 차츰 살아날 것이다. 이런 선순환 구조가 사회 전반으로 확산될 때 우리 경제는 OECD가 예측한 것과 같이 가장 빠르게 경제 위기에서 벗어나는 국가가 될 수 있을 것이다. 모든 것을 해결하는 답은 결국 현장에 있다.

김진숙 사법연수원 교수 · 부장검사, grace@scourt.go.kr

- 1964년생
- 연세대학교 법과대학 · 대학원 석사
- 1990년 제32회 사법시험 합격
- 1993년 서울지방검찰청 검사
- 1995년 인천지방검찰청 부천지청 검사
- 1997년 서울지방검찰청 서부지청 검사
- 1998년 광주지방검찰청 검사
- 2000년 제주지방검찰청 검사
- 2001년 법무부 여성정책담당관
- 2005년 광주지검 순천지청 부부장검사
- 2006년 대검찰청 검찰연구관
- 2008년 사법연수원 교수

# 주중 처녀

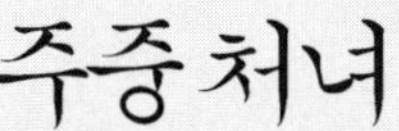
주중 처녀 | '애있수' 라 불러주세요 | 검사의 옷

주말 부부라고 해서 나쁜 것만은 아니다. 무엇보다도 일에 전념할 수 있다. 일찍 귀가하는 날이면 조용히 독서를 하거나 부족한 수면을 보충하는 등 휴식을 취할 수도 있다. 또 류시화 시인의 〈그대가 곁에 있어도 나는 그대가 그립다〉라는 시처럼 늘 그립기 때문에 싸우지 않고 상처 주는 말을 자제한다는 강점이 있다. 하지만 함께하는 시간이 부족한 주말 부부의 경우에는 그 결핍을 채울 수 있는 특별한 노력이 필요하다.

# 주중 처녀

　　　　　　　　매주 맞는 금요일이 특별한 이유
는 남편을 만나는 날이기 때문이다. 결혼 15년째인 우리 부부는 함께 생
활한 몇 년을 제외하고는 줄곧 주말 부부다. 나의 잦은 인사이동으로 가
족이 남편의 직장과 시댁이 있는 광주에 정착했기 때문이다. 평검사는 2
년에 한 번, 부장검사 이상은 1년에 한 번 인사이동이 있기 때문에 서
울·경기권에 발령받은 일부 검사를 제외하고는 주말 부부로 생활하는
검사가 많다. 보통 엄마가 아이를 양육하므로 주말 부부는 아빠가 홀로
생활하다가 주말에 가족이 있는 집으로 가는 것이 일반적이지만, 우리
부부는 그 반대다. 매주 금요일이면 내가 가족이 있는 광주로 가고, 월
요일 새벽에 다시 서울로 상경하곤 한다. 일요일 밤에 돌아오면 피곤함
은 덜하겠지만 헤어질 때 가족의 서운한 눈망울이 아른아른 잔상으로
남아 내내 마음이 울적하기 때문에 대개 가족이 잠든 새벽에 집을 나서
는 것이 낫다.

　사랑하는 배우자와 평생을 같이해도 부족할진대 주말에만 만나야 하
는 주말 부부의 불편함과 적막함은 말로 표현하기 어렵다. 불 꺼진 아

파트에 들어가기 싫어 근처 노래방에 가서 홀로 울부짖다시피 노래를 불렀다는 누군가처럼 빈 아파트에 불을 켜고 들어가는 일은 여전히 낯설다. 집안에서의 역할을 고려하면 아내, 엄마의 빈자리는 더욱 클 것이다. 지금은 중학생이 되어 훌쩍 커버렸지만, 아이가 어릴 때는 거리를 지나는 초등학생만 봐도 아이 생각에 가슴이 미어졌다. 또 남편이 식사는 제대로 하는지, 양복에 어울리지 않는 셔츠나 넥타이를 매고 출근한 것은 아닌지, 아내의 빈자리를 술잔으로 채우고 있지는 않은지, 늘 마음이 아프다.

그러나 주말 부부라고 해서 나쁜 것만은 아니다. 무엇보다도 일에 전념할 수 있다. 일찍 귀가하는 날이면 조용히 독서를 하거나 부족한 수면을 보충하는 등 휴식을 취할 수도 있다. 또 류시화 시인의 〈그대가 곁에 있어도 나는 그대가 그립다〉라는 시처럼 늘 그립기 때문에 싸우지 않고 상처 주는 말을 자제한다는 강점이 있다. 하지만 함께하는 시간이 부족한 주말 부부의 경우에는 그 결핍을 채울 수 있는 특별한 노력이 필요하다. 우리 가족의 경우에는 별다른 사정이 없는 한 주말에는 서로 개인적인 약속을 하지 않고 모든 시간을 함께 지내는 편이다. 토요 휴무제로 이틀이나 되는 휴일이지만 우리에게 그 이틀의 시간은 언제나 짧고 안타깝기만 하다.

단 한 번밖에 없는 인생인데 이렇게 고달프게 살아야 하나 하는 회의가 들 때도 있지만, 가족의 직장이나 학교가 외국에 있어 1년에 몇 번 만나기 어려운 기러기 아빠나 연말 부부에 비하면 넘치게 행복하지 않은가. 모든 것은 생각하기 나름이다. 주말 부부의 척박한 삶이 아닌 주중 처녀(?)의 활기찬 삶이라고 스스로를 위로하고, 주말의 신혼여행(?)을 기대하면서 씩씩하게 또 한 주를 시작해본다.

# '애있수'라 불러주세요

3월은 첫 만남과 자기소개의 달이다. 첫 만남의 어색함과 쑥스러움을 해소하고자 마련된 각종 모임에서 자신의 존재를 각인시키는 일은 중요하다. 그러나 짧은 시간 동안 간결하고도 인상적으로 자신을 소개하기란 매우 고민스러운 일이다.

연수생들의 자기소개에도 나름대로 기발한 전략이 동원된다. 먼저 자신을 낮추어 호감을 얻는 전략이다. "전 약학을 전공했고, 네 살 난 딸이 있어요. 모든 면에서 에이스가 되고 싶은데 어려울 것 같고요, 비슷하게 '애있수'로 불러주세요." 유사어를 활용해 강렬한 인상을 남기려는 사람도 눈에 띈다. "제 이름은 고봉ㅇ인데 부모님께서 늘 밥을 고봉으로 퍼주시면서 베풀며 살라고 하셨습니다. 앞으로 밥이든 술이든 고봉으로 먹겠습니다." 유머를 활용한 소개법도 있다. "부자는 맨션에서 살고, 빈자는 맨손으로 삽니다. 부자는 개소주를 마시고 빈자는 '깡소주'를 마신다는데, 저는 깡소주를 잘 먹지만 마음은 부자랍니다." 연륜 있는 교수들의 자기소개도 연수생 못지않다. "제 이름은 영수인데요, 부모님이 대학을 가려면 영어·수학을 잘해야 한다고 지어주신 이름입니다.” “제 이름 현철은 ‘현철과 벌 떼들’로 기억해주세요.”

비단 말로 하는 자기소개뿐 아니라 입학이나 취업을 위한 자기소개서 작성은 더 중요하다. 과거 점수만을 기준으로 학생을 뽑아온 대학도 최근 학생의 잠재력과 소질 등 다양한 특성을 반영해 선발하는 입학사정관제를 도입했다. 이런 전형에서도 ‘특별한 나’를 소개하는 첫 관문은 자기소개서일 것이다.

교수 한 명이 연수생 70여 명을 지도하는 사법연수원에서도 교수들이 처음 접하는 것은 역시 연수생들의 자기소개서다. 펜글씨 교본 같은 안정된 필체의 자기소개서를 읽다 보면 작성자의 정성과 내실이 느껴진다. 취미·특기가 ‘지적인 친구 따라 하기’, ‘책 읽는 척하기’라면 창의력과 감수성을 겸비한 연수생이다. 가난한 어린 시절 삼 남매가 단칸방에 나란히 누워 서로 갖고 싶은 물건을 이야기하면서 서로에게 그 물건을 사주기로 한 약속을 어른이 되어 지켰다는 소개 글에서는 가족의 단란함과 형제애가 느껴져 가슴이 먹먹해온다. 아무도 변론해주지 않는 다른 생명체에 대한 연민 때문에 동물 보호와 관련 법률을 심층 공부해보고 싶다는 연수생의 영혼에는 자유로움과 평화 의식이 깃들어 있다. 술을 못하는 것이 미안해서 사이다 한 번에 마시기 연습을 했다는 연수생에게서는 타인에 대한 배려와 세심함이 돋보인다.

선량한 사람들의 삶을 지켜주는 검사가 되고 싶다거나 재판까지 오게 된 당사자들의 절박한 마음을 어루만져 주는 판사가 되고 싶다는 작은 소망은 각 직역에 대한 순수한 직관을 토대로 한다.

울타리를 둘러 그들만의 특권계층으로 남지 않고, 약자의 편에서 눈물을 닦아주고 싶다는 연수생 1000여 명의 한결같은 포부는 법조계를 환히 비추어줄 새 희망의 등불이다.

# 검사의 옷

옷을 벗는다는 말은 검사들에게는 때때로 의미심장하다. 검사 직을 사직하고 공직을 떠날 때 옷을 벗는다고 표현하기 때문이다. '검사의 옷'이 가지는 의미는 무엇인가. 아마도 재판에 임하는 판사가 법복을 입듯이 검사가 내리는 각종 처분이 개인으로서 내리는 결정이 아니라 법 집행자로서 행하는 공식적인 결정임을 비유하는 말일 것이다. 판사는 재판을 할 때 늘 법복을 입지만 검사는 형사재판에서 공소 유지 활동을 하는 경우 외에는 대부분 법복을 입지 않는다. 이러한 관점에서 '판사의 옷'이 관념과 실체의 결합이라면 '검사의 옷'은 좀 더 관념적인 것으로 여겨진다. 《벌거벗은 임금님》이라는 동화에서처럼 눈에 보이지 않는 옷이지만, 검사의 다양한 활동과 결정에 대한 그 옷의 통제력은 매우 강력하다.

이러한 관념의 옷은 검사가 실제로 입는 옷을 통해 실체화된다. 범죄와 범인을 밝혀내고 피해자의 아픔을 위로해주는 치열한 삶의 현장에서 검사의 드레스코드는 단연코 정장이다. 그 경우 정장은 검은색, 감색, 재색이 주종을 이룬다. 깔끔한 흰색 셔츠에 검은색 정장은 법의 엄격함과 침범하기 어려운 권위를 반영한다. 세련된 푸른색 셔츠에 감색 정장은 기품 있는 절제와 차갑도록 청명한 법의식을 상징한다. 은은한 은회색 셔츠에 재색 정장은 법의 엄정함 속에 가려져 있는 따뜻한 배려와 연민을 표현한다.

'검사의 옷'은 민원인에게 예를 갖추기 위해서도 필요하다. 검사에게는 일상화된 만남이지만 사람들 대부분이 검찰청에 오는 일은 일생에 한 번 있을까 말까 한 경험이다. 내 집에 오는 손님을 맞을 때 집 안을 정리하고 옷매무새를 가다듬듯이, 검사의 사무실을 방문하는 민원인에게 정돈된 모습의 예를 갖추어야 함은 당연하다. 이는 검사의 결정이 민원인의 요구 사항을 잘 해결해주어야 하는 실질적인 면뿐만 아니라 민원인에게 결정 경위를 상세히 설명하는 등 형식적인 면도 중요하다는 교훈을 준다. 이러한 검사의 자세는 바로 민원인이 갖는 신뢰와 직결된다. 내 자신의 잘못을 단죄하기 위해 검사가 구속영장을 청구해도 그 결정을 신뢰한다면 큰 슬픔을 충분히 감내할 수 있으리라.

최근 여검사가 급증하면서 여성의 정장 차림에 대한 관심도 높다. 여성의 정장이 워낙 종류가 많다 보니 바지도 정장에 속하는지, 재킷 없는 원피스나 미니스커트도 정장인지 등 그 한계를 놓고 논란이 분분하다. 오랜 검사 생활을 통해 '검사의 옷'이 관념적 법복의 상징임을 경험한 상사들은 일부 검사의 '튀는 복장'을 다소 우려하기도 한다. 대부분은 이 같은 우려에 공감하지만 자기표현의 자유를 양보하는 데 익숙지 않은 일부 신세대 후배들에게는 고민스러운 일이다. 자신을 아름답게 가꾸고 남달리 표현하고 싶어 하는 본능은 충분히 이해되지만 어쩔 것인가. 스스로 만족해도 신뢰받지 못하는 외관보다 소박할지라도 믿음을 주는 '검사의 옷'이 피할 수 없는 검사의 운명인 것을.

# 피터 야거 <한국노바티스 사장, peter.jager@novartis.com

- 1957년 네덜란드 출생
- 네덜란드 암스테르담 대학교 약물학 전공(약물학 박사)
- 1983년 네덜란드 산도스 입사
- 1988년 산도스 본사 근무
- 1993년 일본 산도스 신제품 관리 및 전략기획부 책임자
- 1999년 노바티스 본사 유럽 지역 마케팅 총괄 책임자
- 2002년 태국 노바티스 사장 겸 동남아시아 Multidivisional business 책임자, 노바티스 본사 국제협력부 총책임자 겸 임원
- 2008년 한국노바티스 사장
- 2009년 다국적의약산업협회(KRPIA) 9대 회장

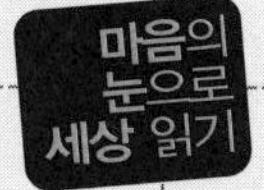

# 추기경의 선물

추기경의 선물 The Gift of the Cardinal
물고기 잡는 법 How to Catch Fish
타향살이 Living my Dream

김 추기경이 마지막으로 남긴 "서로 사랑하세요"라는 말을 가슴에 간직하면서 타인을 배려하고 도움이 필요한 이들에게 마음을 활짝 열어야 한다. 장기 기증 서약서에 서명하는 쉽고 단순한 방법만으로도 누구든지 변화를 만들어낼 수 있다. 필자는 한국 사회의 이런 움직임이 세상을 변화시키는 희망의 소식이 되리라 낙관한다.

# 추기경의 선물

"고맙습니다.  서로  사랑하세요"
라는 말을 마지막으로 2009년 2월 16일 김수환 추기경이 세상을 떠났다. 그의 일생은 항상 관대하게 주는 삶이었다. 마지막 순간에도 그는 '생명의 선물'로 각막을 기증하여 두 사람의 시력을 회복하게 하고, 우리 사회에 장기 기증의 중요성을 일깨워 주었다.

2008년 12월, 필자의 회사와 서울대병원 장기 이식 센터는 장기 이식자·장기 기증자 10명과 의료진, 산악인이 함께 참여하는 히말라야 등정을 추진했다. 이들은 히말라야 등정 도전을 통해 한국 사회의 장기 이식과 장기 기증에 대한 편견의 벽을 허물고 싶어 했다. 히말라야 등정은 건강한 사람에게도 쉽지 않기에, 이번 원정은 세계적으로 유례없는 용감하고 위험한 도전이었다. 비록 일부 원정대원들은 베이스캠프로 귀환했지만, 이들은 12월 22일 아일랜드피크 정상(6189미터)에 깃발을 꽂았다. 원정대는 기증과 이식을 거쳤어도 충분히 건강한 삶을 영위할 수 있다는 것을 몸소 보여주었다. 실제로 동행했던 의료진조차 놀랄 만큼 장기 이식자들과 기증자들은 정상인과 다를 바 없는 건강 상태를 눈으로 확인시켜주었다.

한국에는 지금 장기 이식 대기자 1만 8000여 명이 있다고 한다. 그중 겨우 20퍼센트만 이식을 받고 있는데, 그마저 평균 4년 이상 기다린 후에야 가능하다고 하니 그야말로 삶과 죽음 사이의 공포에 놓인 셈이다. 필자가 나고 자란 네덜란드를 비롯하여 유럽에서는 한국보다 장기 기증 절차가 간소하고 사회적으로 이해가 모아져 장기 기증 비율이 높은 편이다. 그렇기 때문에 유럽에서는 여러 해 전부터 장기 이식자 수가 증가하고, 이식 대기자 수가 감소하는 추세다. 그래서 필자도 한국의 장기 기증 문화를 만들어가는 데 조금이나마 일조할 수 있다면 좋겠다고 생각해오던 중 2009년 1월 장기 기증 서약서에 서명했다.

최근 장기 기증 서약자 수가 평소의 30배에 달하고, 뇌사자 장기 기증 간소화, 장기 이식 법률 개정 등의 논의가 활발하다. 여기에 김 추기경의 선종일인 2월 16일을 장기 기증의 날로 기념하기로 한 것은 무척 반가운 소식이다. 앞으로 장기 기증의 날이 장기 기증을 애타게 기다리는 환자들에게 희망의 등불을 비추는 날이 되기를 바라는 마음 간절하다. 더불어 장기 기증에 대한 사회적 관심이 은근한 아랫목처럼 오래오래 타올랐으면 좋겠다. 한국 전통의 온돌방과 아랫목은 왠지 한국인이 지닌 열정과 저력의 뿌리인 것 같기 때문이다.

김 추기경이 마지막으로 남긴 "서로 사랑하세요"라는 말을 가슴에 간직하면서 타인을 배려하고 도움이 필요한 이들에게 마음을 활짝 열어야 한다. 장기 기증 서약서에 서명하는 쉽고 단순한 방법만으로도 누구든지 변화를 만들어낼 수 있다. 필자는 한국 사회의 이런 움직임이 세상을 변화시키는 희망의 소식이 되리라 낙관한다.

# The Gift of the Cardinal

Cardinal Stephen Kim Sou-hwan passed away on February 16 leaving the last words "Thank you······Please love each other." Throughout his life, until the day he deceased, he always was a most generous man, touching the hearts of people. The ultimate 'gift of life' was the donation of his own corneas to patients in dear need of cornea transplantation. This act not only gave eye sight to at least one patient, but also reminded the entire community of the importance of organ donation in general. Despite tireless efforts by the Korean Transplant Society to raise awareness on organ donation, the topic does not get the attention it needs. Cardinal Kim realized this very well, and we are extremely grateful as his legacy will always be connected to the 'Gift of Life', and many transplant patients-to-be will owe their lives to this exemplary act.

Organized by Seoul National University Hospital, Transplantation Center, the company where I work supported a Himalaya expedition team with 10 organ donors and recipients as well as medical professionals and alpinists to climb to a Himalayan mountain during last December. Through the challenging climbing to the top of the 'Island Peak' at 6189 meters, 'The Himalayan Expedition Team of Life-shared People' was determined to overcome social bias toward organ transplantation and donation. As even for healthy trained people, climbing the Himalayas can be very challenging, it was to be expected that for organ recipients, this expedition was not only unprecedented, but also a daring and risky one. Thanks to the perfect physical and mental preparation as well as the professional support prior and during the expedition, several of the group indeed could make it to the Island Peak, whereas others had to return to Base Camp.

It must have been a victorious moment, on December 22, 2008, when the team planted their flag on the summit of Island Peak. They demonstrated that the social bias toward organ transplantation and donation is merely a bias and that transplant patients and organ donors are able to live healthy life. Even the medical professionals who joined the team surprisingly witnessed that organ donors and recipients are as healthy as ordinary people. Afterward, I was told that the expedition team members formed a group called 'Companions' to continue promoting organ donation and increasing social understanding of organ transplantation.

The latest figures show that today, 18,000 patients are now waiting for organ transplantation in Korea. Only 20% of them can actually get a chance to receive organ transplantation, but even these patients have to wait for more than 4 years on average in fear of crisis of life and death. In Europe, including the Netherlands where I was born and grew up, the awareness of organ donation is quite high amongst the general public. Also, the procedures of organ procurement are relatively simple and well coordinated across Europe. This has led over the years to increased number of transplantations and declining numbers of patients on the waiting list in Europe.

Inspired by the success of the Himalaya expedition, I have been thinking of making a small but meaningful contributing to building up the culture of donating organs in Korea. During the expedition photo event held at Seoul Station in January, I signed up to register as a donor, taking a lead in the move that hopefully will be followed by many Korean people.

And indeed, during recent weeks, the number of people who signed to register as organ donor increased by 30 times compared to the same period last year, and active discussions are being made to simplify the procedure for organ donation, to revise the law related to cadaveric organ transplantation.

It would be a great honor to Cardinal Kim declaring February 16 as the 'Day of Organ Donation' in Korea. May this day become a beacon of hope for all those patients who are desperately waiting for a suitable donor organ.

I sincerely hope the social understanding of organ donation will receive a warm reception in the hearts of all Koreans, like the warm 'ondol' floor near the fireplace. The traditional Korean ondol floor seems to be the root of passion and energy, which is so much part of the Korean culture.

We all must take Cardinal Kim's last words to our hearts; "Please love each other" tells us that we must care about one another and open our minds to reach out to those in need in a very personal way. I am hopeful and optimistic that even in the challenging times of today's world, everyone can make a difference in a simple and easy way ; by signing up as an organ donor.

# 물고기 잡는 법

유대인 속담에 "아들에게 물고기 한 마리를 준다면 하루밖에 살지 못하지만 잡는 방법을 가르쳐주면 평생을 살아갈 수 있다"라는 말이 있다. 시간이 걸리고 위험이 따르지만 스스로 물고기를 잡는 과정에서 많은 경험과 가치를 배울 수 있다는 이 말에 깊이 공감한다.

이 속담은 한국의 생명과학·제약 산업 분야에서도 되새겨보아야 하지 않을까 싶다. 눈부시게 진화하는 과학 기술이 혁신적 치료제 개발의 판도를 바꿔놓고 있기 때문이다. 바이오 제약은 아주 매력적인 분야다. 최근 한국에서도 수십여 개의 바이오테크 기업이 생기면서 이 중 상당수가 암, 당뇨병, 심장병 등에 대한 신약 개발 프로젝트를 진행하고 있다. 아직은 대부분이 초기 단계로, 신약으로 시장에 나오려면 10여 년의 연구 기간이 더 걸릴 수 있다. 그러나 이들 생명과학자의 노력은 한국의 신약 개발에 엄청난 기여를 할 것이다.

한국의 생명과학, 제약 산업은 신약의 발견과 개발에 상당한 잠재력을 보유하고 있다. 한국의 우수한 과학적 인프라, 기술과 재능, 고도로 발전한 IT에 역량 있는 국내외 제약사와의 파트너십을 구축한다면 그 가치를 더할 수 있고 투자도 이끌어낼 수 있을 것이다.

그러나 미래 성장 동력으로서 생명과학, 제약 산업이 좀 더 역할을 잘해내려면 업계와 정부가 합심해 물고기 잡는 법을 터득해야 한다. 먼저, 업계는 신약 연구개발R&D 투자에 적극적인 자세를 가져야 한다. 한 예로 세계 3위 제약사인 노바티스는 2008년 매출의 17퍼센트인 72억 달러를 연구개발에 투자했다. 다음으로, 신약에 대한 적정가격 보장, 연구개발 투자에 대한 세금 감면, 지식재산권 보호 등 신약 연구개발에 대한 투자를 장려하는 정책이 마련되어야 한다. 신약 하나를 개발하기까지 평균 14년, 15억 달러가 필요하다. 이는 물론 실패한 경우의 비용을 포함한 수치디. 그만큼 힘들게 개발된 신약의 가치가 시장에서 제대로 인정받아야 관심과 투자가 확대될 수 있다. 끝으로, 우수 연구개발 인력을 양성하고 확보하기 위해 지속적인 노력이 필요하다. 한국보건산업진흥원 보고서에 따르면, 한국의 신약 개발과 관련한 연구개발 인력은 현재도 2만여 명 이상 부족한 상황이며 앞으로 더 심화될 것으로 전망된다.

당장의 배고픔에 급급해 물고기를 잡아주는 부모와 같이 기다려주지 못하는 조급함을 이제 내려놓자. 한국의 바이오 제약 산업을 우수한 성장 엔진으로 만들려면 비전, 결단력, 인내심이 필요하다. 신약 하나가 개발되어 출시되기까지 길게는 15년간 인내가 필요하다. 한국의 바이오테크는 '물고기 잡는 법'을 가르치고, 글로벌 기업 및 학계와 네트워크를 구축하는 데 집중하며, 미래를 내다보는 정부 정책의 지원을 받을 때 진정한 성장 엔진이 될 것이다.

# How to Catch Fish
## : Korea's Biotech Rise to Global Success

A Jewish proverb says that 'If you give a fish to your son, it will feed him for a day. But if you teach him how to catch fish, it will feed him for his life time.' I deeply sympathize with this proverb in that one can gain much more experience and grow added value by oneself in the course of 'catching fish', even though it will take time and one will need to over-come obstacles along the way.

My observation is that the bio-pharmaceutical industry in Korea today needs to pay attention to this proverb, as the evolving science and technology in this sector is rapidly transforming the way we discover new breakthrough medicines that address unmet patient needs world-wide. With the elucidation and publication of the 'Human Genome' in 2001, the science of 'Functional Genomics' has taken off rapidly. In the recent past it was essentially 'trial and error' and high throughput testing that drove drug discovery research. Now we can depart from a much better scientific understanding of diseases, understand the biological pathways that are associated to the disease and develop specific targets to address the disease. Whereas until recently, there were as little as 400 potential therapeutic targets known and available, we soon will be able to explore over 100,000 potential therapeutic targets, as a result of the new science of functional genomics. New 'drugs' could be small molecules, proteins, antibodies, growth factors, even vaccines.

The bio-pharmaceutical industry is a highly attractive sector to develop ; in recent years, dozens of new Biotech start-ups have been established in Korea, many of them are running very promising scientific programs that may lead to the discovery of breakthrough medicines, such as for cancer, diabetes, heart disease, rheumatoid arthritis and neurological disorders. Some of these programs have led to successful Korean patent filings in recent years : this emphasizes the need to have a world class intellectual property protection in place in Korea, notably for the bio-pharmaceutical sector. What we see today in Korea are mostly early phase discovery programs : It will take at least a decade of further R&D until we will see the first of these new generation medicines come to market. I am convinced that Korea's life-scientists can contribute significantly to the process of transforming drug discovery, based on a better understanding of the biology of diseases.

Biotech is a risky, expensive but potentially very rewarding venture that requires not only scientific excellence, but also vast investments over time as well as early global partnering with other Biotech companies and scientific institutions. Why global partnering? First, to build strategic alliances with academia and other biotech companies, providing a sound basis to share knowledge and technology platforms necessary to take the right scientific decisions and speed up R&D programs, strengthening their pre-clinical pipeline. Second, to attract more capital needed to develop the research programs through the various phases before going into clinical testing. And third, to speed up the process of clinical development, market authorization and global commercialization.

I believe that the Korean Biotech and Pharma industry have a great potential for new drug discovery and development. Key assets here are the excellent scientific infrastructure, the availability of scientific skills and talents, the highly developed IT sector, the presence of a strong local and multinational pharmaceutical industry, having the means to invest and ability to add value through partnering. Having had the opportunity to talk with many people including the industry leaders and policy makers in Korea, I have felt that the industry and government need to join force as partners to learn how to catch fish, in order that the bio-pharmaceutical industry will be able to successfully play its pivotal role as one of future growth engines in Korea.

In order to achieve this ambitious goal, a number of requirements need to be met ; First of all, the industry should have a clear strategy to continue sufficient investment in R&D. Global pharma companies spend typically about 15~20% of their revenues on R&D. For instance, Novartis alone invested USD 7.2 billion in R&D or 17% of its total revenues in 2008. The 'going rate' for a full R&D program that leads to one novel medicine today is well over 1.5 Billion USD over a period of 14 years on average : this includes the cost of failure. Secondly, the government must offer incentives by recognizing the value of innovation, allowing a certain premium (meaning value-based pricing) for the innovator to pay back the huge investments needed. Also, providing tax benefits and protection of intellectual properties are necessary in order to motivate R&D investment.

Also, Korea must devote resources to further strengthen bio-pharma research, expanding academic involvement and capacity, increasing the pool of life science talents. According to a report released by KHIDI, the industry has a shortage of more than 20,000 specialized human resources in R&D today.

The vast resources required to pay for new drug discovery and development today are financed by the revenues of companies marketing current medicines, complemented by venture capital. Given that it takes up to 15 years of heavy investment before starting to generate any income, let us avoid the impatience like parents who give a fish to feed their hungry children without teaching them how to catch fish. Vision, determination and above all patience are necessary to build a formidable new Bio-Pharmaceutical growth engine for Korea. For now, local biotech needs concentrate on teaching 'the art of fishing' , working within the global biotech and academia network, supported and enabled by for-ward-looking government policies and schemes.

# 타향살이

타국에서 살아가는 외국인은 두 부류다. 하나는 해외 근무를 끝내고 빨리 고국으로 돌아가고 싶어 하는 사람들이고, 다른 하나는 꿈을 좇으며 사는 사람들이다. 필자는 글로벌 기업의 경영인으로서 삶의 대부분을 외국에서 보내고 있어 후자에 속한다. 여러 나라에서 생활하면서 다양한 문화를 경험하고 그 속에서 '글로벌 비전'과 다양한 시각을 가질 수 있어 스스로 복 받은 사람이라고 생각한다.

고국인 네덜란드를 떠나 지내온 20여 년을 되돌아보면, 필자는 세계 어디를 가든지 쉽게 적응해왔다. 그러나 한편으로는 가족과 친구들, 고향의 날씨, 맛있는 치즈와 통밀빵 등에 대한 그리움이 깊었고, 말이 통하지 않아 겪는 불편도 컸다.

특히 필자는 1994년 일본 도쿄에서 발생한 사린 독가스 살포 사건, 1995년 고베 지진, 2004년 동남아를 덮친 지진해일 등 극적인 순간의 현장에 있었다. 지금도 재앙의 한가운데에서 탈출하던 기억을 지울 수 없다. 그럼에도 해외 생활에 잘 적응한 것은 문제를 기회로 바꾸고, 해외에서의 삶을 학습 경험으로 보는 마음가짐이 중요하게 작용했다.

필자가 '행복한 외국인'으로 살아가는 데 결정적인 요소는 가족이다. 다행히도 아내와 필자는 아시아 문화에 관심이 많고 모험을 즐긴다. 두 아이 모두 외국에서 태어나 다양한 나라에서 자란 덕분에 3~4개 국어를 할 줄 알고, 이런 경험을 좋아한다. 그럼에도 아이들이 외국인으로 살아가는 일은 쉽지 않다. 몇 년마다 학교를 옮기고 다른 교육제도에 적응해야 하기 때문이다. 현재 중학교 1학년인 아들은 유치원에 입학한 후 지금까지 학교를 여섯 번 옮겼다. 아이들에게 가장 힘든 부분은 친구들과 만나고 헤어지는 일이다. 다행히 인터넷 덕분에 자주 연락을 주고받을 수 있고, 필자의 가족은 고향에서 방영 중인 인기 드라마나 라디오 프로그램을 즐기고 있다.

1년여의 한국 생활은, 좋은 쪽으로 다르다고 말할 수 있다. 사실 한국에 오기 전에는 외국인이 살기에는 힘든 나라라고 들었다. 그런데 한국에 와보니 달랐다. 잘 익은 김치도 맛있고(심지어 중·동부 유럽 사람들이 먹는 절인 양배추Sauerkraut보다도 맛있다), 연극·태권도 등 다양한 문화를 접할 수 있다. 게다가 한국은 고유의 민족성을 가지고 있고, 한국인들은 믿을 수 없을 정도로 열심히 살아간다. 큰 계획을 세우고 성공을 위해 노력하는 한국인들의 모습은 다른 나라 국민에게서 찾기 힘들다. 우수한 학교들과 산업·정보 기술IT 등의 기술력, 풍부한 볼거리 등도 자랑거리다.

1988년 서울올림픽과 2002년 월드컵 이후 많은 변화가 있었으며, 2012년 여수 세계박람회 역시 한국을 알릴 수 있는 좋은 기회가 될 것이다. 그때쯤이면 우리 가족은 또 다른 나라에서 살며 한국을 찾게 되지 않을까 싶다. 꿈을 좇으며 사는 삶은 행복하다.

# Living my Dream

There are 2 kinds of expats ;  the ones that 'can't wait to leave' and those who love it and live their dream. I belong to the latter kind ; having lived as expat for most of my professional life, I consider myself a privileged person, having accumulated a vast amount of multi-cultural experiences that led to a kind of 'global vision' , providing a whole new life perspective. Looking back after some 20 years of living away from what I used to call 'home' , I realize that I feel at home very quickly pretty much anywhere. How did this evolve? It's all about mindset and attitude, turning issues into opportunities, considering life one big, never ending learning experience. Yes, there has been 'hardship' during periods, missing family and friends, moments being literally 'lost in translation' , missing the seasons, craving for a simple food item like a good cheese or plain dark bread……. These 'comfort' issues aside, we also experienced some dramatic moments during our time abroad ; we closely witnessed several catastrophic events such as the sarin gas attacks in the Tokyo subway in 1994, the Kobe earthquake of 1995, the South East Asia tsunami of 2004. To be amidst the epicenter of human suffering and escape unhurt was an incredible experience that caused a lasting impression on our lives.

Recently, I woke up on a Sunday morning by the sound of a helicopter hovering near our house in Seoul. Slightly disturbed, I suddenly realized I missed the sound of silence broken by church bells. I was carried back to my hometown and re-lived some intense childhood experience, literally out of the blue. Suddenly I felt upset as if I was at the wrong place at the wrong time. But moments like this have been rare. What is really a decisive factor for the 'happy expat' is the family. And here I am very lucky as my wife shares with me the same desire for adventure as well as the curiosity for foreign (read ; Asian) cultures. Our kids both were born abroad and grew up in different countries, speaking 3-4 different languages. They are truly 'children of the world' , and loving it! One touching moment was when we visited a school concert with our then 8 year old daughter. Pointing at a black lady wearing glasses, she told her grandma, who also attended the concert ; "Look, that's my teacher Sarah!" "Whom?" Grandma asked. "The black lady near the piano?" No, replied our daughter, "the smiling lady wearing glasses." She simply did not want her Grandma to use skin color as a discriminating factor.

I don't say it is always easy for kids to be ex-patriated, and not necessarily good for their education either to switch schools and school systems every couple of years. Our son, 7th grader, will embark on his 6th school in as many countries since Kindergarten in 1996. Nevertheless, kids cope with change remarkably well, be it with an extra effort and sometimes with some pain or sadness. What tends to be most painful for them is the coming and going of their friends, especially the ones they have developed a real friendship with. Luckily, the internet offers some relief to them as a perfect medium to shorten distances, keeping in touch. In recent years, our family has become heavy users of Skype, Facebook, LinkedIn, iTunes, YouTube and the likes. Enjoying our favorite TV and radio shows from our home countries has never been so easy.

Another great thing is that, over the years, we have built up an ever growing circle of friends practically from all over the world. Having shared quite similar experiences abroad, expats often stick together as friends, even years after returning home ; the expat experience can create a bonding for a lifetime.

How have we experienced Korea so far? The short answer is ; Positively different. Different from what we had expected and different from what we had heard from others prior to coming here. The pre-occupations about Korea being 'harsh' for foreigners, a 'tough country' to live and work, Seoul being a congested and polluted metropole with very few greenery. These all appeared to be wrong perceptions.

A good kimchi is delicious and even more tasty than the fermented white cabbage (Sauerkraut) we find in Central/Western Europe. Few things that came out as predicted were the high cost of living, few world-class international schools and the difficulty in finding some specific (mainly European) food items. We found out that Korea has a lot more to offer than we could imagine ; arts of all possible kinds ; from classic to modern, from performing arts such as drama, to martial arts : besides that, Korea has a unique national spirit, and incredibly driven people. We have never experienced the levels of ambition, the will to win as we have here in Korea. Apart from that, what impressed us is the academic and industrial excellence, the love for high tech and high speed.

The Korea Tourism Authority has a job to do to improve the profile of the country as a tourist destination : a lot has happened after the Seoul Olympics of 1988 and even after the World Cup of 2003. For sure, the World Exhibition in 2012 to be held in the city of Yeosu will be a good opportunity for Korea. We'll be there…… as visitors from yet another country. Life is great if you can live your dream.

## 오규식 LG패션 부사장, ksoha@lgfashion.co.kr

- 1958년생
- 서강대학교 무역학과, 서울대학교 최고경영자 과정
- 1982년 LG상사 입사
- 1990년 LG상사 뉴욕 지사
- 2001년 LG상사 경영기획 담당 상무
- 2004년 LG상사 패션 부문 상무
- 2006년 LG패션 최고재무책임자(CFO), 부사장

# 체크미학

체크 미학 | 지휘자 | 비움과 채움

자기 쪽만을 생각하고 바라보는 것이 아니라 서로 상반되는 곳을 바라봐 주고 배려해주며 그들이 들어올 공간도 일부러 만들어주고, 또 반대로 그런 배려를 받는 경험을 해나가면서 정말 좋은 명품 사회가 만들어지는 것이 아닐까 하는 생각이 든다. 남자는 여자를, 기성세대는 신세대를, 내국인은 외국인을, 사무직은 기술 전문직을, 경영인은 사원을 반대 입장에서 진심 어린 마음으로 '체크' 해주는 '명품 체크' 사회가 된다면 어떨까.

# 체크 미학

　　　　스코틀랜드의 한 종족이 자신들
을 표현하는 수단으로 사용했던 체크무늬는 지금까지 전 세계적으로
가장 사랑받아온 디자인 패턴의 '스테디셀러'다. 다양한 소재와 디자인
으로 늘 새로운 변화를 보여주는 이 체크무늬는 한 방향으로만 디자인
된 스트라이프 무늬의 단순함에 비해 가로세로의 절묘한 조화로 그 아
름다움을 한껏 뽐내고 있어 인기가 지속될 수 있다.

　그런데 이 가로세로의 조화가 깨져 불균형해진 '체크'는 고객에게서
사랑을 못 받는다. 실례로 필자의 회사에서 그동안 판매했던 의류나
액세서리 제품 중에서 체크 디자인 품목을 조사해보니 가로세로의 균
형이 언밸런스하거나 튀는 느낌을 주는 패턴은 역시 고객의 반응이 좋
지 않았다. 반면 가로세로가 조화롭게 되었다고 평가받는 체크무늬라
든가 체크를 중심으로 한 브랜드 제품이지만 체크가 보일 듯 말 듯 은
은하게 숨어서 제품 디자인을 받쳐주는 제품군에 대한 고객의 반응은
좋았다.

　원단에서도 이런 현상은 그대로 나타난다. 원단의 종류는 크게 직물

과 편물 두 가지로 나뉘는데, 직물은 씨실과 날실이 서로 수직으로 교차하면서 짜는 방식이고, 편물은 한 방향으로만 직조되는 옷감이다. 이 중에서 전통적으로 많이 사용되는 원단이 씨줄과 날줄이 서로 얽히고 설키면서 다양한 형태의 옷감으로 만들어지는 직물woven인데, 짜는 형태에 따라 평직平織, plain weave, 능직綾織, twill weave, 주자직朱子織, satin weave으로 크게 세 가지로 나뉜다. 이 모두가 각각 가로세로 간의 적절한 균형을 중심으로 잘 짜여야만 이른바 명품 원단이 탄생하는 것이다. 씨실이 날실에 비해 너무 빡빡하게 짜이거나 반대로 너무 느슨하게 짜이면 옷감이 좌우나 상하로 틀어질 수도 있다. 씨실과 날실의 힘이 둘 다 과다하게 들어가면 옷감이 너무 빳빳해져서 그 멋을 제대로 살릴 수 없다. 씨실은 씨실대로 제 역할을 하면서 옷감의 쓰임에 맞게 날실이 들어올 최적의 공간을 마련해주고, 날실은 날실대로 그 공간에 부드럽게 맞추어 들어가야 가장 자연스러운 옷감이 만들어진다.

체크무늬나 직물의 현상에서 보듯, 직장이나 사회에서도 마찬가지다. 자기 쪽만을 생각하고 바라보는 것이 아니라 서로 상반되는 곳을 바라봐 주고 배려해주며 그들이 들어올 공간도 일부러 만들어주고, 또 반대로 그런 배려를 받는 경험을 해나가면서 정말 좋은 명품 사회가 만들어지는 것이 아닐까 하는 생각이 든다. 남자는 여자를, 기성세대는 신세대를, 내국인은 외국인을, 사무직은 기술 전문직을, 경영인은 사원을 반대 입장에서 진심 어린 마음으로 ‘체크’ 해주는 ‘명품 체크’ 사회가 된다면 어떨까. 오늘도 윗도리와 아랫도리를 진짜 어울리게 입었을까 고민하는 ‘패션인’의 한 사람으로서 몇 자 적어본다.

# 지휘자

2008년 세계 클래식 음악계에서 가장 인상적인 지휘자를 꼽는다면, 스물일곱에 LA 필하모닉 차기 상임 지휘자로 지명되어 세계를 깜짝 놀라게 한 구스타보 두다멜이다. 빈곤층 대상의 특별 음악교육 프로그램인 '엘 시스테마(시스템)'가 키워낸 그의 천재적인 지휘는 음악을 사랑하는 전 세계 사람들의 열정과 감동을 이끌어냈다.

우리나라에서는 실제 지휘자는 아니지만 전 국민에게 꿈과 감동을 준 드라마 〈베토벤 바이러스〉에서 주인공으로 열연한 '강마에'가 2008년에 가장 유명해진 '마에스트로'일 것이다. 그는 돋보이는 연기를 통해 지휘자가 오케스트라를 대표해서 음악을 들려주는 것만이 아닌, 우리가 상상하지 못한 엄청난 능력과 노력, 탁월한 리더십을 겸비해야 한다는 것을 감동적으로 전해주었다.

지휘자는 각각의 개성을 조율해 하나의 아름다운 화음을 만들어내는 사람이다. 세계 정상급의 단원들만 모인 최고의 오케스트라도 지휘자 한 사람의 역량에 따라 그들이 내는 연주 수준은 하늘과 땅 차이가 날

수 있다. 필자가 아는 어느 오케스트라 단원은 천재성을 보이는 지휘자에 대해 단원들끼리 "우리 마에스트로는 처음부터 끝까지 나만 보는 것 같다"라며 뼈 있는 농담을 자주 나눈다고 한다. 100명 가까이 되는 단원들 하나하나를 꿰뚫어본다는 것이다. 한 시간이나 되는 심포니를 전부 외워서 하는 명지휘자는 이성, 감성, 천재성에다 노력을 더해야 가능한 일이다. 사실 지휘자가 하는 일은 영零에서 무한대라 할 수 있다. 아무 생각 없이 움직여도 오케스트라는 소리를 내지만, 지휘자의 해석과 리더십 없이는 그저 단순한 소리일 뿐이다.

'지휘'라는 말의 원래 의미는 정해진 목적을 위해 앞에서 이끄는 것을 말한다. 하지만 지휘자가 그렇게만 한다고 음악이 되는 것은 아니나. 단원들의 전폭적인 신뢰를 얻기 전에는 불가능하나. 내개 실력 있는 단원들은 연습을 한두 번만 해보면 지휘자의 수준을 파악한다고 한다. 지휘자가 단원을 볼 때도 그렇지만, 단원들 역시 지휘자를 평가하고 나의 활을 맡길 수 있을 만하다고 인정하고 신뢰한 후에 그에게 모든 것을 맡긴다는 것이다.

리더십이란 단원들을 꿰뚫는 지휘자와 자신의 연주를 지휘봉에 맡기는 단원들처럼, 상대방을 이끄는 것뿐만 아니라 상대방에게 자신을 맡기는 것을 포함한다. 최근 김인식 감독은 전 국민에게 '믿음'이라는 화두를 제시하며 WBC 준우승을 이루어냈다. 척박한 환경이지만 믿음의 야구를 통해 잠들어 있던 선수들을 깨워 위대한 승리를 거둔 김 감독의 리더십에 전 세계가 극찬을 아끼지 않고 있다. 이 열기와 감동이 식지 않고 이어져서 회사는 물론 사회 곳곳에서 '명지휘자'와 '명단원'들의 음악 소리가 쩌렁쩌렁 울렸으면 하는 마음 간절하다.

# 비움과 채움

　　나뿐만이 아니라 다른 중견 샐러리맨들도 비슷한 상황일 거라며 자기 합리화를 하는 것 중에서 가장 큰 빚으로 마음속에 남아 있는 것은 아마도 가족에 대한 시간적 배려일 것이다. 필자 또한 아내와 두 딸에게 시간을 많이 내주지 못한 빵점 남편, 빵점 아빠다. 일을 우선으로 하는 버릇이 지금도 잘 고쳐지지 않지만, 몇 년 전부터 여름이면 꼭 휴가를 내서 그동안 까먹었던 점수를 회복 중이다.

　　'휴가'라는 의미의 영어 단어 'vacation'을 들여다보면 '비우다'라는 'vacate'에서 출발하지 않았나 싶다. 아마도 일정을 '비우다'라는 의미에서 변형되었겠지만, 달리 생각해보면 쌓였던 스트레스나 남을 미워했던 마음, 고민, 아쉬움 등 어둡고 안 좋은 앙금을 모두 비우고 새롭고 좋은 것으로 채우자는 뜻으로 해석해볼 수도 있겠다.

　　그런데 아직은 비우자는 마음으로 떠나는 휴가가 익숙하지 않아서인지 가끔은 휴가를 가서 무언가 잘못 '채우고' 돌아오는 경우가 있다. 특히 세계 정상급 '8282 근성'을 가진 한국 사람이라면 누구나 공감하겠지만, 외국에 나가보면 복장 터지게 느긋한 외국인들의 일처리나 삶의 방식에서 참을성을 시험당하는 기분이 들 때가 있다. 공항에서의 느긋한 입국절차라든가 호텔의 느린 인터넷 속도 등은 성격 급한 한국 사람에게 고문이나 다름없다.

바쁘기로 치면 남부럽지 않은 필자를 포함하여 부지런히 사는 한국인들은 그동안의 스트레스와 수고를 비우러 가는 휴가지에서조차 무엇에 쫓기듯 늘 불안하고 초조하다. 그래서인지 귀국길 외국 공항에서 마주치는 한국 사람들의 표정은 왠지 새롭고 좋은 것으로 채운 것 같아 보이지 않는다.

얼마 전 자신의 미래와 비전에 대해 걱정하는 한 직원의 이야기를 듣고 나의 지난날을 돌이켜보게 되었다. 개발 시대의 선배들을 포함하여 우리 세대는 충전할 시간이 없이 달려왔다. 그런 노력과 희생이 오늘의 우리 경제를 일구었지만, 지금 우리 사회에서 무엇보다 필요한 것은 여유가 아닐까. 여유는 창조적인 사고를 가능하게 한다. 글로벌 환경에서 한국 기업들의 경쟁력을 강하게 하는 소중한 자산이다. 실제 생각과 삶의 방식이 다양해지는 현대사회는 기성세대처럼 앞으로만 달려 나가는 것에 큰 의미를 두지 않는다.

LG패션은 최근 용인에 '이룸'이라는 연수원을 마련했다. '비움'이라는 이름의 휴양관과 '채움'이라는 이름의 교육관으로 구성되어 있다. 이름 그대로 필요 없는 것은 비우고 새로운 것을 채움으로써 회사의 비전을 이루어낸다는 뜻이다. 많은 후배가 이 공간을 통해 비울 것은 비우고 채울 것은 채워서 지금보다 더 뛰어난 창의력을 발휘해주었으면 좋겠다. 그리고 외국 공항에서는 여유로운 한국인의 표정을 보여주길 바란다.

# 최경수 현대증권 사장, kschoi50@youfirst.co.kr

- 1950년생
- 서울대학교 지리학과, 일본 게이오 대학교 경제학 석사, 숭실대학교 경제학 박사
- 1973년 제14회 행정고시 합격
- 1996년 홍조근정훈장
- 2001년 재정경제부 국세심판원장
- 2002년 재정경제부 세제실장
- 2003년 중부지방국세청장, 제22대 조달청장
- 2006년 계명대학교 세무학과 교수, 우리은행 사외이사
- 2008년 현대증권 사장, 황조근정훈장

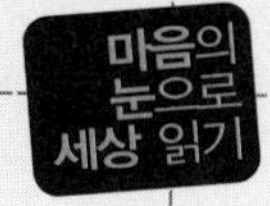


# 추억 속의 자전거

추억 속의 자전거 | 선입견 깨기 | 이목지신

어린 시절부터 보아왔던 자전거에 대한 단상은 친근함과 소박함 그 자체였다. 울고 웃는 사연이 가득 담긴 편지를 전해주던 우체부 아저씨의 자전거, 연탄과 채소를 배달하던 동네 가게 아저씨의 자전거, 논밭에 일하러 농기구를 싣고 가시던 할아버지의 자전거, 뒷자리에 아이를 태우고 장에 가시던 아버지의 자전거……. 그런 애틋한 기억 속의 자전거는 이제 볼 수 없다. 하지만 고도로 산업화한 사회의 현대인들에게 자전거는 건강 증진은 물론 일정 부분 자동차를 대체하는 새로운 개념으로 다시 태어나고 있다.

# 추억 속의 자전거

주말에 차를 타고 서울을 벗어나 교외를 달리다 보면 무리를 지어 자전거를 타는 사람들을 자주 목격하게 된다. 알록달록한 헬멧에 까만 스포츠고글, 형형색색의 옷과 마스크로 한껏 멋을 낸 그들은 영락없이 레저를 즐기는 '젊은이들'의 모습이다. 하지만 휴게소에서 만난 그들은 믿기 어려울 정도로 중장년 이상인 사람들이었다. 서울의 도심 한가운데 자리 잡고 있는 한강공원도 주말이면 자전거를 타는 사람으로 북적인다. 자동차가 생활필수품처럼 여겨지는 시대, 어느 사이엔가 자전거는 여가를 활용하는 레저 수단으로 자리 잡았다.

어린 시절부터 보아왔던 자전거에 대한 단상은 친근함과 소박함 그 자체였다. 울고 웃는 사연이 가득 담긴 편지를 전해주던 우체부 아저씨의 자전거, 연탄과 채소를 배달하던 동네 가게 아저씨의 자전거, 논밭에 일하러 농기구를 싣고 가시던 할아버지의 자전거, 뒷자리에 아이를 태우고 장에 가시던 아버지의 자전거…… 그런 애틋한 기억 속의 자전거는 이제 볼 수 없다. 하지만 고도로 산업화한 사회의 현대인들에게 자전거는 건강 증진은 물론 일정 부분 자동차를 대체하는 새로운 개념으로 다시 태어나고 있다.

자동차 대신에 자전거를 타면 자동차에서 나오는 탄소 배출을 줄일 수 있고, 고유가 시대에 에너지도 절약하고, 체력도 좋아진다. 그야말로 일석삼조다. 이에 따라 정부는 저탄소 녹색 성장의 기치 아래 자전거에 대한 정책적 지원을 확대할 계획을 갖고 있다. 이러한 정부의 지원과 관심이 더해진다면 자전거가 일상생활에서 차지하는 비중은 점점 커질 것으로 예상된다. 그렇다면 자전거가 여가 활동뿐만 아니라 근거리 이동 수단으로 자리매김해 생활의 동반자로, 환경의 친구로, 녹색 산업의 한 섹터로 되려면 어떤 것이 필요할까.

필자는 1980년대 후반 일본에서 3년간 근무한 적이 있다. 당시 경험했던 일본의 자전거 문화는 지금의 우리와 비교할 때 너무나도 부러웠다. 직장인이나 가정주부 모두 전철역이나 시장을 오갈 때는 자전거를 이용했는데, 거기에는 나름대로 이유가 있었다. 전철역이나 시장 근처에는 자전거를 도난당하지 않도록 보안장치가 갖추어진 보관소가 있었고, 자전거만 안전하게 다닐 수 있는 자전거 전용도로 등이 잘 발달해 있었다. 우리나라도 최근에는 일부 신도시를 중심으로 추진하고 있지만, 일본과 같이 자전거 문화가 생활화하려면 자전거를 이용할 수 있는 인프라를 잘 구축하는 것이 필요하다.

자전거가 환경과 건강이라는 녹색 패러다임의 한 범주에서 우리 세대가 일구어나갈 공존공영의 주인공으로 거듭 태어나길 기대한다. 그런 의미에서 오늘은 먼지 쌓인 자전거를 꺼내 한강변에서 상쾌한 바람을 가르며 힘껏 달려보아야겠다.

# 선입견 깨기

2007년 영국의 휴대전화 판매원인 폴 포츠가 오페라를 불러 세계적인 유명세를 얻은 바 있다. 그는 한 일반인 대상 장기자랑 프로그램에서 휴대전화 판매원과 성악은 어울리지 않는다는 선입견을 깨고 푸치니의 오페라 〈공주는 잠 못 이루고Nessun Dorma〉를 훌륭하게 불러 우승했다.

그가 세계적인 인기를 끈 것은 어려운 환경 속에서도 꿈을 향한 열정을 잃지 않고 부단하게 노력한 끝에 꿈에 다가선 스토리가 잔잔한 감동을 불러일으켰기 때문이다. 또 보잘것없는 외모와 남루한 행색으로 예선 무대에 선 그가 오페라를 부르겠다고 말하자 조소를 보냈던 심사위원들의 선입견을 멋지게 깨버린 데 대한 일종의 집단 희열감도 있었던 것 같다.

직장에서, 학교에서, 모임에서 우리는 수많은 선입견으로 인해 많은 오류와 시행착오를 범하곤 한다. 겉모습으로 사람을 판단했다가 우연히 그 사람의 재능을 발견하고 놀라기도 하고, 학력이나 전공 분야에 대한 고정관념으로 다른 사람을 과소평가했다가 좋은 기회를 놓치기도 한다. 이런 선입견을 버리고 개방적이고 합리적인 시야를 갖는다면, 대인 관계는 좀 더 자연스럽고 생산적으로 바뀌며 삶은 더욱 풍요로워질 것이다.

선입견은 어떻게 버릴 수 있을까. 우선 선입견은 고정관념에서 온다. 고정관념은 과거의 경험과 지식의 산물인데, 우리가 새로운 것을 접할 때 과거의 경험에 의존해 판단을 내리는 것은 어찌 보면 당연한 일이다. 그런데 이것을 전부라 가정하고 속단해버리면 선입견이 된다. 선입견이 있는 사람은 새로운 사실이 주어지는데도 기존의 시각을 바꾸지 않고 고집한다. 또는 정확한 정보를 찾는 노력을 게을리 해 성급하게 결론을 내린다. 반면 합리적인 사람은 과거의 경험과 지식에다 현 상황(사람)에 대한 새로운 정보를 종합해 최종적인 판단을 내린다.

그래서 선입견을 없애려면, 첫째, 내가 가진 경험과 지식만으로 속단하려는 습관을 버려야 한다. 새롭고 정확한 사실을 알게 된다면 언제든지 기존의 시각을 바꿀 수 있다는 유연한 자세를 가져야 한다. 때로는 용기도 필요하다. 사람들이 보편적으로 갖고 있는 상식이 잘못된 고정관념일 경우 상식에 반하는 판단을 내려야 하기 때문이다. 철학자 칸트는 스스로 생각해서 결정하는 것을 용기라고 표현하기도 했다.

둘째, 고정관념을 깨려면 세상을 객관적으로 바라보는 자세를 길러야 한다. 겉모습이나 배경만을 고려하면 왜곡된 판단을 내릴 수밖에 없다. 객관적인 시야를 기르려면, 내가 틀릴 수 있다는 마음가짐을 가지는 것이 우선이다. 그래야 상대방의 입장을 고려하게 되고 세상을 있는 그대로 바라보게 된다.

역지사지易地思之의 자세로 생각하면 겸손한 마음을 가질 수 있으며, 이때 비로소 세상을 객관적으로 바라보는 시야를 갖게 된다. 선입견 극복의 열쇠는 여기에 있다.

# 이목지신

중국 춘추시대 위나라 유학자 자공이 스승 공자에게 "제가 평생 동안 실천할 수 있는 한마디의 말이 있습니까"라고 묻는다. 이에 공자는 "그것은 용서의 '서恕'다. 자신이 원하지 않으면 다른 사람에게도 하지 말아야 한다己所不欲勿施於人"라고 답했다. 내가 상대편에게 굽실거리고 싶지 않으면 상대편도 나에게 굽실거리는 것을 바라지 말아야 하듯이, 서로의 입장을 이해하며·용서하는 마음으로 다른 사람의 인격을 존중해야 한다는 가르침이다. 좀 더 현대적 표현으로 '관용'이라 할 수 있겠다.

이목지신移木之信은 중국 최초의 통일국가인 진나라의 재상으로 엄격한 법치주의의 기초를 닦았던 상앙의 일화에서 유래한다. 나라의 기강이 해이해진 원인이 당시 만연했던 불신풍조에 있음을 간파한 그는 저잣거리에 나무를 심고 그 나무를 북문으로 옮기는 자에게 십금十金을 주겠다고 선언한다. 그러나 옮기는 사람이 아무도 없자, 상금을 오십금五十金으로 올린다. 지나던 한 사람이 나무를 옮겼고 상앙은 즉시 약속한 오십금을 하사했다. 백성들은 그때부터 국가를 신뢰하게 되어 강한 나라를 만들 수 있었다는 것이다.

'관용과 신의'의 중요성을 설파한 《논어》와 《사기》의 기록들이다. '인仁'의 근본이 결국 상대방에 대한 관용에 있다는 공자의 가르침과 신뢰 구축이 얼마나 큰 힘을 발휘하는지를 알려준 상앙의 일화가 현대를 살아가는 우리에게 주는 교훈은 무엇인가.

'관용과 신의'는 상호작용이다. 한쪽이 일방적으로 베풀거나 선언한다고 되는 것이 아니다. 상대방이 받아들이고 인정하는 과정이 있어야만, 즉 상호작용이 일어날 때 진정한 의미를 찾을 수 있을 것이다. 이것이 전제되지 않는다면 그 생명력은 그리 길지 못하고 더 큰 반목과 불신의 씨앗이 될 것이다.

또한 '관용과 신의'는 화합의 기본 요소다. 어떤 형태, 어떤 규모의 조직이든 분열된 상태로는 발전도 더 나은 미래도 보장될 수 없다. 프랑스 파리에서 가장 큰 광장이 화합이라는 의미의 콩코르드Concorde 광장이다. 프랑스혁명 당시 루이 16세와 마리 앙투아네트 등 1000여 명이 처형된 곳이다. 프랑스는 새로운 미래로 나아가기 위한 조건을 관용과 신의에 기초한 화합으로 삼지 않았나 싶다.

이제 우리 문제로 돌아오면, 전 세계적 위기의 파도가 국내로 밀려들면서 개인과 기업은 물론 사회 거의 모든 부문에서 어려움에 직면해 있다. 정부는 경제를 살리려고 노심초사하고 있다. 고민의 내용은 다르지만 모두가 바라는 것은 좀 더 나은 미래일 것이다. 그 밝은 미래를 우리 모두가 온전히 함께하려면 지금 서로에 대한 관용과 신뢰, 이를 바탕으로 한 화합이 필요하다.

# 신승철 큰사랑노인전문병원장 · 정신과전문의 · 시인, igu1848@paran.com

- 1953년생
- 연세대학교 의과대학, 정신과 · 신경과 전문의, 고려대학교 컴퓨터과학기술 대학원
- 1978년 현대문학 등단 시인
- 1987년 연세대학교 의과대학 정신과 교수
- 1989년 미국 텍사스 대학교 의과대학 정신보건 연수
- 연세대학교 의과대학 정신과 외래교수
- 저서 : 《있는 그대로 사랑하라》

# 할배, 할망구의 연애사

할배, 할망구의 연애사 | 늙은 나르시시스트의 망령 |
늙은 리어왕과 마광수 교수

65세 이상 노인 인구가 500만 명이 넘는 고령화 사회로 접어들었다. 이에 따라 선진국처럼 제반 문제를 본격적으로 논의하고 제도도 정비하는 중이다. 하지만 건강한 독거노인들의 이성 문제는 아직 논의 대상에도 들지 않는 모양이다. 노인들은 이런 유의 문제와 관련하여 여간 불편한 입장이 아니다. 먼저 성인 자녀들이 바라보는 입장의 문제가 있다. 아직도 성인 자녀들 상당수는 노부모 중 한 분이 다른 분과 연애한다는 사실을 알면 쉽게 못 받아들이는 분위기다. 가족 개념이 강할수록, 섬김을 잘해왔던 자녀일수록 저항감은 더 크다.

# 할배, 할망구의 연애사

요즘 주말이면 북한산이나 청계산, 관악산이 등산객으로 북적거린다. 그 가운데 노인층도 상당수다. 하산 뒤 근처 식당에는 노년들이 끼리끼리 앉아 술잔을 기울이는 모습이 보인다. 보아하니 부부끼리 모인 팀이 있는가 하면 그렇지 않은 모임도 눈에 띈다. 간혹 산악반에서 만나 뒤늦게 로맨스 같은 것이 엮어지기도 하는 모양이다.

일전에 나는 할머니 한 분을 임상에서 본 적이 있다. 이분은 남편을 잃은 지 10여 년이 넘었다. 그런데 어느 날 같은 동네에 살던 영감이 술에 취해 혼자 사는 집 안으로 쳐들어와 성추행을 했다. 이 사실이 주위에 알려지면서 할머니는 충격을 받았다. 분한 마음에 고소까지 했다. 그래도 불면증, 울렁증에 시달린다는 하소연이었다.

그런가 하면 70세가 넘은 어느 독거 남녀 노인이 같은 동네에서 살다 자연스레 연애를 하는 중이라는 분도 있었다. 할머니는 남편 사망 후 1년도 채 넘지 않았다. 서울에 사는 아들·며느리가 이 사실을 알고 아연실색하는 눈치다. 화성 인근에 살던 어느 할머니는 파출부로 일하다 그 집 영감님과 눈이 맞았다. 물론 두 분 다 홀몸이었다. 그런데 마침 집을 나갔던 영감님의 처가 수년 만에 돌아왔다. 이 때문에 할머니는 그분과 헤어졌고, 상실감에 우울증이 생겼다. 6개월쯤 후에 만난 그 할머니는 몰라보게 노쇠해 있었다.

65세 이상 노인 인구가 500만 명이 넘는 고령화 사회로 접어들었다. 이에 따라 선진국처럼 제반 문제를 본격적으로 논의하고 제도도 정비하는 중이다. 하지만 건강한 독거노인들의 이성 문제는 아직 논의 대상에도 들지 않는 모양이다. 노인들은 이런 유의 문제와 관련하여 여간 불편한 입장이 아니다. 먼저 성인 자녀들이 바라보는 입장의 문제가 있다. 아직도 성인 자녀들 상당수는 노부모 중 한 분이 다른 분과 연애한다는 사실을 알면 쉽게 못 받아들이는 분위기다. 가족 개념이 강할수록, 섬김을 잘해왔던 자녀일수록 저항감은 더 크다.

노인의 성에 대해 부정적이거나 무시하려는 층도 더러 있다. 할아버지에 대해서는 넘어갈 수 있겠다 싶지만 할머니는 좀 곤란할 것 같은 생각도 있을 터다. 남녀 차별에 대한 의식의 영향도 있겠다. 어머니에 대한 남다른 감정도 한몫한다. 아무튼 다른 사람은 몰라도 우리 부모는 그런 '경계'를 넘지 않기를 바라는 심정도 강하리라. 해서 남의 부모가 연애를 하면 "저 할배, 저 할망구 주책이야"라며 비아냥거리기도 한다.

노인들의 로맨스를 어떻게 보아야 좋을까. 노인들의 성욕도 젊은이 못지않다. 다만 강도가 떨어질 뿐이다. 만족도는 오히려 예전보다 낫다는 노인도 있다. 최근에는 비아그라류의 약물이나 각종 수술 등으로 남성 발기력이 현저히 좋아졌다. 자녀의 성 문제를 이해하듯, 노인의 성 문제도 이해하려는 노력이 필요한 때다.

# 늙은 나르시시스트의 망령

드라마 〈엄마가 뿔났다〉가 꽤 인기 있었나 보다. 나도 그것을 이따금 본 기억이 있다. 극 중 장미희 씨의 모습이 인상적이었다. 김수현이라는 작가는 대체로 극중에 히스테릭하거나 나르시시즘(자기애)적인 성격의 인물을 곧잘 등장시킨다.

인간관계에서 갈등이나 풍파를 극적으로 표현하기 위해서일 것이다. 그리고 마지막에는 따뜻한 인간애로 마무리하는 출중한 솜씨를 보여준다. 그래서 그의 드라마가 인기가 높은 모양이다.

그러나 나는 극 중의 장미희 씨를 보고 중·장년의 나이에 실제로 저런 성품의 여성이 노년기에 접어들면 비극이 될 거라는 생각이 든다. 악질성 나르시시즘의 특성이 너무 잘 드러나 있기 때문이다. 자기애가 강한 중년기의 인간은 대체로 나이가 드는 것 자체를 '자기애적 상처'로 느낀다. 힘없는 머리카락, 축 늘어진 살, 건망증, 눈가와 목 부위의 주름살 등. 젊은 시절의 이미지가 점차 사라지고 있기 때문이다. 형편이 허락한다면 보톡스 시술이나 뱃살 제거, 모발 이식 등으로 상처 난 이미지를 감추려 든다. 아직도 끄떡없다는 것을 주위에 증명하고 싶어

116

한다. 외양 가리기는 그렇다 치자.

성격은 시간이 갈수록 더 피곤해지는 경향이 있다. 정서적으로 남을 이용하는 중심적 위치에 있어야 하기 때문이다. 타인과 공감하는 능력이 부족한 점은 오래된 습성이다. 타인에 대해서는 이러저러한 사람이라며 부정적 평가를 하기 일쑤다. 자신이 우월한 존재여서 아주 우아하게 건방을 떨기도 한다. 주위 사람에게 요구하는 것이 많다. 자녀가 독립된 사고방식을 보이거나 자기주장을 하면 참기 어렵다. 불효라는 낙인을 찍기도 한다. 가족에 대한 간섭이나 지배는 흔히 '사랑'의 이름으로 변명하는 경향이 많다. 자녀가 결혼해 분가를 해도 이런 성향은 쉽게 변하지 않는다.

이런 유의 사람에 대한 이야기는 드라마뿐만 아니라 우리 주위에서도 간혹 듣게 된다. 아들에 대한 소유욕이 강한 어머니 말이다.

모자는 결혼 전까지만 해도 아주 친밀했다. 아들도 말을 잘 들었다. 그러나 결혼 뒤 아들에 대해서는 무조건 두둔하고, 며느리에 대한 불평과 불만을 늘어놓는다. "저렇게 미련하고 천박한 여자에게 내 아들을 주다니, 정말 그 꼴은 못 봐주겠다"라는 식의 극단적 표현도 서슴지 않는 경우가 종종 있다. '젊은' 시어머니는 며느리에게 수치심을 안겨주는 일이 다반사다. 반면 자기가 이용 가능하거나 필요한 사람에게는 극단적 이상화를 잘한다.

외면의 권력 확장 겸 내면의 확장도 꾀하려는 의도에서 그렇다. 극중 아들은 어머니의 문제를 현실적으로 인지하고 자신의 사랑을 위해 꿋꿋하게 어머니와 맞선다. 최소한의 평화로운 관계 유지를 위해 싸우지 않는 단호한 태도도 보인다. 결말은 해피엔드다. 사랑은 결국 '주고받는 관계'에 기초해야 오래가고 든든해지는 것 같다.

# 늙은 리어왕과 마광수 교수

60세 가까이 된 마광수 교수는 자신의 말대로 온몸이 만신창이다. 1992년 소설 《즐거운 사라》 사건으로 구속되면서부터다. 이듬해 그는 연세대학교 교수 직에서 직위 해제까지 당했다. 그 후 수년이 지나 다행히 복직되었지만 아직도 그 후유증에서 벗어나지 못하고 있다.

그는 심약하고, 자기애自己愛적 성향이 농후하고, 무서운 독서광에 기발한 착상을 잘하고, 나름대로 주관과 논리가 있는 사람이다. 물론 이는 곁에서 지켜본 내 생각이다. 반면에 사회성은 뭔가 부족해 보인다. 지금 앓고 있는 후유증은 '즐거운 사라 사건' 자체로 인한 영향도 크지만, 그의 올곧은 성품 탓도 적지 않다. 그러나 마 교수는 그 사건 자체보다는 학창 시절부터 우정과 의리를 지켜주었던 몇몇 동료 교수들의 배신에 따른 정신적 충격 때문이라고 말한다. 사면복권 뒤에도 주위에서 복직 반대, 수업 배정 반대를 외쳐대니 울화병까지 생겼음 직하다. 반대편의 목소리는 대학 교수로서 외설 작품을 쓰고 도덕적으로 흠결이 많다는 것이다.

마 교수의 경우를 보면 셰익스피어의 희곡 《리어왕》이 떠오른다. 리어왕은 가까운 사람에게 권력을 이양한다. 그 뒤 음모에 따른 처절한 배신감을 겪다 반치매 상태에 빠져 죽는다. 물론 마 교수와 리어왕의 스토리는 다르다. 다만 믿었던 사람에게 배신을 당한 점과 그에 따른 정신적·신체적 후유증이 비슷하다는 말이다.

의학적 관점에서 보면 둘 다 화병이 동반된 외상 후 스트레스 장애다. 노년기에 접어들어 이렇게 큰 스트레스를 겪으면 심각한 우울증은 물론 각종 신체적 질병이 생긴다. 심장병, 당뇨병, 고혈압, 치주염, 위장염, 만성 두통 등의 병발은 예사다. 노쇠화도 급격히 진행된다. 중증 우울은 치매로 이어지기도 한다. 여든을 넘긴 리어왕은 "제발 나를 조롱하지 마오. 나는 어리석은 늙은이라오. 무엇보다 여기가 어딘지 모르겠소. 아무리 생각해도 이 옷을 기억할 수가 없고……"라며 피해 의식과 인지능력 저하를 호소한다. 복수의 감정을 추스를 수가 없고 자식이 앞서 죽는 것을 보고 상태가 더욱 악화되어 결국 사망한다. 리어왕은 격한 성격과 자신에게 알랑거리는 사람을 잘 믿고 귀가 얇은 것이 문제였다.

요즘 마 교수의 심신은 80세 가까운 노인과 진배없다. 주위의 지지나 동정을 얻기도 힘든 상황이다. 용서하는 마음이 생기길 바라지만, 나이 들어 병들고 굳어진 성격에 변화가 오기란 쉽지 않다. 굳이 위안을 찾는다면, 몸과 마음이 멍들긴 했지만 늙은 리어왕보다는 형편이 훨씬 나을 성싶다.

마 교수가 인과因果의 무거운 짐을 털고 예전 같은 열정과 건강을 회복하길 바라는 마음이다. 마 교수, 노화의 역전은 아직도 가능하다오. 마음고생 많았던 노모老母가 돌아가시기 전에 건강한 모습을 되찾는 것도 효孝가 아니겠소.

# 김선정 한국예술종합학교 교수, sunjung1998@yahoo.co.kr

- 1965년생
- 이화여자대학교 서양화과, 미 크랜브룩 대학교 서양화과 대학원
- 1993년 아트선재미술관 큐레이터
- 1998년 아트선재미술관(경주), 아트선재센터(서울) 부관장
- 2005년 베니스비엔날레 한국관 커미셔너
- 2010년 제6회 서울국제미디어아트비엔날레 전시 총감독

# 우리는 행복합니다

우리는 행복합니다 | 기무사 터 | 작품 재현

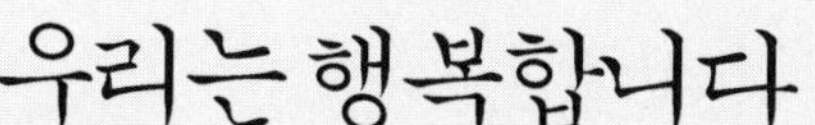

박이소가 학생들을 가르치면서 그들에게 강조했던 점은 작품을 만들면서, 혹은 작업이 끝났을 때 행복해야 한다는 점이었다. 행복은 자신에 의해 결정된다. 남과 비교하면서는 찾기 어렵다. 자신의 일에 만족하면 행복하고, 지금 이 순간보다 더 나은 내일을 바라볼 수 있으면 행복하다. 박이소의 〈우리는 행복합니다〉를 다시 생각하면서 그의 작품이 내게 스승으로 다가온다. 스승은 지식을 알려주는 것이 아니라 인생의 중요한 순간에 생각하는 법을, 태도를 가르치는 것 같다.

# 우리는 행복합니다

행복 지수를 측정하기는 어렵다. 같은 상황에서조차 어떤 때는 행복하고 어떤 때는 불행하다고 느낀다. 어렸을 때 행복했던 순간들도 어른이 되면서 더 이상 유용하지 않다. 살면서 느끼는 행복의 순간이 드물고 점점 멀게 느껴진다.

〈행복을 찾아서〉라는 영화에서 실직자 아버지는 어려운 상황에서도 끝까지 희망을 놓지 않고 아들과 함께 행복의 의미를 찾아가는 여정을 보여준다. 집세를 내지 못해 쫓겨난 후 공공장소의 화장실에서 잠을 자면서도 슬퍼하거나 비관하지 않는다. 화장실을 호텔쯤으로 상상하며 희망을 버리지 않는 부자父子의 모습은 현재에 만족하지 못하고 불평만 늘어놓는 내 생각의 전환점이 되었다. 삶의 어려운 순간, 일이 생각대로 안 풀릴 때의 좌절과 불만족, 남을 탓하는 나를 되돌아보게 했다. 내가 남보다 더 잘하고 더 낫다는 착각에서 사회의 불평등과 '끼리끼리 문화'만 탓하고, 나 스스로에 대해서는 생각하지 못했다. 더 나은 내일을 위해 노력하기보다는 남과 비교하며 시기하는 내 모습을 미처 보지 못했다.

얼마 전 박이소 작가의 5주기 워크숍에 참석했다. 박이소는 홍익대학교 미술대학을 졸업하고 미국으로 유학을 가서 졸업 후 '마이너 인저리'라는 대안 공간을 브루클린에 열어 제3세계 작가들이 활동할 수 있는 장소를 제공했다. 또 한국의 미술 잡지에 현대미술 담론과 작가를 소개했다. 1995년 귀국 후에는 SADI, 한국예술종합학교, 계원예술학교 강단에서 젊은 작가들에게 큰 영향을 끼쳤다.

설치미술 작품 〈우리는 행복합니다〉는 박이소의 유작이다. 텔레비전에서 본 북한의 거대한 빌보드에서 착안한 이 작품은 그의 사후인 2004년 부산 비엔날레에 전시되었다. 그리고 미국을 순회할 '나의 밝은 미래 : 한국현대미술전'에서도 선보일 예정이다.

그의 작품에 담긴 '우리는 행복합니다'라는 문장을 읽으면서 나 자신에게 행복에 대한 질문을 딘지게 된다. 최근 행복하나고 느낀 순산은 언제였지? 나는 행복하게 살고 있나? 행복은 무엇인가? 같은 문장이라도 문맥이나 다른 문장과의 관계에 따라, 그 문장이 존재하는 상황에 따라 다른 의미로 읽힌다.

박이소가 학생들을 가르치면서 그들에게 강조했던 점은 작품을 만들면서, 혹은 작업이 끝났을 때 행복해야 한다는 점이었다. 행복은 자신에 의해 결정된다. 남과 비교하면서는 찾기 어렵다. 자신의 일에 만족하면 행복하고, 지금 이 순간보다 더 나은 내일을 바라볼 수 있으면 행복하다. 박이소의 〈우리는 행복합니다〉를 다시 생각하면서 그의 작품이 내게 스승으로 다가온다. 스승은 지식을 알려주는 것이 아니라 인생의 중요한 순간에 생각하는 법을, 태도를 가르치는 것 같다.

# 기무사 터

국군 기무사는 시간의 흔적을 담고 있는 역사적인 장소다. 이곳에 대한 기록은 고려 시대로 거슬러 올라간다. 기무사가 위치한 서울 종로구 소격동은 고려 시대 도교 수련과 제사를 지내던 소격서에서 유래했다. 조선 시대에는 사간원·규장각·종친부가 있었던 곳이고, 일제 강점기에 수도육군병원이 건립되었다.

경성제국대학 의학부 부속병원으로 지어진 본관 건물은 박길룡의 설계로 1929년 완성된 건축물이다. 박길룡은 지금은 사라진 종로 화신백화점을 설계한 근대 건축가다. 해방 이후 병원 시설로 쓰이다 한국전쟁 뒤 육군이 접수하여 1971년 기무사의 전신인 국군보안사령부가 들어섰다. 이곳은 신군부가 이끈 12·12 사태의 진원지가 되는 등 현대사의 현장이었다.

기무사는 보통 사람의 접근이 어려운 군인들만의 공간이었다. 살벌했던 이곳이 2012년 국립현대미술관 분관으로 개관된다. 역사의 소용돌이 중심에 자리 잡은 공간이 새로운 문화 공간으로 바뀌는 것이다. 하지만 이 공간이 어떤 모습으로 다시 태어나고, 어떤 내용을 담아야 하는지는 깊이 생각해보아야 한다.

첫째, 근대화의 자취가 거의 남아 있지 않은 지금의 서울에서 기무사 건물이 갖는 의미는 남다르다. 근대 건축가의 작품적 가치뿐만 아니라 한국 근대 건축의 유산이기도 하기 때문이다. 따라서 새로 만들어질 공간과 기존 공간이 조화롭게 연출되어야 한다.

둘째, 기무사는 경복궁과 국립민속박물관의 맞은편에 위치해 있다. 주위에는 한국 미술계의 중요한 화랑과 미술관들이 길을 따라 자리 잡고 있다. 국립현대미술관 분관이 개관하면 자연스레 문화의 거리가 조성되어 서울 시민뿐만 아니라 외국 관광객들이 찾는 장소로서의 특성을 반영해야 한다. 인사동과 북촌을 연결하여 한국적인 모습과 국제적인 요소가 만나는 곳이 되어야 한다.

셋째, 국립현대미술관은 서울 중심에서 다소 떨어진 과천에 있다. 접근성의 문제 등 여러 여건상 현대 미술의 담론을 만들거나 세계적인 미술관으로서의 역할을 하는 데 소홀했다. 이 때문에 기무사에 마련되는 분관은 현대 미술의 새로운 패러다임을 생산하는 곳이 되어야 한다. 전통을 품으면서도 새로운 창조를 가능하게 하는 프로그램 및 전통과 현대를 통합하는 새로운 패러다임을 만들어가는 곳이 되었으면 좋겠다.

기무사는 지금 비어 있다. 빈 공간에서 시간이 쌓여 만들어진 역사의 겹을 알기는 쉽지 않다. 그러나 미술관이 만들어지기 전에 예술적 작업을 통해 그 안에 담긴 우리의 역사를 읽고 이야기를 들려주는 일은 가능하리라 생각한다. 시간의 흐름에 따라 변한 이곳이 담고 있는 기억과 역사를 예술 작품을 통해 보여줄 수도 있다. 구전되는 이야기나 기록되지 않은 역사를 담는 작업 또한 가능하다. 잊혀진 기억이나 보이지 않는 역사적 흔적을 드러내는 일이 결국 예술가들이 할 수 있는 일 아닐까.

# 작품 재현

사람과 사람이 만나고 헤어지는 데는 여러 이유와 사건이 함께하게 마련이다. 만남이 짧을 수도 있고 오래갈 수도 있는데, 죽음으로 인한 이별이라면 그 사람과 함께 나누었던 일들은 기억으로만 남는다. 예술가, 특히 백남준과 박이소가 내게 미친 영향과 충고는 크게 남아 있다.

최근 LA 카운티 미술관과 함께 '당신의 밝은 미래'라는 전시를 준비하면서 빠져 든 생각은 예술가가 세상을 떠나고 없을 때 작품을 어떻게 재현할 수 있는가, 작품이 계속해서 삶을 살 수 있는가 하는 것이다. 이번 LA에서 열리는 한국 작가전에는 5년 전 심장마비로 세상을 떠난 박이소의 작품을 다시 만드는 작업이 포함되어 있다. 그의 유작 중 〈당신의 밝은 미래〉, 〈LA의 하늘〉, 〈World Wide Web〉이 그것이다. 하지만 이 중 그림인 〈World Wide Web〉을 제외하고 나머지 작품은 보관했던 재료로 다시 만들어야 한다. 박이소의 작업을 재현하기 위해 그와 친하게 지냈고 그의 작업을 도왔던 이주요 작가에게 도움을 청했다. 그는 힘든 일이 될 것을 알면서도 선뜻 그러자고 했다.

〈당신의 밝은 미래〉는 작품 제작에 썼던 나무와 램프, 변압기 등이 남아 있다. 박이소는 예전 전시에 사용했던 재료를 다 해체해 보관하고 있었지만 작가가 세상을 떠난 후 재료와 사진만으로 재현하기란 그리 쉬운 일이 아니었다. 먼저 작업 사진을 건축가에게 부탁해 도면화한 후 모형을 제작했다. 하지만 사진을 이용한 도면이어서 정확하지 않은 부분도 있다. 이 부분은 남아 있는 못 자국이나 흔적에 의존해 퍼즐을 맞추듯 완성해나갔다. 그런데 LA에 와서 확인해보니 변전기 코드가 잘려나가 있었다. 220볼트가 아닌 110볼트를 사용하는 미국에서 220볼트 코드는 구할 수 없었다. 전시 오픈까지는 아직 2주가 남아 있어 LA에 올 예정인 작가들에게 코드를 사다 달라고 부탁했다.

다른 작업인 〈LA의 하늘〉은 작가가 미국에서 만든 작품인데, 지금은 드로잉과 사진만 남아 있다. 필자가 큐레이터로 참여했고 이주요가 작업을 도왔던 전시여서 힘들지만 가능하리라는 생각에서 재현을 시작했다. 미국에서 전시할 때의 기억과 사진 등을 조합해 작업을 재현하면서 기억이라는 것이 얼마나 부정확한지를 새삼 느꼈다.

박이소의 작업을 다시 만들면서 겪은 여러 가지 일은 작가와 작가를 둘러싼 동료 작가, 큐레이터, 평론가들의 관계에 대해 다시 생각해볼 수 있는 기회였다. 세상을 떠난 작가를 위해 이렇듯 많은 사람이 애쓰는 것은 박이소가 후배를 도와주고 후학을 양성하는 데 힘을 쏟았기 때문에 가능하지 않나 싶다. 힘든 상황에서 박이소의 작업을 재현하는 데 정열을 쏟은 이주요 같은 작가가 있었음은 다행스러운 일이다.

# 임인배 한국전기안전공사 사장, riminbae@kesco.or.kr

- 1954년생
- 영남대학교 법과대학, 연세대학교 행정학 석사, 동국대학교 행정학 박사
- 15~17대 국회의원
- 2006~2008년 국회 과학기술정보통신위원회 위원장
- 2005~2009년 대한사이클연맹 회장
- 2006~2009년 연세대학원 겸임교수
- 2007년~현재 한민족통일포럼 이사장
- 저서 : 《조국을 남기고 님은 가셨습니다》, 《꿈을 파는 국회의원》
- 역서 : 《희망과 역사 사이에서》

# 꿈

꿈 |레스토랑의 '1초' 경영 | 내 어릴 적 자가용

내 꿈은 가난한 사람을 위한 봉사다. 아주 다양한 직업이 나올 수 있다. 꿈을 실현할 최적의 조건을 맞추기 위해 직업은 얼마든지 바뀔 수 있는 것이다. 문제는 어떤 꿈을 갖더라도 그것을 실현하고자 몸을 던져야 한다는 것이다. 어려운 시기일수록 꿈을 꾸어야 극복할 수 있는 에너지가 분출되고 삶이 풍요로워진다. 청소년이여 꿈을 꾸자.

# 꿈

　　　　　　내 손은 감각이 좀 무디다. 겨울이면 특히 그렇다. 중·고등학교 때 왕복 60리 길을 자전거로 통학하며 입은 동상 때문이다.

옛날 고향의 겨울은 무척 추웠다. 그도 그럴 것이 지금처럼 오리털 점퍼나 변변한 장갑도 없었다. 배불리 먹지 못해 영양도 부실했다. 늦을세라 꼭두새벽부터 한 시간 가까이 내달려 학교에 도착할 때쯤이면 진이 빠졌다. 아침 식사라야 보리밥 한 그릇이 고작이었다. 벌판에서 칼바람이 몰아치는 날이면 하루쯤 결석하고 싶기도 했지만, 그때 등교는 나의 꿈이었다. 결국 초·중·고등학교 12년 개근의 꿈을 이루고야 말았다. 개근이 뭐 그리 대수냐고 생각할 수도 있다. 하지만 당시 나는 등교에 최고 가치를 두었다. 공부 잘하는 것도 중요하지만 약속을 잘 지키는 것도 중요하다고 생각했다. 돌아보면 아스라하다. 그러나 아직도 그때를 떠올리면 자랑스럽다. 지금이야 웬만한 이유를 대면 학교에서 결석 처리를 하지 않는다. 하지만 그때는 몸이 아파도 학교에 가야 출석이 인정되었다.

내가 꿈다운 꿈을 꾸어 인생을 설계한 것은 대학교 1학년 때다. 법관이 되어 나처럼 가난한 사람을 위해 봉사하는 것이 꿈이었다. 법관이 꿈이 아니라 가난한 사람을 위해 봉사하는 데 그것이 가장 적절한 직업이라고 생각했다. 비록 법관은 아니지만 꿈을 실현하기 위해 직업을 선택했고, 지금도 노력하고 있다. 내 꿈의 줄기는 한 번도 바뀐 적이 없다. 공사 사장이 되어서도 저소득층의 전기 안전을 위한 사회 공헌 활동을 강화했다. 가난한 사람을 위한 봉사는 등교처럼 혼자만의 노력으로 이룰 수 있는 것이 아니다. 하지만 내가 선택한 꿈이기에 온몸을 던져 그 가치를 지향하고 있다.

일단 꿈이 정해지면 사물을 보는 눈도 꿈만큼 크거나 작아진다. 항상 그 꿈이 잣대가 되어 세상을 바라보고 그렇게 행동하게 된다는 말이다. 꿈이 없으면, 공부 자체도 목표를 잃고 삶의 동인도 없어진다. 인생 진체도 동력을 잃고 망망한 대해를 표류하는 배와 다를 바 없다. 그런 배는 온전한 궤적을 그릴 수도 없고, 남에게 낭비하지 않는 삶의 길을 보여줄 수도 없다.

그러나 직업 자체에 꿈의 지향점을 두라는 말은 아니다. 의사나 변호사라는 직업은 꿈을 실현하는 수단에 불과하다. 슈바이처는 의사이기 때문에 숭고한 것이 아니라 가난한 아프리카 사람들을 위해 인술을 베풀었기 때문에 그런 것이다.

내 꿈은 가난한 사람을 위한 봉사다. 아주 다양한 직업이 나올 수 있다. 꿈을 실현할 최적의 조건을 맞추기 위해 직업은 얼마든지 바뀔 수 있는 것이다. 문제는 어떤 꿈을 갖더라도 그것을 실현하고자 몸을 던져야 한다는 것이다.

어려운 시기일수록 꿈을 꾸어야 극복할 수 있는 에너지가 분출되고 삶이 풍요로워진다. 청소년이여 꿈을 꾸자.

# 레스토랑의 '1초' 경영

　　　　　　　　　서른 살이 되던 해, 박봉의 공무원 생활로는 앞이 보이지 않았다. 그래서 큰맘 먹고 돈을 빌려 서울의 한 대학 앞에서 돈가스 전문 레스토랑을 시작했다. 다행히도 장사가 잘되어 3년 뒤 서울 남가좌동에 3층짜리 단독주택을 샀다. 결혼 생활 5년 동안 네 번 이사한 뒤 장만한 내 집이었다.

하지만 이듬해 값이 급등한 집을 팔아 장학회를 설립하기로 결심하고 아내를 설득했다. 아내는, 1년 동안 큰 집에서 살아보았고 당신도 장학금으로 학교를 다녔으니 맘대로 하라며 의외로 선선히 동의해주었다. 장학회를 만들자 주위에서 도와주어 후배 수천 명에게 혜택을 줄 수 있었다. 이 결정은 내 인생의 터닝포인트가 되었다. 의도하지는 않았지만, 어느 날 나를 유명 인사로 만들어 국회 진출에 도움을 주었다.

한국전기안전공사 사장으로 취임한 지 어느덧 8개월째다. 돌아보면 12년의 의정 활동보다 더 숨 가쁘게 돌아갔다. 부임할 때만 해도 공기업의 방만한 경영과 비윤리성 등을 곱지 않게 보았던 터였다. 막상 업무 보고를 받으면서 많은 오해가 풀리기는 했다.

하지만 나처럼 국민 대다수가 갖고 있는 공기업에 대한 오해는 풀어 주어야 할 것 같다. 정부의 공기업 선진화와 맞물려 경제 위기 상황에서 국민을 돕고 국민의 신뢰를 얻으려면 어떻게 해야 할까. 비전과 성장 동력 창출이 시급했다. 서른 살 시절 레스토랑 운영 수익으로 장학회를 설립해 나 자신을 업그레이드했던 것처럼 공사나 나나 다시 한번 강력한 전환 의지가 필요했다.

그렇다고 공기업의 경영 교과서가 있는 것도 아닌데, 무엇을 어떻게 해야 공사를 거듭나게 하고 성공한 CEO가 될 수 있을까. 고민 끝에 기업의 특성에 맞는 고객 만족 경영과 윤리 경영을 하면 된다는 결론을 얻었다. 레스토랑 경영처럼 말이다.

우선 '세계 최고의 전기 안전 전문 기업'으로 만들자는 비전을 세웠다. 무엇보다 그에 걸맞은 속도가 문제였다. 그래서 레스토랑 손님들에게 '맛있는 음식을 빠르고 정성스럽게' 대접하듯, '1초 경영'을 경영 철학으로 설정했다. 국민이 원하는 전기 안전 서비스를 1초라도 빨리 제공하겠다는 의지의 표현이었다. 급변하는 경영 환경에 대응하는 힘을 극대화하겠다는 전략도 깔려 있었다. 그러자면 업무 처리 속도와 경영 효율을 높여야 했다. 먼저 신속한 의사 결정을 위해 조직을 재편하고 회의 시간을 단축했다. 구조조정에도 착수했다. 새로운 성장 동력을 찾아 해외 시장 개척에도 적극 나섰다. 그 결과 조금씩 수익이 나아지고 정체된 조직에 활기가 돌기 시작했다.

선진화의 목표는 공공성과 경영 효율을 높여 국민의 사랑을 받는 기업일 것이다. 결국 CEO가 앞장서 비전을 창출하고 임직원 모두 CEO와 함께 고민하며 행동할 때 가능하지 않을까.

# 내 어릴 적 자가용

중학교에 입학하면서 '자가용'이 한 대 생겼다. 아버지께서 사주신 '삼천리 자전거'가 그것이다. 집에서 학교까지는 30리 길. 걸어서 통학하기에는 너무 멀고 버스도 드문드문 다니는 바람에 형편이 어려운데도 사주신 것이다. 나는 자전거 덕분에 김천중·고교를 6년간 개근할 수 있었다.

그때 모교의 자전거 통학은 전국에서도 유명했다. 2000명 가까운 중·고 전교생 가운데 7할 이상이 자전거로 통학했으니 말이다. 교문 앞 보관소에 수많은 자전거가 일렬로 늘어선 모습은 참으로 장관이었다. 날마다 자전거로 통학하니 팔다리와 심폐 등 온몸이 튼튼해지고 균형 감각도 길러졌다. 나는 지금도 내 건강이 그때 자전거로 통학하며 다져진 것으로 믿고 있다.

훗날 나는 젊은 나이에 진짜 자가용을 갖게 되었다. 그리고 그 뒤부터 지금까지 승용차의 안락함에 젖어 자전거를 까맣게 잊었다. 그런데 이제 자전거가 추억 속에서 걸어 나오더니 기세 좋게 내달리고 있다. 정부의 저탄소 녹색 성장 정책에 따라 최근 다시 떠오른 것이다.

　자동차가 내뿜는 이산화탄소 등 온실가스로 인한 지구 온난화의 폐해는 심각하다. 세계의 기후 축을 뒤흔들어 가뭄과 홍수가 극심해지고 사막화가 빠르게 진행되고 있다. 지구 온난화가 이대로 지속되면 2030년까지 지구 생물의 3분의 1이 멸종한다고 한다. 실제로 빙하가 녹아 바닷물 수위가 높아지는 바람에 물속으로 사라지는 나라도 있다. 대탈출이 시작된 남태평양의 섬나라 투발루는 온실가스를 줄이려고 돼지우리에서 생기는 메탄가스조차 연료로 사용할 궁리를 하고 있다니 눈물겹다.

　정부도 저탄소 생활화를 촉진하고자 대통령이 직접 나섰다. 라디오 연설을 통해 "자전거가 녹색 성장의 동반자"라며 자전거 산업의 중요성을 강조했고, 이를 계기로 정부는 구체적인 실천 방안을 잇달아 내놓고 있다. 핵심은 2009년부터 2018년까지 전국적으로 3114킬로미터의 자전거 도로망을 구축하는 것이다. 최근에는 전국 지자체와 공동으로 '대한민국 자전거 축전'을 열기도 했다. 자전거를 타면 건강이 좋아지고 주차난과 교통 체증을 동시에 해소할 수 있다. 또 에너지를 절감하고 이산화탄소 배출을 줄일 수 있으며 공기도 맑아진다.

　"삶이 지나치게 빠르다고 생각하면 페달을 밟자. 우리 아이들에게 숨 쉴 공기를 주고 싶다면 페달을 밟자." 자전거 선진국 네덜란드의 남부 도시 델프트 시가 자전거 타기 활성화 캠페인 문구로 내세운 구호다. 소원이 있다면 자전거 일주 도로가 빨리 완공되어 더 나이 들기 전에 아버지를 추억하며 3114킬로미터의 대장정을 마치는 것이다. 다음 주말에는 세상사 훌훌 집어던지고 오랜만에 아내와 함께 2인용 자전거를 타고 추억 속의 김천, 아카시아 꽃향기가 아련한 방천길을 달리고 싶다.

## 이재우 불고기브라더스 사장, zeus@bulgogibros.com

- 1961년생
- 세종대학교 관광경영학과, 연세대학교 경영대학원 경영학과 배급관리전공 석사
- 1987년 호텔롯데 식음료부 슈퍼바이저
- 1993년 아시안스타 T. G. I. Friday's 점장
- 1996년 아웃백 스테이크하우스 부사장
- 2006년 불고기브라더스 설립
- 현재 한일불고기연구회 회장·미래기획위원회 한식 세계화 추진 자문위원

# 통영의 맛

통영의 맛 | 내가 꿈꾸는 한식 세계화 | 맥적, 설야멱, 그리고 불고기

고향 음식 중 최고는 통영제삿밥이라고 생각한다. 일종의 통영 스타일 비빔밥으로, 제사 지낼 때마다 상에 올리는 제사 음식 중 가장 중요한 요리였다. 제사가 끝나면 이웃이나 식구들과 나눠 먹었으니 신과 인간이 나눠 먹는 신인공식神人共食인 셈이다. 이 비빔밥에는 시금치, 애호박, 당근, 콩나물이 들어간다. 또 통영 바다에서 나는 톳나물, 미역, 조개를 넣고 끓인 두붓국을 넣고 밥을 비벼 먹는 것이 특징이다.

# 통영의 맛

　　　　　　음식 중 최고는 전라도 음식이라
고 한다. 전라도에는 어느 식당을 들어가도 기본은 하는 곳이 지천이
다. 그에 비해 경상도 음식은 심심하다. 하지만 맛있는 곳은 확실히 맛
있는 곳도 바로 경상도다. 그중에서 내 고향 '통영'은 맛의 도시다.

'동양의 나폴리'라고 불리는 통영은 수산물이 풍부하고 살림이 넉넉
해 맛있는 음식이 많다. 봄기운을 받은 쑥과 하얀 생선 살이 어울리는
도다리쑥국, 봄 멸치회, 메기탕, 장어를 요리하고 남은 머리에 시래기
와 된장을 넉넉히 넣은 시락국(시래깃국), 바다 냄새가 물씬 풍기는 멍게
비빔밥, 오미사꿀빵, 그리고 애주가에게는 술값만 계산하면 계속 해산
물 안주가 나오는 다찌집 등 셀 수 없을 정도다.

지난 주말에는 통영에 가서 오랜만에 충무김밥을 맛보았다. 이 김밥
은 50년 전 뚱보할매라는 별명을 가진 이두익 할머니를 비롯한 할머니
세 분이 발명한 향토 음식이다. 김밥 속에 넣는 재료가 쉽게 상하는 것
을 보고 보관 기간을 길게 하기 위해 밥과 속 재료를 분리한 충무 특유
의 김밥이다. 따뜻한 흰밥과 김이 한데 어우러져 향긋한 김의 향이 입

속에서 감돌다 코끝을 때린다.

하지만 김밥만으로 뭔지 무미건조하다고 느낄 때 멸치 젓갈로 담가 잘 익힌 무김치를 베어 물면 프랑스 치즈 향처럼 곰삭은 젓갈 향이 입 안에 퍼진다. 이때 매콤하게 양념을 한 갑오징어무침을 입에 넣으면 세 가지 음식의 어울림이 가히 환상적이다.

오랜만에 고향에 가면 밤늦게까지 아버지와 밀린 이야기를 하며 술 잔을 기울이다 아침이 밝아오면 아버지의 오랜 단골집 '만성복국' 집 에 간다. 작은 졸복을 아끼지 않고 풍족히 넣어 삶아낸 국물이 담백하 면서도 시원하고 진해서 해장국으로는 최고다. 40년 전 필자가 초등학 교에 다닐 때 데려가서 복국에 식초와 다진 양념을 넣고 먹는 법을 가 르쳐주시던 자상한 아버지의 추억이 녹아 있는 음식이다.

그래도 고향 음식 중 최고는 통영제삿밥이라고 생각한다. 일종의 통 영 스타일 비빔밥으로, 제사 지낼 때마다 상에 올리는 제사 음식 중 가 장 중요한 요리였다. 제사가 끝나면 이웃이나 식구들과 나눠 먹었으니 신과 인간이 나눠 먹는 신인공식神人共食인 셈이다. 이 비빔밥에는 시금 치, 애호박, 당근, 콩나물이 들어간다. 또 통영 바다에서 나는 톳나물, 미역, 조개를 넣고 끓인 두붓국을 넣고 밥을 비벼 먹는 것이 특징이다.

이 비빔밥에 옥돔찜, 가자미찜, 조기찜을 곁들여 먹으면 그 궁합이 일품이다. 나는 어머니가 만든 통영제삿밥을 너무 좋아해서 설 연휴에 는 계속 이것만 먹는다. 통영제삿밥을 맛있게 만들어 조상님은 물론 친 지와 가족을 모두 먹이시는 어머니의 손맛은 위대하다. 고향 음식을 생 각하면 아버지, 어머니가 그리워진다.

# 내가 꿈꾸는 한식 세계화

최근 제주도에서 열린 한·아세안 특별정상회의의 첫날 한식韓食으로 만찬을 대접했고, 관례를 깨고 다음 날 오찬도 한식으로 준비했다고 한다. 건배주는 '매취순'으로 하고 만찬주는 '설화'와 제주 소주인 '허벅술'을 제공했다고 한다. 허벅이란 옛날 제주에서 식수를 길러 다닐 때 사용하던 주둥이는 좁고 배가 불룩한 전통 옹기를 말한다. 술을 담던 허벅에서 허벅술이라는 이름을 따왔고, 그 모양을 본떠서 술병을 만들었다고 한다. 허벅술은 쌀보리와 현미를 한라산 알칼리성 화산 암반수로 빚어 숙성한 알코올 농도 35도의 증류식 소주인데, 잘 숙성된 위스키처럼 부드럽다.

만찬 파티 사진을 보니 한국 술을 와인 잔에 따라 건배하는 것이 인상적이다. 한국 술의 향을 음미할 수 있게 하기 위해서다. 오찬주는 '맛있는 배로 빚은 술'이었다. 지난해 배가 풍작으로 값이 폭락하자 농가를 돕는 차원에서 배상면주가가 배술을 만들었다. 좋은 일 하는 술을 오찬주로 선정한 것이다. 건배주나 만찬주 중 한 가지만 전통 술로 하고 나머지는 와인으로 하는 것이 국제적 관례인데, 이것을 깬 것을 보면 정부가 한식 세계화를 위해 많은 노력을 하고 있다는 것을 알 수 있다. 정부는 한식을 이런 식으로 알리지만, 업계는 다른 방법으로 노력해야 한다.

나는 미국에서 스테이크하우스 브랜드를 도입해 10년간 비싼 로열티를 주면서 운영한 경험이 있다. 이제는 그 반대로 하고 싶은 꿈이 있다. 내가 꿈꾸는 한식의 세계화는 많은 한식당이 피자헛처럼 세계 여러 나라에 진출해 세계인들에게 사랑받고 매장 수가 늘어 거액의 초기 가맹비 수입과 러닝로열티 수입을 올리는 것이다. 그리고 김치, 된장, 한국 술, 조리 기구, 식기, 요리사 수출을 통해 외화를 버는 것이다. 작년 일본 기업이 운영하는 규가쿠牛角라는 불고기燒肉 식당이 미국에 진출해 비빔밥, 김치 같은 한국 음식을 서비스하며 성공하는 것을 보고 기분이 씁쓸했다.

한식당 사업은 외식업 겸 라이선스업이다. 도산한 GM이 상징하는 것처럼 미국은 더 이상 제조업 강국이 아니라 첨단 기술과 브랜드로 로열티를 받는 라이선스 강국이다. 미국은 컴퓨터 칩 외에 맥도날드 같은 브랜드 사용료, 운영 노하우, 레시피를 제공해주고 거액의 초기 가맹비와 러닝로열티 수입으로 외화를 벌어들인다. 하루빨리 한식 브랜드의 세계적 성공 모델이 나와야 한다. 그러려면 먼저 한국에서 사랑받는 명품 브랜드가 되어야 한다. 그리고 브랜드, 상품, 디자인, 외국어가 능통한 인력, 풍부한 자금력, 좋은 파트너를 찾기 위한 국제적인 인적 네트워크 등의 역량을 키워야 한다. 만약 한국에서 대표적인 한식당으로 우뚝 서면 세계 곳곳에서 가맹점을 내겠다고 우리 문을 두드릴 것이다. 그때 그들의 경험, 자금, 한식당에 대한 열정 등을 까다롭게 심사해 선정하는 것을 꿈꾼다. 이 얼마나 행복한 일인가!

# 맥적, 설야멱, 그리고 불고기

불고기는 오래전부터 우리 민족과 함께한 음식이다. 육당 최남선 선생에 따르면, 《수신기搜神記》라는 중국 고서에 고구려 민족이 맥적貊炙이라는 음식을 즐겨 먹었다는 기록이 있다고 한다. '맥貊'이란 고구려에 살던 우리 민족을, '적炙'이란 고기를 꼬챙이에 꿰어 구운 것을 말한다. 그러므로 맥적은 고구려식 불고기다. 그 후 통일신라와 고려 시대에는 당시에 성행한 불교의 영향으로 육식이 발달하지 못했다.

하지만 몽골의 지배를 받으면서 다시금 육식이 부활하고 불고기가 발달했다. 이때의 불고기를 일컫는 이름은 '설야멱'이었다. 1925년 출간된 민속학 책인 《해동죽지海東竹枝》에 따르면, 눈 오는 겨울밤에 먹는 불고기라는 이름의 요리가 고려 시대에 되살아났다는 기록이 있다. 설야멱은 쇠갈비를 기름, 마늘, 파를 넣어 조리해 굽다가 반쯤 익으면 냉수에 잠깐 담갔다가 다시 센 불에 구워 조리하는데, 고기가 연하고 맛이 좋아 '눈 오는 겨울밤의 술안주'로 안성맞춤이었다고 한다. 실제로 조선 시대 김홍도의 〈설하연적도雪下煙炙圖〉라는 풍속화를 보면 양

반과 기생들이 눈 오는 겨울밤에 야외에서 낭만적으로 고기를 구워 먹는 모습을 볼 수 있다. 설야멱은 이후 '너비아니'라는 궁중 음식으로 이어졌다.

현대에 와서 사람들이 흔히 부르는 '불고기'라는 이름은 1950년대 이후 국어학자들이 새로운 형태의 고기구이 요리를 불고기라 부르기로 결정하면서 생겨난 말이다. 그 후 육수가 맛있는 서울식 불고기, 떡갈비와 비슷한 언양식 불고기, 생고기에 즉석 양념해 구운 광양식 불고기로 지역의 특성에 맞추어 독특하게 발전했다. 이러한 불고기는 해외 동포들에 의해 일본과 중국 등지로 건너갔다. 일본의 경우 재일 동포들이 도살장 근처에서 구한 양과 대창을 이용해 만든 '호르몽 야키 요리'로부디 현재의 일본식 불고기 '야키니쿠燒肉'로 발선했다. 일본의 '조조엔', '도라지' 등 많은 야키니쿠 식당 주인이 재일 동포라는 사실은 한국의 불고기가 야키니쿠 발전에 많은 영향을 끼쳤음을 보여주는 예다.

중국의 경우에도 베이징과 상하이에 30개가 넘는 직영점을 가진 '한라산카오러우(한라산 불고기)' 식당의 주인이 조선족이다. 이곳에서는 쇠고기, 돼지고기, 양고기, 심지어 개고기까지 불에 구울 수 있는 모든 고기를 불고기로 판매한다. 이렇게 불고기는 해외 동포들에 의해 그 나라 소비자의 입맛에 맞는 각기 다른 형태의 불고기로 발전하고 있다.

불고기는 오랜 역사와 다양한 이야기를 가진 우리 민족의 음식이다. 이제 불고기가 우리 민족뿐만 아니라 세계인이 좋아하는 음식이 될 수 있도록 더 많은 노력과 연구가 필요하다. 내가 어렸을 적 먹었던 불고기는 특별한 날 먹을 수 있는 최고의 음식이었다. 마치 솜씨 좋은 어머니의 손맛 같은 '불고기' 맛을 모두가 느낄 수 있는 불고기의 부흥을 기대해본다.

## 박종욱 로얄&컴퍼니 대표, jwpark@iroyal.kr

- 1962년생
- 한국외국어대학교
- 1986년 로얄TOTO 입사
- 1994년 기획이사
- 1996년 상무이사
- 1999년 대표이사 사장

# 송아지 한 마리와 스테이크

송아지 한 마리와 스테이크 | 프로와 아마추어 | 통 큰 사람이 싫다

사장실로 들어가 자리에 앉자 아버지는 차를 한 모금 드시더니 경상도 사투리가 섞인 말투로 느닷없이 한마디 던지신다. "니하고 나하고 매끼 송아지 한 마리씩 잡아먹고 살 거 아이제?" '무슨 말씀을 하시려고……' 하는 표정의 내게 뒤이어 하시는 이야기는 "더 잘 먹고 더 잘 산다고 매끼 송아지 한 마리씩 잡아먹고 살 것도 아닌데, 사업한다고 해서 돈벌이에 집착하지 말고 사업가로서 옳은 길, 바른 길 가면서 성취감을 느낄 수 있다는 것에 감사하며 살자"라고 하신다. 그래야 기업도 오래간다며…….

# 송아지 한 마리와 스테이크

지금도 쇠고기는 비싼 축에 들지만 우리 부모님 세대가 쇠고기에 대해 갖고 있는 느낌은 우리와는 사뭇 차이가 있는 것 같다. 우연인지는 모르지만, 내 아버지가 내게 가르쳐 주신 첫 경영 수업은 쇠고기와 관련된 두 가지 이야기로 시작되었다.

어느덧 20년이 훌쩍 넘은 이야기다. 학교를 졸업한 후 1년여의 일본 연수를 마치고 막 귀국해 회사에 첫 출근 한 날이었다. 당시 사장(지금은 회장)이셨던 아버지는 언론계에 꽤 오래 몸담고 계시다 뒤늦게 사업을 시작하셨고, 언론인의 기질상 결코 쉽지 않다던 사업을 비교적 짧은 기간 내에 성공적으로 이끄셨다.

첫 출근이어서 정신없을 때 비서실에서 사장님이 찾으신다는 연락이 왔다. 사장님……. 어렸을 때부터 아버지와 장난을 많이 치며 격의 없이 커온 내가 이제 회사에서는 아버지를 그렇게 불러야 한다는 것이 어색했다. 사장실로 들어가 자리에 앉자 아버지는 차를 한 모금 드시더니 경상도 사투리가 섞인 말투로 느닷없이 한마디 던지신다. "니하고 나하고 매끼 송아지 한 마리씩 잡아먹고 살 거 아이제?" '무슨 말씀을 하시려고……' 하는 표정의 내게 뒤이어 하시는 이야기는 "더 잘 먹고 더 잘산다고 매끼 송아지 한 마리씩 잡아먹고 살 것도 아닌데, 사업한다고 해서 돈벌이에 집착하지 말고 사업가로서 옳은 길, 바른 길 가면서 성취감을 느낄 수 있다는 것에 감사하며 살자"라고 하신다. 그래야 기업도 오래간다며…….

그리고 또 한마디 덧붙이신다. "네가 쇠고기 스테이크를 사 먹는 것은 죄가 아니지만, 라면도 제대로 못 먹은 사람 앞에서 스테이크 먹은 이야기를 하는 순간 너는 죄를 짓는 거다." 검소한 부모 밑에서 자라 그리 허투루 쓰고 다니는 아들놈은 아니라 생각하지만, 앞으로 기름때 묻은 공장 직원들과 함께 뒹굴 줄도 알아야 된다고 생각하니 한 번쯤은 짚고 넘어가고 싶으셨나 보다. 하긴 상대에 대한 배려가 부속해 우리 스스로도 모르는 새 죄짓는 일이 어디 한두 번이겠는가.

첫 출근 날, 첫 경영 수업을 받은 그 당시에는 이 이야기를 어떻게 느끼면서 들었는지 솔직히 잘 기억나지 않는다. 다만 지금까지도 그때의 그 분위기와 내용을 정확히 기억하고, 경영 윤리와 배려라는 두 이름으로 각인되어 있는 것으로 보아 나름대로 중요하게 받아들인 것만큼은 분명한 것 같다.

몇 년 후면 나 역시 아들에게 아버지의 경영 수업을 전해야 할 나이가 된다. 사실 아들은 이미 내게 이 이야기를 여러 번 들었고, 우연히 할아버지에게 확인까지 했다. 그러니 이 이야기를 또 꺼내면 짜증을 낼지도 모르겠다. 그래도 나는 아들이 첫 출근 하는 날, 이 수업을 한 번 더 하려고 한다. 지켜가야 한다고 생각하면서도 지켜내기가 그리 쉽지만은 않은 숙제이기 때문이다.

# 프로와 아마추어

입사 후 1년 정도 사내 연수를 마치고 기획실에 첫 발령을 받았다. 회사도 나름대로 합리적인 관리를 하고 있었지만, 학교에서 배운 경영학이나 해외 연수에서 봐온 선진 관리 방식과는 꽤 차이가 있어 보였다. 그래서 해야 할 일, 하고 싶었던 일이 무척이나 많았다. 자신과 의욕이 넘쳤다. 인사제도 개선, 당시 유행하던 도요타 간판 방식이나 IE 등의 생산관리 기법 도입, 수주 방식 표준화 등 굵직한 프로젝트들을 순차적으로 시행했다. 열정적이었던 데다 2세 경영자가 갖는 프리미엄 덕분에 별 저항 없이 개혁은 진행되었고 개선 속도도 빨랐다. 아니, 그렇게 보였고 그런 줄 알았다.

그렇게 몇 년을 달려오다가 이전과 별로 달라진 것이 없고 오히려 형식적 시스템 때문에 관리 방식만 더 복잡해진 듯이 느껴지는 결과 앞에서 자신감을 잃어가는 나 자신을 보게 되었다. 그리고 그런 실패가 당연하다는 듯, 의욕만 넘쳤던 아마추어 아들을 바라보고 계신 아버지를 그제야 발견하게 되었다. 아버지는 아들이 실패해볼 기회를 굳이 막지 않으셨다. 아마추어를 프로로 만드는 것은 나이가 아니라 경험이라는 생각에서.

요즘도 새로운 일을 시작할 때는 그 당시를 많이 생각한다. 그때 이후로 나는 "아마추어는 하고 싶거나 해야 하는 것이라 생각하는 일을 하고, 프로는 할 수 있는 일을 한다"라는 표현을 곧잘 쓴다. 의욕만 넘치는 아마추어는 해야 할 일이라고 생각하면 할 수 있는 일인지를 따지기도 전에 무조건 한다는 마음부터 정한다. 어려운 일일수록 용감히 도전하는 것이 옳은 것이며 그렇지 않으면 오히려 나약하다고 생각한다. 마음가짐은 맞는 이야기일 수 있다. 하지만 정말 큰 차이는 목표를 향해 가는 방법에 있다. 프로는 10을 가려면 1부터 시작해야 하는 것을 알고 있고, 할 수 있는 일만 골라서 한다는 뜻이 아니라 할 수 있도록 일을 만들어간다. 반면 아마추어는 해야 하는 일이라며 10만을 이야기한다. 목표는 이야기하지만 이에 이르는 과정을 알려주지는 못한다. 그러고는 자신을 이해하지 못하는 사람들을 원망한다. 내가 그랬다.

우리 사회의 이념 갈등도 아마추어적 사고에 기인하는 바가 크지 않을까. 그저 각자가 생각하는 해야 할 일, 하고 싶은 일만을 강하게 주장하면서 정작 목표에 이르기 위해 지금 할 수 있는 것이 무엇인지는 제시하지 못하는, 그러고는 서로 욕하고 아우성치는 모습까지 말이다. 〈우리 아이가 달라졌어요〉라는 텔레비전 프로그램이 있다. 제목과 달리 실제 달라진 것은 아이가 아니라 그 아이를 바라보는 부모와 주변 사람들의 이해심과 관점이라는 이야기를 들은 적이 있다. 남을 탓하기 전에 자신의 미숙함을 먼저 되돌아보는 프로 리더십의 본질은 '내 탓이오'다.

# 통 큰 사람이 싫다

일본에서 10개월 정도 연수를 받으며 지낸 적이 있다. 연수 중 친하게 지내던 일본인 동기생의 집에 초대받았다. 당시 나나 그 친구나 모두 결혼 전이라 그날 방문한 집은 후쿠오카에 있는 동기생의 부모님 댁이었다.

차에서 내려 현관 입구에 들어서서 신발을 벗으려던 차에 종종걸음으로 뛰어나와 아들 친구에게 깍듯이 무릎 꿇고 인사하는 동기생의 부모님을 보고 기겁을 했다. 한국 예의를 기준으로 할 때 그 상황에서 내가 할 수 있는 일은 거의 현관 바닥에 붙을 정도로 자세를 낮추는 것밖에 없었고, 신발을 벗다 말고 엉거주춤하게 엎드린 나의 희한한 자세에 동기생이나 그 부모님도 같이 당황했다. 식사를 하면서도 많이 놀랐다. 그저 중·상류층의 깔끔한 집이었던 것처럼 음식도 그리 화려한 편은 아니었다. 하지만 손 닦는 물수건의 온도에서부터 음식이 하나 나올 때마다 껍질 담는 그릇, 생선 가시나 뼈 담는 그릇이 늘 같이 따라 나오고, 우리처럼 여러 사람이 같이 먹는 음식 없이 각자에게 음식이 배정되어 있음에도 손님 취향을 배려하여 덜어 먹을 수 있도록 작은 국자나 주걱을 비치해두고, 마지막에는 쓰고 난 이쑤시개의 처리에 이르기까지 세심하기 그지없는 접대에 감탄했다. 이것은 마치 식사 접대 시스템 같은 것이었다. 그리고 담배를 피우지 않는 아버지 앞에서 버젓이 식후 끽연을 즐기는 친구의 모습. 생긴 것도 겉으로 보이는 사는 모습도 우리와 별반 다르지 않다고 느꼈던 나라의 첫 가정 방문에서 받은 문화 충격이었다.

이날의 식사 초대와 더불어 당시 일본 백화점 직원들의 고객 응대의 세심함이나 일본 위생 기기 회사와 프로젝트를 진행할 때 그들이 보여준 지나칠 정도(우리 기준으로 보았을 때)로 꼼꼼한 세부 실행 계획 등은 문화의 차이만큼이나 디테일(세세한 부분)의 차이에서 나를 놀라게 했던 사건이었다. 그 당시에 느꼈던 완성도의 차이는 나름대로 일본과의 격차를 줄이리라 했던 야심에 자괴감마저 들게 만들었다.

이때의 경험 탓인지 나는 요즘도 주변에서 통 큰 척하는 사람들을 몹시 경계한다. 남자라는 단어와 굵다는 표현을 즐겨 쓰며 디테일한 것과 쫀쫀한 것을 거의 동일시하는 그들의 특성상, 어떤 일을 해도 계획적이지 않으며, 그래서 실패하더라도 이 대승적 차원의 인간들은 별 책임감을 느끼지도 않는다. 매끈하게 끝마무리하는 적이 없다.

우리 직원들에게 가끔 물어보는 질문이 있다. 90점과 100점의 차이는 어느 정도일까? 10점이나 10퍼센트 정도의 차이일까? 학교 다닐 때 시험공부를 해보면 100점을 목표로 할 때와 90점을 목표로 할 때의 공부의 양이나 깊이는 천지 차이다. 100점은 단 하나의 실수도 용납하지 않는다. 단 하나도 틀리지 않으려면 90점을 목표로 할 때보다 최소 두 배 이상은 더 공부해야 한다. 내재되어 있는 잠재력의 차이는 차원이 다르다. 디테일의 차이란 이런 것이다.

# 이방형
SK마케팅앤컴퍼니 대표, lee@skmnc.com

- 1955년생
- 서울대학교 경제학과, 미국 펜실베이니아 대학교 경영학 석사(와튼스쿨)
- 1979년 한국은행 입사
- 1981년 안건회계법인 경영자문인
- 1984년 Deloitte & Touche Consulting
- 1987년 선경 미주경영기획실 부장
- 1988년 SK텔레콤 마케팅기획본부장
- 2007년 SK텔레콤 마케팅앤컴퍼니 총괄부사장

# 즐거운 몰입

즐거운 몰입 | 도공의 마음 | 나의 파트너

● ● ●　즐거움은 몰입의 핵심 요소이자 열정 그 자체의 모습이기도 하다. 누가 뭐라 해도 이것이어야 한다는 자기 목적이 분명한 상태에서 발현되는 즐거움은 대상에 집중할 수 있는 힘을 만들어준다. 더불어 불필요한 요소에 힘이 분산되지 않도록 하고, 힘겨워도 견뎌낼 수 있는 내성을 길러주고, 흥을 돋워준다. 즐거운 몰입은 '어?' 하는 부지불식의 사이에 열정이 되어 우리 내면으로 찾아오는 것이다.

# 즐거운 몰입

"어떤 일에 열렬한 애정을 가지고 열중하는 마음." 《국어사전》에서 정의하는 '열정'이라는 단어의 의미다. 그러나 이러한 사전적 의미 외에도 열정은 다양한 의미를 지니고 있다. 사람마다 축적해온 경험과 가치관이 다르고, 의식과 무의식이 연합해 만들어낸 뜨거운 기운을 어떻게 기억장치 속에 담아두고 있느냐에 따라 그 의미와 가치는 달라지게 마련이다. 그렇지만 아무리 열정에 대한 정의와 가치가 제각각이라 해도 그 본질은 일맥상통한다. 지극히 자기 목적적이고 즐거운 몰입의 상태라는 것이다.

희랍어에 '자기 스스로의 것'을 의미하는 'auto'와 '목적'을 뜻하는 'teros'라는 말이 있다. 이 두 희랍어가 조합되면 자기 목적적이라는 뜻을 갖는 '오토텔릭autotelic'이라는 영어 단어가 된다. 이 단어의 어원이 말해주듯이, 타인의 의지가 아닌 자기 자체가 목적이 되는 것을 가리켜 오토텔릭이라 한다. 이는 어쩔 수 없이 해야 하는 필요성보다 그저 하고 싶어서 행하는 상태를 말한다. 자율적 행동이 근간이 되는 것이니 당연히 필요에 의한 행위보다 더 즐겁고 신명 나며 애정을 가지고 열중하게 된다. 결과보다는 과정에 집중하며 한 걸음씩 나아가는 것. 누구나 정도의 차이는 있지만 열정의 모습은 얼추 이러하다.

소소한 관심과 사소한 호기심으로 시작되는 일은 허다하다. 여기에 비전과 의욕이 함께할 경우 그 시작은 실로 의미심장하기까지 하다. 하지만 대다수의 야심만만한 시작이 몰입의 단계를 제대로 거치지 못함으로써 무위로 종결되고 만다. 아무리 목적이 뚜렷하다 해도 그 목적에 부합하는 응축된 에너지를 한데로 모을 수 없다면 신통치 못한 결과가 나올 것은 뻔하다. 몰입의 부재는 야심 차게 시작했던 일이 용두사미 격으로 무너지게 만드는 법이다.

즐거움은 몰입의 핵심 요소이자 열정 그 자체의 모습이기도 하다. 누가 뭐라 해도 이것이어야 한다는 자기 목적이 분명한 상태에서 발현되는 즐거움은 대상에 집중할 수 있는 힘을 만들어준다. 더불어 불필요한 요소에 힘이 분산되지 않도록 하고, 힘겨워도 견뎌낼 수 있는 내성을 길러주고, 흥을 돋워준다. 즐거운 몰입은 '어?' 하는 부지불식의 사이에 열정이 되어 우리 내면으로 찾아오는 것이다.

개방, 참여, 공유의 웹 2.0 시대는 그야말로 즐거운 몰입의 한마당이다. 돈을 벌지 못해도 누가 봐주지 않아도 블로그나 미니홈피에 어지간한 전문가보다 더 훌륭한 정보를 올려놓고 매일 그 공간을 관리하는 '블로거'들은 웹 2.0 시대의 대표적인 열정을 보여준다. 《논어》를 보면 "知之者는 不如好之者요, 好之者는 不如樂之者니라"라는 말이 나온다. 알기만 하는 사람은 좋아하는 사람만 못하고, 좋아하는 사람은 즐기는 사람만 못하다는 말이다. 이미 조상들은 알았던 것이다. 즐길 때에 가장 멋진 결과가 나온다는 진리를.

# 도공의 마음

여러 차례의 경제 위기와 불황을 거치면서도 제자리를 굳건히 지켰던 글로벌 1위 기업들의 아성이 흔들리고 있다. 실패작이 되어버린 윈도 비스타와 윈도 7의 지연 출시로 세계 PC 시장의 거성인 마이크로소프트는 창사 34년 만에 처음으로 매출이 전년 동기 대비 감소했다.

규모의 경제를 대표하던 노키아도 38퍼센트의 시장점유율은 지켰으나 매출과 순이익이 각각 25퍼센트와 66퍼센트나 줄어 그 입지가 흔들리고 있다. 반도체 1위인 인텔 역시 매출이 지난해보다 줄고 있어 이를 극복할 대안을 모색 중이다. 이뿐 아니다. 자그마치 77년에 걸쳐 세계 자동차 시장 1위를 고수하던 GM도 파산 보호 신청을 했고, 10여 년 전 휴대전화 시장 1위였던 모토로라는 이제 5위로 물러섰다. 낮은 생산성과 재무적 후유증으로 철강업계 1위인 아르셀로미탈도 올해 2분기에만 8억 달러의 순손실을 기록하여 큰 타격을 입었다.

글로벌 시장을 좌지우지해온 각 분야 1위 기업들의 위상이 흔들리고 있다는 뉴스를 접할 때마다 영원한 1등은 없다는 격언이 떠오른다. 혁신적인 제품이 아니면 아무리 규모가 크고 역사가 오래된 기업이라 하더라도 언제든 시장에서 외면당할 수밖에 없다. 고유 기술 하나로 사업을 수십 년간 지탱한다는 것이 불가능한 시대가 되어버린 것이다.

기술의 변천이 빨라지고 시장의 니즈가 변화무쌍하더라도 헤쳐 나갈 길은 있게 마련이다. 격변과 혼란의 시기일수록 원칙에 입각한 변형과 융합의 지혜가 절실하다. 우리 주변에는 각 분야에 걸친 수많은 지식과 지혜가 담긴 서적이며 인터넷을 통해 만인에게 공개되기를 원하는 노하우가 넘칠 만큼 많다. 능란한 사업 경영과 처신을 위한 저마다의 원칙과 방법론은 이미 공개될 만큼 공개되었고, 특수한 기술로 간주되기 어려울 만큼 충분히 보편화되었다. 누구나 그대로 실천하기만 해도 어느 정도의 성공은 이룰 수 있을 정도로 세세하게 지식과 지혜가 기술되어 있다. 세간의 이목을 집중시킬 정도로 자주 언급되었던 몇몇의 주요 원칙과 방법론은 어느새 누구나 아는 상식이 된 지 오래다. 그럼에도 성공하는 사람이나 기업은 지극히 한정되어 있다. 이는 알기만 할 뿐 아는 것을 실행하지 않아서 생기는 결과다. 지혜는 머리와 가슴을 통해 만들어지고 행위를 통해 완성된다.

성공이란 특정한 사람의 전유물도 불변의 것도 아니다. 다만 잘할 때까지 계속 노력하고 발전하며 변하는 사람이 성공을 거머쥐고, 그 성공을 유지할 수 있을 뿐이다. 영원할 것 같았던 로마제국도 안주하고 만족하는 순간 쇠퇴의 길로 들어섰다. 성공까지 가는 것은 어쩌면 쉬울지 모른다. 어려운 것은 끝까지 유지하는 것이리라. 한 개의 도자기를 위해 수천수만 개의 도자기를 깼던 도공의 마음이 어쩌면 지금 우리에게 가장 필요할지도 모르겠다.

# 나의 파트너

셜록 홈즈는 아서 코난 도일이 창조한 인물이지만, 지금도 탐정의 대명사로 불릴 만큼 영향력을 가지고 있다. 안개 자욱한 런던 베이커리가의 작은 공간에서 일어나는 수많은 사건은 전 세계 독자들을 사로잡았고, 지금도 홈즈의 활약상을 토론하는 모임들이 이어지고 있다. 그리고 이러한 홈즈의 명성은 그의 곁에서 친구이자 파트너이자 동반자로 긴 세월을 함께해주었던 의사 왓슨이 있었기에 가능했다.

왓슨은 군의관 출신의 의사로서 차분하고 조용한 성격의 소유자다. 그다지 큰 재주도 없이 조용히 홈즈를 돕는다. 가끔 위험한 일을 대신한다든가 결정적인 활약을 하는 에피소드가 있기는 하지만 대체로 왓슨의 역할은 홈즈가 추리에 집중할 수 있게 주변 상황을 정리해주거나 잔심부름을 하거나 혹은 홈즈와 다른 시각으로 사건을 보고 홈즈에게 정보를 주는 정도다. 이런 왓슨을 사람들 대부분은 홈즈의 조수나 그냥 친구로 보고, 왓슨 스스로도 감히 홈즈와 동등한 자리에 자신이 있을 것이라고 생각하지는 않는다.

하지만 홈즈는 그렇지 않았다. 일례로 어떤 왕국의 국왕이 비밀스러운 사건을 의뢰하러 와서 왓슨 없이 홈즈에게만 이야기하기를 청했을 때 홈즈는 이렇게 대답한다. "왓슨은 제 파트너입니다. 이 친구가 못 들을 이야기라면 저도 들을 필요 없습니다." 왓슨에게 홈즈가 존경하는 파트너였던 것처럼 홈즈에게 왓슨은 누구보다 믿을 수 있는 파트너였던 것이다. 무엇보다 이 두 사람은 서로를 깊이 신뢰했다.

역사를 살펴보다 보면 좋은 파트너십을 이루어 그 자체로 하나의 아이콘이 되는 이야기가 많이 있다. 작곡가 푸치니의 음악을 가장 잘 표현해낸 지휘자 토스카니니, 비록 상하 관계이기는 하지만 천하의 3분의 1을 얻어낸 유비와 관우, 장비, 제갈공명이 서로의 재능을 나누고 모자라는 부분을 채워가며 더 큰 그림을 그리고 비전을 만들어간 사람들이다.

파트너십의 가장 큰 장점은 내게 모자라는 부분을 누군가 채워준다는 것이다. 사람이든 기업이든 하나에서 열까지 혼자서도 잘하면 파트너는 필요 없다. 하지만 그것은 불가능하다. 혼자서 다 잘하려고 하는 것보다 내가 잘하는 것에 집중하고, 남이 더 잘할 수 있는 것은 남에게 맡기는 것이 훨씬 효율적이다. 그리고 이런 파트너십에서 가장 중요한 것이 신뢰라는 사실도 잊지 말아야 한다. 신뢰 없이 만들어지는 파트너십은 위험하다. 누구 하나가 우위를 차지하는 것이 아니라 동등한 관계에서 맺어지는 것이 파트너십이기 때문에 서로를 믿지 못하면 이 관계는 오래 지속되지 못한다.

기업도 마찬가지다. 당장 눈앞의 이익으로 신뢰를 버린 기업은 결국 도태되거나 사장되고 만다. 파트너를 소중하게 생각한다는 것은 결국 나의 약점을 인정하고, 그 부분을 보완하려고 노력한다는 말과 같기 때문이다. 사람에게도 기업에도 파트너는 그래서 중요하다.

# 울프 네바스 파스퇴르 연구소장, ulfnehrbass@ip-korea.org

- 1967년 독일 출생
- 영국 케임브리지 대학교 생화학 석사, 독일 하이델베르크 대학교 박사
- 1992~1998년 미국 록펠러 대학교 연구원
- 2000년 CNRS(국립과학연구소) 젊은 과학자상, EMBO(유럽분자생물학회) 젊은 연구자상 수상
- 2002년~현재 프랑스 CNRS 연구부장
- 2004년~현재 한국파스퇴르연구소 소장

# 서울살이

서울살이 The Korean Way
감성으로 포장된 BT When Technology Goes Emotional
아시아판 《셀》지 Asia Needs to Start its Own Scientific Journals

나는 이보다 강렬하고 일관되며 자부심이 강한 문화를 보지 못했다. 외국의 영향은 에너지원처럼 보인다. 흡수되고 분해되어 원래의 것 이상으로 재창조되고 있다. 지난 4000년간 진화해온 한국 스타일이 되는 것이다. 비슷해 보이지만 실제로는 다른 한국에서 보이지 않는 힘이 느껴진다. 한국을 좀 더 깊이 이해하기 위해 여기저기를 찾아다니면서 내가 지금까지 살아왔던 곳들 중 가장 에너지가 넘치고 흥미진진하면서도 중독성이 강한 곳이란 것을 깨닫는다.

# 서울살이

타향살이가 이번이 처음은 아니다. 서울에 오기 전 세계 여러 곳에서 살아보았다. 영국 케임브리지 대학교 유학 시절 차茶에 우유를 넣는 법을 배웠고, 뉴욕에서 지낸 6년 동안 '네 글자 욕설four letter curses'을 믿음이 가는 단어로 바꿔 말하는 데 탁월해졌다. 그리고 파리에서 지낸 6년은 지성적으로 분석하는 최상급 니힐리즘에 대한 워크숍 과정이었다. 내 인생의 대부분은 조국인 독일을 떠나 최고의 과학을 추구하면서 보냈다.

그러나 서울은 달랐다. 내 고향의 문화와 닮은 환경에서 살 때는 작은 차이들에 사로잡히게 되는 반면, 한국처럼 완전히 다른 문화권에서 내가 주목하는 것은 오히려 비슷한 점들이다. 그것이 내가 이해할 수 있는 것들이기 때문이다. 사람이나 동물의 지각은 과거 경험의 형상을 축적하고 기억해두고 새로 받아들인 정보의 형상과 비교해 인식하는 일종의 패턴인식pattern recognition 현상을 갖는다. 좁은 명동 골목길에서 젊은 여자끼리 손잡고 걸어가는 모습을 지켜본 서울에서의 첫날 기억이 몇 년 전 뉴욕에서 보았던 '게이올림픽'을 연상하게 한 것처럼 말이다. 독일 차나 스타벅스 로고에 흥분되는 신경세포들처럼 패턴인식은 좀 더 세속적일 수도 있다. 그래서 길을 잃어버린 외국인의 뇌는 1년의 대부분을 서울을 핑계로 꾀병을 부리게 되고, 결코 비슷한 패턴의 섬을 떠나지 않는다. 내가 아는 브랜드들이 바로 서울에 있고, 상점들도 있다. 음식, 특정 부류의 사람들도 있다. 이탈리아제 스쿠터 베스파, 유럽풍 스포츠카로 속도를 내며 달리는 디자이너 의상을 입은 여피족, 와인바, 치즈, 커피에 밀크를 어떻게 넣는지에 대한 단어들 역시 프랑스 파리라고 느낄 정도다.

그렇다면 서울은 글로벌화의 완벽한 표상이고, 글로벌 세대의 도시인가. 그렇게 보기 힘들다. 몇 년이 걸려서야 서울에서의 패턴이 알고 보면 겉모습에 지나지 않는다는 사실을 이해하게 뇌었다. 비슷한 모습들이 있었지만 다른 이유가 숨겨져 있었다. 한국인들은 외국어를 액세서리처럼 다루며 사교적인 대화에서 장식이 가미된 단어로 사용하고 있었다. 겉으로는 서양식인 것처럼 보지만 가까이 다가가서 자세히 보면 재구성된 것이고, 현실에 딱 들어맞게 짜여져 있다. 알고 보면 한국식인 것이다.

나는 이보다 강렬하고 일관되며 자부심이 강한 문화를 보지 못했다. 외국의 영향은 에너지원처럼 보인다. 흡수되고 분해되어 원래의 것 이상으로 재창조되고 있다. 지난 4000년간 진화해온 한국 스타일이 되는 것이다. 비슷해 보이지만 실제로는 다른 한국에서 보이지 않는 힘이 느껴진다. 한국을 좀 더 깊이 이해하기 위해 여기저기를 찾아다니면서 내가 지금까지 살아왔던 곳들 중 가장 에너지가 넘치고 흥미진진하면서도 중독성이 강한 곳이란 것을 깨닫는다.

# The Korean Way

It's not the first time. I have lived in other countries before. In Cambridge I learnt to pour milk in my tea. 6 years New York, and I excelled in fitting unsuspecting vocabulary with 4 letter curses. And then Paris, a 6 year work shop in high end, intellectualizing nihilism. Most of my life I spent outside of Germany in pursuit of the best science. But non of it prepared me for Seoul.

Seoul is different. When you live in a culture that closely resembles your own what you start obsessing over are the subtle differences. When dropped into a country as different as Korea, however, all I notice are the similarities. Because it is the only thing my desperate brain can figure out : Pattern recognition. Clinging on to something that I have seen before. Anything. Like my first night out in Seoul, pushing my way through the narrow streets of Myong-Dong against waves of young girls holding hands. Girls holding hands was easy, I instantly recognized the gay Olympics in New York a few years earlier. But pattern recognition can be or a more mundane kind ; Neurons firing in excitement over a German car or a starbucks logo. And so, a lost foreigner's brain can easily malinguer through Seoul for the better part of a year and never leave islands of familiar pattern. The brands are there, the shops. The food. The types are there. The Vespas are there. 'Yuppies' in designer clothes peeling themselves out of the befitting Euro sports cars. The wine bars, cheese, the tiring vocabulary over how the milk was added to coffee. Could be Paris.

The perfect image of globalization then, Seoul as the global village, a global generation doing the global do? Hardly. It took me years to understand that in Seoul pattern really is patina. There is convergence of the same movement but for different reasons. Koreans play with western references as an accessory, it's vocabulary in their overarching intersocial discourse. However Western it may seem, on closer look it has been reassembled and snug fit into the only reality that exists ; Korean.

I have never seen a stronger, more coherent and more confident culture. Foreign influence appears like an energy source, absorbed deconstructed and rebuilt into more of the same ; The Korean way, evolved over the last 4000 years. Between the familiar and the real, Korea exposes me to a constant force field that to understand and navigated, makes Seoul the most energetic, exiting and addictive place I have lived in so far.

# 감성으로 포장된 BT

나는 내 직업을 정말로 좋아한다. 솔직히 말해 다른 직업으로 바꾸고 싶지 않다. 누구나 지금과 다른 일을 한다면 어땠을까 하는 상상을 해본 적이 있을 것이다. BT(생명공학) 대신 이를테면 반도체나 자동차 기술을 택했다면? 그러나 나에게는 어림없는 상상이다. BT는 어려운 만큼 재미있기 때문이다.

우리의 연구 대상인 인간 세포는 변덕스럽고 예측 불가능하기 짝이 없다. 그러나 이것은 아무것도 아니다. BT 연구자들은 그러한 불가측의 연구 대상과 씨름해야 하지만 그보다 더 어려운 일은 BT와 감성적으로 얽혀 있는 다양한 사람들의 기대와 요구에 어떻게 대응하느냐다. 새로운 반도체 기술보다 인간의 생명과 건강을 다루는 BT에 관심이 많은 만큼 기대도 크고 요구도 많다.

BT가 어렵고 재미있는 이유는 또 있다. 예를 들어 신종 플루 백신을 개발하는 과정에서 겪어야 하는 바이러스의 위협과 공포는 다른 분야에서 느끼지 못하는 재미일 수 있다. 또 BT의 정치적인 영향도 상당하다. 수조 원이 드는 치료제 개발이나 공중 보건을 다루다 보니 사회 전반에 대한 영향이 클 수밖에 없다. 여기에다 BT는 인도주의적 사명도 수행해야 한다. 제3세계의 수백만 명에 달하는 사람들이 앓고 있는 각종 질병에 대한 치료 기술도 만들어내야 한다. 이처럼 BT와 무관한 사람은 없다. 건강이 행복의 관건이기 때문이다. 그러니 BT에 관해 말도 많고 탈도 많을 수밖에 없다.

하지만 관심과 흥미가 지나쳐 생기는 문제점은 심각하다. BT에 대한 감성적인 접근은 BT에 관한 비합리적이고 부적절한 의사 결정으로 연결된다. 이러한 관심과 기대를 악용해 성과를 과대 포장하고, 절박한 환자들에게 말도 안 되는 기대를 갖게 하는 과학자들이 있다. 이들이 활개를 치는 것은 BT를 감성적으로 바라보는 사회 분위기 때문이다. 예를 들어, 단기간에 치료제나 예방책을 쉽게 개발하겠다는 연구에 대해서는 과학적 실현 가능성을 따지지도 않고 지원하는 당국자들과 공부 잘하는 유전자, 범죄 유전자, 배신 유전자 등 지나친 단순화로 독자의 관심을 끌고자 하는 언론의 책임 역시 크다. 많지는 않지만 말도 안되는 BT 프로젝트에 투자하는 어리석은 사람도 있다.

그럼에도 BT는 가장 확실한 미래 성장 동력이다. 우리 사회가 BT에 대한 합리적인 시각을 갖는다면 시간이 걸리더라도 분명히 반도체를 능가하는 가치를 만들어낼 수 있다. BT의 잠재력을 최대한 활용하려면 BT에 대한 감성적 시각과 과장된 기대가 없어져야 한다. BT를 어렵게 만드는 것은 '과학이 아닌 신념에 근거한 의사 결정'과 '막연한 희망 부풀리기'다. 이러한 상황을 만든 사람은 바로 우리 BT 연구자들 아닌가. BT의 성공을 위해 이제는 단기적 이익만 좇는 감성적 게임을 끝내야 한다.

# When Technology Goes Emotional

you know, I really love my job, and honestly, I would not want to change it for anything else. But sometimes, don' t you sway off daydreaming on how it would be if you worked somewhere else? Instead of biotech, say in the semiconductor business, or the car industry? Even as I write this, it gives me that silly smile on my face ; Gosh, life could be so easy⋯⋯.

You don' t agree? Well you have no idea. Just try to imagine how moody and unpredictable human cells are in their daily routine. But that is actually the easy part. Because on the other side of the "Petri dish" biotechnologists have to deal with an entire camarilla of onlookers and prospectors who have a big emotional stake in our business. Because biotech deals with life and it deals with human health, topics that go under the skin, much more than say, a new chip. There is threat and fear involved when Biotech buffers the response to swine flu with new vaccines. Biotechnology has political implications where therapy development deals with public health, implying trillions of dollars and affecting the very social fabric of our societies. Biotechnology has a humanistic or Christian mission, as millions of people in the third world wait for answers to neglected diseases. And very concretely, biotechnology touches upon each of us where a healthy, youthful body has been declared the main staple of our individual happiness. Many onlookers, many opinions.

Beyond the attention and glamour, this exposure directly affects the core of the business. With emotional implications of biotechnology come irrational and bad decisions on all sides. This involves scientists who have the bad habit of overselling incremental progress into ridiculous promise. If they constantly get away with it, then because of the emotional context of their reality. It includes the decision makers, who prefer to overfund allegedly simple solutions and diseases that might affect them one day. It includes the media, its love for oversimplification and a genomic humanity ; The gene for intelligence is the latest bogus I had to hear about, following other silly discoveries like the gene for criminality or the gene for infidelity. And to some lesser degree it still includes investors following up on meaningless projects, much beyond the expiry date.

Biotechnology is an effective future growth engine and by far the most interesting one. The core of our business is simple, clear and rationally accessible, much like micro-chip development, albeit on a more long term basis. But to live up to its full potential biotechnology has to be stripped of the emotionalization and exaggerated expectation it is exposed to. Faith based decision-making and unfounded hope has kept the loose end of the industry afloat for much too long. We have mostly ourselves to blame for this situation. The life science and biotech sectors have to make more efforts to bring our technology to its full potential in a responsible fashion, without playing the emotional card for short-term gains.

# 아시아판 《셀》지

최근 《뉴욕타임스》가 하버드 대학교와 MIT 대학교의 새로운 연구 결과를 기사화한 적이 있다. 나는 그 기사를 보았을 뿐 아니라 《셀Cell》에 실린 논문 원문도 읽었다. 그러나 한마디로 당황스러웠다. 도저히 그럴 만한 수준이 아니었기 때문이다.

나도 최고 수준의 미국 연구소에서 일한 적 있고 아직도 《셀》급 저널들에 논문을 발표하는 만큼 논문의 질을 판단하는 능력은 있다고 자부한다. 그리고 미국의 주요 대학이나 연구 기관에서 나오는 연구 논문의 전반적인 우수성을 인정한다. 그러나 그렇지 못한 것도 많다. 동료 심사를 바탕으로 하는 학술지는 '신용평가기관'과도 같다. 이들 대부분은 보스턴 지역에 본부를 두고 있고, 편집장과 저명한 연구 기관들은 상호 유착 관계를 형성하고 있다. 과학 논문이 반드시 질로만 평가되는 것은 아니라는 뜻이다. 경우에 따라서는 수준 이하의 논문도 실린다.

하버드와 MIT는 단순한 일류 대학이 아니라 남들이 못하는 '상위의 과학'을 하는 곳으로 인식되고 있다. 물론 이러한 인식은 이들 대학이 오랜 기간 축적해온 질 높은 연구 성과의 결과다. 이러한 인식에다 이들 대학은 과학 저널에 좋은 끈까지 가지고 있으니 이들의 과학적 성가는 날로 좋아질 수밖에 없다. 그래서 이들의 과학적 성가가 연구의 질과 반드시 일치하는 것은 아니다. 나의 경우만 하더라도 그렇다. 솔직히 내가 일한 미국 연구소에서 나의 연구 성과는 별로 내세울 만한 것이 없다. 그런데도 많은 사람이 나의 이력서에서 유독 그 경력을 중시한다. 나의 연구 업적보다는 그 연구 기관의 명성 때문이 아닌가?

사실 서울대학교와 같은 일류 대학들도 하버드, MIT의 브랜드 이미지나 신화와 경쟁하기 어려울 것이라는 점을 잘 이해하고 있다. 과학 지식과 정보, 그리고 혁신이 가장 중요한 경쟁 요소가 되는 지식사회에서 MIT, 하버드는 세계의 과학 표준과 '과학적 화폐'(가치 기준)를 지배하는 '과학의 중앙은행'으로 변신한 지 오래다. 성체 줄기세포가 좋은 예다. 오늘의 성체 줄기세포 기술이라는 것이 바로 일본 과학자의 원논문을 하버드 대학교에서 가져다 약간 수정한 것 아니던가. 그럼에도 이제 일본의 원저자를 이야기하는 사람은 없다. 모두 하버드다. '과학 신용평가기관'인 과학 저널에 의해 지원을 받고 있기 때문이다. 그러니 성체 줄기세포와 관련된 벤처 자본, 로열티, 제약 투자는 일본이 아니라 하버드로 갈 것이 뻔하다.

그렇다면 어떻게 대응해야 하나? 먼저 하버드나 MIT의 과학적 명성에 대한 맹신을 버려야 한다. 그리고 이제 아시아판 과학 저널, 즉 '과학 신용평가기관'을 만들 필요가 있다. 이 지역 과학자들이 같이 힘을 합하고 엄격한 질적 수준을 지켜나간다면 성공할 수 있다. '과학 신용평가기관'이 공정해야 지식 기반 경제에서의 경쟁도 공정해진다.

# Asia Needs to Start its Own Scientific Journals

My recent cold seems to be fully gone, as my thoughts on essay-topics invariably gravitate back towards the "c-word" ; competition. The trigger this time is a little different, an article I have read in the *New York Times* heralding yet another scientific break through of Harvard and MIT. I then went on to read the original article published in the top scientific journal *Cell*, and felt taken aback ; The work was somewhat "sub-prime". So what, you may think ! So what? Well, maybe it's worth another look ;

Just to make sure to the reader, having worked in top academic research in the US and still publishing in the equivalent journals, I feel competent to judge what I see. And what I see coming out of the American academic juggernauts is mixed. A lot of work is very good, for sure, but a lot of it simply isn' t. But how can outsiders tell? Imagine big peer-reviewed scientific Journals as "rating agencies". Many of them are in the Boston area, and the editors in Chief and the big laboratories are locked in mutual dependence. Quality is not the only criterion that helps science being published and promoted then even if it simply isn' t up to standard.

But beyond the concrete cases of individual laboratories and projects, Harvard and MIT, as a whole, have long detached from just being excellent Universities to conducting some form of "Ueber-Wissenschaft". It is the result of decades of outstanding successes, which has been engrailed onto everybody's mind creating a collective perception of scientific superiority. Together with easy access to top science journal an image of infallibility begins to build, that actually re-enforces itself. In this environment scientific success can begin to sever the umbilical cord to scientific quality. And although not in all cases, it does so with increasing frequency. From my own personal experience, for example, my work at a top US laboratory was less exciting and a lot more average than what I did before or have done after. But regardless, the impact of this part of my work has remained defining.

What is the fallout of that? Until recently I really did not care too much. On a personal level I have come to accept that my US colleagues' solid work often comes with a good whiff of academic narcissism. On an institutional level I guess we all understand that universities like, say SNU, cannot compete with the image or the myth of the Harvard brand. But since the Wall Street banking crisis and failure of top US institutions I have started to wonder about our reflexive acceptance of quality and superiority of US Academia. Maybe it is not all that benign ; After all, in our industrialized nation where knowledge and innovation are the most precious raw materials, places like MIT and Harvard transmogrify into an international 'mint' , defining the standards and the currency of science worldwide. To my mind comes for example the work on adult stem cells ; The original brilliant papers from a Japanese lab were eventually copied and modified in Harvard. Today, as the Japanese contribution has been largely eclipsed, all the talk is about Harvard, supported of course by the scientific journals, the rating agencies of the business. Needless to say, that the VC money, the patents and the Pharma investment on adult stem cells will likely end up in Harvard, not Japan.

What can we do about this? We should start by shedding our naïve attitudes of academic worship. More importantly though, Asia has to start its own scientific journals. This can be achieved by cooperation in the region, funding, patience and rigorous quality standards. Without unbiased "rating agencies" competition between knowledge economies cannot be fair.

## 오미란 슈퍼모델, i16key@gmail.com

- 1972년생
- 동덕여자대학교 스포츠모델학과, 연세대학교 언론홍보대학원 광고홍보학 석사
- 1992년 제1회 한국 슈퍼모델선발대회 2위 수상
- 1994년 아시아 메가 모델 금상
- 2006년 모델스타상
- 2007년 3월 란스타일 런칭
- 비달사순 · 테이스터스초이스 등 다수의 CF와 드라마 출연

# 아름다운 부자

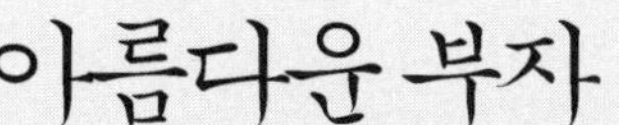

아름다운 부자 | 굿샷 | 엄마, 고마워요!

문명의 혜택을 받지 못하고 살아가는 아프리카의 아이들. 그들의 열악한 환경에서 밝은 미래의 모습은 상상하기 어려웠다. 시력을 재는 것이 무엇인지, 안경이 무엇인지도 모르고 눈이 잘 보이지 않아도 이유를 모르는 채 살아가는 빈민가와 마사이족 사람들. 옥수수 한 줌으로 네 식구가 하루 끼니를 해결해야 하고, 품에 안았을 때 한 팔로 안아도 남을 만큼 비쩍 마른 아이들. 지금 다시 생각해도 마음이 울컥하고 눈시울이 붉어진다. 그들보다 좋은 환경에서 살고 있는 우리는 더 많이 감사하며 살아야 한다.

# 아름다운 부자

　　　　　　　　　　'사랑의 열매' 홍보 대사를 맡아
달라는 부탁을 받고 봉사 활동을 시작한 지 벌써 5~6년이 되었다. 처음
에는 '미숙아 사랑'으로 활동을 시작했다. 태어나자마자 힘든 삶에 던
져졌는데 병원비가 없어 치료를 받지 못하는 영아들을 돕기 위한 캠페
인. 그리고 시간이 지나면서 동료 연예인들과 불우 청소년을 위한 활동
도 활발하게 펼쳤다. 그러던 중 개인적으로 새로운 일을 벌이기 시작해
정신없는 나날을 보내고 있던 2007년, 아프리카 케냐의 빈민가로 의료
봉사를 가자는 제의를 받았다.

　케냐는 멀기도 하지만 험한 사건이 일어나기도 하고, 말라리아 등으
로 자칫 건강을 잃을 수도 있는 위험을 감수해야 하는 곳이었다. 그래
도 다녀와야겠다고 결심하고 지정 병원에서 말라리아 예방주사를 맞
고, 의사에게서 현장에서 지켜야 할 주의 사항을 꼼꼼히 들었다.

　그리고 밟은 아프리카 땅. 의료진은 이미 도착해 준비를 마친 상태였
다. 그들과 합류한 나와 방송인 김용만 씨는 당시 세계에서 두 번째로
힘들게 산다는 빈민가 키베라라는 곳과 케냐에서 차로 네 시간 넘게 걸

리는 마사이족 거주지 카지아도를 찾아가 의료진을 도왔다. 이런 오지에 굳이 홍보 대사가 동참한 것은 대중에게 봉사 활동의 필요성을 알리고 후원을 끌어내기 위해서였다.

우리가 온다는 소문을 듣고 몰려든 주민들. 줄을 세우고, 시력을 재고, 안약을 넣어주고, 두려워하는 아이들을 달래 안심시키고, 진찰 기록도 하고……. 그리고 틈틈이 카메라에 찍힌 모습을 보여주며 "이게 너야. 네 모습이야"라고 설명해주기라도 하면 아이들은 신기해하며 몰려들었다. 쉬는 시간이면 군것질거리로 과자와 사탕을 나눠주었고, 김용만 씨의 입담과 재미있는 몸짓에 아이들은 신나서 깔깔거리며 웃었다. 너무 순수하고 천진해서 사랑스럽기만 한, 코 훌쩍이는 까만 아이들의 모습을 지금도 잊을 수가 없다.

문명의 혜택을 받지 못하고 살아가는 아프리카의 아이들. 그들의 열악한 환경에서 밝은 미래의 모습은 상상하기 어려웠다. 시력을 재는 것이 무엇인지, 안경이 무엇인지도 모르고 눈이 잘 보이지 않아도 이유를 모르는 채 살아가는 빈민가와 마사이족 사람들. 옥수수 한 줌으로 네 식구가 하루 끼니를 해결해야 하고, 품에 안았을 때 한 팔로 안아도 남을 만큼 비쩍 마른 아이들. 지금 다시 생각해도 마음이 울컥하고 눈시울이 붉어진다. 그들보다 좋은 환경에서 살고 있는 우리는 더 많이 감사하며 살아야 한다.

세상에는 물질적으로든 정신적으로든 부자가 많다. 그들은 사회에 재산을 환원하기도 하고 불우한 이웃을 위해 서슴없이 베풀기도 한다. 이들이야말로 진정 '아름다운 부자'라는 생각이 든다. 케냐에서 느낀 감정을 기억하고, 훗날 나도 부자가 된다면 아름다운 부자로 살고 싶다.

# 굿샷

골프를 시작한 지 벌써 8년 차다.

처음 시작할 때는 내가 타고난 운동가인 줄 알았다. 운동감각이 좋고 참을성이 많은 데다 최선을 다해 연습했으니 당연한 결과였는데도 말이다.

나이 들어 미래의 남편과 오순도순 대화하며 라운딩 하면 좋겠다 싶어 미리 배워두자는 생각으로 다른 친구들보다 조금 빨리 시작했는데, 마침 sbs 골프 채널에서 초보자를 가르치고 그 결과를 테스트하는 프로그램을 만들어 초청하기에 참여하게 되었다. 남들은 돈을 내고 레슨을 받는데 나는 약간의 돈을 받으며 배울 기회를 얻은 것이다. 물론 방송을 통해 실력이 드러나다 보니 신경을 곤두세워 연습해야 하는 어려움은 있었지만 큰 행운이었다. 덕분에 지금도 "스윙이 참 예쁘네요"라는 말을 듣곤 한다.

우연히 시작한 골프가 내게 가져다준 파장은 컸다. 골프와 패션을 접목해서 스타일링 해주는 텔레비전 프로그램 MC를 맡았고, 골프 관련 CF도 들어왔다. 골프와 관련된 패션쇼 섭외 대상 1순위에 올랐고, 단독으로 특별한 연출을 하는 것으로 패션쇼를 시작하기도 했다.

계산속 없이 미래를 위해 시작한 것이 큰 행운으로 돌아오는 경우를 주위에서도 가끔 접하는데, 이것이 바로 준비하는 사람에게만 주어지는 기회가 아닌가 싶다. 어떤 이가 이런 말을 했다. '노력하는 사람을 따라갈 자가 있으리오만 그보다 한 수 위인 것은 운 좋은 사람'이라고. 그렇다면 노력하는데 하늘까지 도와주는 경우는 어떨까.

무엇이든 때가 있게 마련인데, 다른 일들에 정성을 들이다 보니 골프를 잠시 잊고 지내야 하는 시기가 있었다. 그런데 참으로 무서운 것이 이런 것이다. 오랜만에 필드에 나가 마음 비우고 치면 스윙감이 좋고 스코어도 잘 나온다. 그런데 '오래간만에 나왔는데도 괜찮네. 더 잘 치자' 하고 욕심을 부리는 순간 무너지는 것이다. 그렇게 조금씩 무너지기 시작한 자세가 초보처럼 되어버리는 데는 그리 오래 걸리지 않는다. 성을 쌓기는 어려워도 무너지는 것은 쉽듯이……

그리고 나는 남이 하는 스윙을 머리에 잘 그린다는, 단점인지 장점인지 알 수 없는 감각이 있다. 라운딩 동반자의 좋은 스윙을 쉽게 따라 하는 반면 이상한 자세도 몇 번 보다 보면 닮아버린다. 너무 괴로운 일이다. 그래서 나는 동반자가 스윙 할 때는 눈을 돌려 아름다운 풍경을 감상하거나 고개를 숙이고 잔디를 바라보곤 한다. 따라 할까 겁이 나서. 아마 나만의 스윙이 정리되지 않았기 때문일 것이다.

여름, 더위를 피하기 위한 휴가철이 시작되었다. 요즘은 성이 더 무너지기 전에 리모델링을 해야겠다 싶어 땀방울을 흘리며 레슨을 받고 있다. 예전의 나를 찾아가는 중이다. 나만의 스윙을 완성하려면 무던히 연습해야겠지만, 머리와 근육이 일치되는 날에는 동반 플레이어가 샷을 할 때 고개를 들고 "굿샷!"을 외칠 수 있을 것이다.

# 엄마, 고마워요!

절반을 태워먹은 반찬들을 모두 버릴 수 없어 탄 부분을 골라내기도 하고, 몇 번을 반복해서 만들어보 며 곧 잘할 수 있을 거라고, 좋아질 거라고 스스로를 다독였다. 한여름 무더위 속에서 알차게 배운 한식 기초 요리들. 평소 즐겨 먹을 수 있는 달걀찜, 말랑한 콩장, 멸치볶음, 북엇국, 쇠고기미역국, 갈치조림, 두부 조림, 여름섞박지, 버섯전골, 된장찌개, 간장게장, 오징어초무침 등부 터 재료 준비에 손이 많이 가는 녹두전까지. 이름만으로도 군침이 도는 레시피를 벽에 붙여놓고 하나씩 만들어보았다. 흥미를 잃지 않게 하려 고 먹고 싶은 순서로 말이다.

그러면서 부모님 생각을 하게 되었다. 무엇이든 쉽게 버리지 못하시 는 엄마. 정이 많으셔서 그런지 집에 한번 들여놓은 것은 말 못하는 짐 승이든 물건이든 내치지 못하시는 분. 냄비 하나만 봐도 그렇다. 나 같 으면 열 번도 더 버렸음 직한 오래되고 낡은 것을 고이 사용하신다. 여 기저기서 선물로 들어온 것들만 해도 많은데 언제 다 쓰시려고⋯⋯. 그 것들은 아마도 자신이 쓰일 날을 하루하루 기다리다 지쳐서 풀이 죽어 있을 것이다. 유행도 다 지나 새것의 가치도 없어질 테고 말이다. 그런데 재미있는 것은, 젊었을 때는 엄마가 그러시더니 나이가 드시니 아버지가 더 그러신다. 소소한 것들을 세심히 챙기고 필요 없어 버리는 것들도 아까워하시는 것이다. 나이가 들어갈수록 남편들, 아버지들이 더 연약해지고 여성스러워진다는 말을 실감한다. 물론 모든 면에서 그렇게 변하는 것은 아니지만.

어쨌든 나는 기초반에서 배운 요리들을 레시피를 보지 않고도 잘하고 싶은 마음에 일부러 시간을 내어 주방을 가까이 해보지만 그게 마음처럼 쉽지가 않다. 그래도 다행인 것은, 처음 할 때와 다르게 서너 번 반복하니 시간도 줄고 맛도 꽤 안정적으로 발전해간다는 것. 이렇게 요리의 속도가 빨라지고 익숙해지다 보면 언젠가는 쉬워질 거라고 확신하지만, 그렇게 되기까지는 꽤나 많은 시간이 걸릴 듯하다.

엄마는 이 정성, 이 고생을 다하시며 우리 오 남매를 키우셨구나 생각하니 마음이 애틋해진다. 오늘은 뭘 해 먹을까 고민하시고, 우리가 "맛있다" 하면 기뻐하시던 젊었을 때 엄마의 표정이 머릿속에 스쳐간다. 뚝딱 한 끼를 거뜬히 차려 내셨던 엄마. 이렇게 손이 많이 가고 일거리가 많다는 것을 경험하고 나니 그 수고가 얼마나 크셨는지 알 것 같다.

반찬 투정을 해본 적은 없지만, 당연하게 생각하며 덥석덥석 받아먹기만 했던 지난날들. 새삼 엄마의 노고가 담긴 밥상에 감사함과 죄송스러움이 교차한다. 엄마, 맛있는 음식과 정성으로 잘 키워주셔서 고맙습니다!

# 손영기 GS파워 대표, ykson@gspower.co.kr

- 1953년생
- 1978년 GS칼텍스 기술판매부 입사
- 2003년 GS칼텍스 가스 · 전력 · 자원개발본부장(부사장)
- 2004~현재 연세대학교 화학생명공학과 겸임교수
- 2008년 GS파워 대표

# 베푸는 마음

베푸는 마음 | 영종도 숭어 낚시 | 빈라덴주를 버리다

시장 한구석에 손바닥만 한 좌판을 놓고 쪼그려 앉아 있는 늙은 할머니와 비 오는 날 지하철 계단에 엎드려 있는 아기 딸린 엄마 거지. 그리고 우리를 슬프게 하는 모든 것. 우리가 살아가는 둘레 구석구석에는 관세음보살의 화신들이 당신의 베푸는 마음을 기다리고 있는지도 모른다. 그들에게 베푼다 해도 눈에 보이고 만질 수 있는 선물은 없다. 그러나 최소한 참된 마음을 가꾸어갈 수 있는 소중한 씨앗은 마음 한구석에 받을 수 있을 것이다.

# 베푸는 마음

　　　　　우리 집 서재에는 자그마한 대나
무 그림 수묵화가 한 점 걸려 있다. 우연히 얻게 된 것인데, 보기에 담
백하고 깊은 맛이 있어서 가끔 쳐다보며 감상하곤 한다. 그림의 사연은
이렇다.

　얼마 전 회사에서 누가 필자를 찾아왔다는 연락이 왔다. 그 손님은
용무와 이름을 밝히지 않고 막무가내로 나를 만나야 된다며 회사 입구
에서 버티고 있다는 전갈이었다. 잠깐 망설이다 응접실에서 그 손님을
만나보았다. 병색이 완연해 보이는 중년의 아주머니였다. 남편이 작은
회사를 운영했는데 얼마 전 부도가 나서 집안이 풍비박산이 났고, 그
바람에 화병으로 돌아가시고 자신도 병이 나서 병원에 입원해 있다고
했다. 그런데 막내딸이 지금 고3 졸업반으로 납부금을 낼 방법이 없어
나를 찾아왔노라며 30만 원만 도와달라는 이야기였다.

　내심 당황스러웠으나, 자기가 잘 아는 사람이 내 이름을 알려주면서
"그분을 찾아가면 당신을 꼭 도와줄 것"이라 했다고 한다. 그러나 그 사
람의 이름은 절대 밝힐 수 없다고 했다. 난감한 마음에 잠시 침묵이 흐른

후 나는 지갑에서 돈을 모두 꺼냈다. 이십 몇만 원 정도 되는 것 같았다. '그래, 누군지 모르지만 내 이름을 알고 절박한 마음으로 찾아왔으니 도와주자' 하고 마음먹었다. "저는 아주머니가 누구신지 어디 사시는지도 모르고 또 물어보지도 않겠습니다. 그러나 저를 믿고 찾아오셨으니 도와드리겠습니다"라며 가지고 있던 돈을 모두 봉투에 넣어 내밀었다.

그 아주머니는 연방 감사하다는 말과 함께 눈물을 글썽거리면서 "보답하는 마음으로 이걸 드리겠습니다"라며 신문지로 둘러싼 작은 액자를 내밀었다. 집에 있던 그림인데, 내게 준다는 이야기였다. 극구 사양했지만 아주머니는 막무가내로 그림을 내 옆에 두고 다시 한번 감사하다는 말을 남기고 조용히 응접실을 나갔다. 그 아주머니가 떠난 후 별 기내 없이 포장을 뜯어보았다. 깊이가 있어 보이는 어느 동양화가의 대나무를 그린 수묵화였다.

그날 저녁을 먹으면서 어머니께 낮에 있었던 일을 말씀드렸다. 어머니께서는 "그 아주머니는 아마도 관세음보살의 화신이었을 것이다. 그 그림은 관세음보살의 선물이니 잘 간직하고 앞으로도 베푸는 마음을 잊지 마라"라고 하셨다.

시장 한구석에 손바닥만 한 좌판을 놓고 쪼그려 앉아 있는 늙은 할머니와 비 오는 날 지하철 계단에 엎드려 있는 아기 딸린 엄마 거지. 그리고 우리를 슬프게 하는 모든 것. 우리가 살아가는 둘레 구석구석에는 관세음보살의 화신들이 당신의 베푸는 마음을 기다리고 있는지도 모른다. 그들에게 베푼다 해도 눈에 보이고 만질 수 있는 선물은 없다. 그러나 최소한 참된 마음을 가꾸어갈 수 있는 소중한 씨앗은 마음 한구석에 받을 수 있을 것이다.

# 영종도 숭어 낚시

오늘 아침은 부산하다. 주말이 되어 친구들과 부부 동반으로 숭어 낚시를 가기로 했기 때문이다. 통상 집사람들은 낚시 동행을 하지 않지만 1년에 두 번 초등학교 친구들과 어울려 가는 영종도 숭어 낚시의 경우는 예외다. 집사람들이 가기 싫어해도 '전시 인원 및 물자 비상 동원령(?)'을 발동해 강제 징집한다. 그리고 그곳에서 사용할 물자, 즉 소주·과일·고기·음료수·담배 등을 준비하도록 한다.

영종도 공항고속도로를 따라가다 보면 북쪽 방파제로 빠져나가는 나들목이 있다. 그곳 방파제에서는 숭어 낚시가 5월부터 10월 사이에 잘 되는데 약 4.5미터 길이의 낚싯대에 숭어 전용 바늘채비를 달고 가능한 한 멀리 바다 쪽으로 던져놓고 숭어가 물어 대 끝이 움직이는지를 지켜보는 것이 요령이다. 입질이 아주 예민하다. 숭어란 놈은 본래 정약전의 《자산어보》에서는 '수어'라고 명명된 바닷고기로, 발음 편의상 후에 숭어라 부르게 되었다고 한다. 눈 색이 노란 놈은 '참숭어', 하얀 놈은 '가숭어'라 부른다. 미끼 입맛이 고급이어서 값이 싼 일반 양식 갯지렁이는 잘 먹지 않고 꼭 강화도나 목포 개펄에서 잡은 자연산 참갯지렁이만 먹는다. 이 미끼 한 통이 거의 골프 공 한 박스 값과 맞먹는다.

그런데 이 낚시에 집사람들과 같이 가는 이유가 있다. 영종도 숭어 낚시의 경우 방파제에서 하므로 뱃멀미할 염려가 없고 밀물, 썰물 시간표에 따라 낚시 시간이 예측 가능하다. 낚시가 될 만한 시간에 남자들은 낚시를 하고, 집사람들은 파라솔 아래에서 음식을 먹으며 집안 이야기며 아이들 이야기 등으로 정담을 나눈다. 그리고 숭어 입질이 잠잠해질 시간이 되면 낚싯대를 거두고 둘러앉아 준비해온 음식에 소주도 마시며 이런저런 이야기를 나눈다.

친구 중에 하나가 능숙한 솜씨로 숭어회를 떠서 소주 안주로 먹으면 어느 산해진미와도 견줄 수 없다. 동시에 이 시간에는 모든 종류의 대화가 용인된다. 남편에 대한 불평, 시집 식구들에 대한 불만 등 모든 반역적인 (?) 발언이 가능하다. 이날은 집사람들이 남편과 시집 식구들에 대해 그동안 쌓인 불평불만을 토로하는 자리가 된다. 남편들의 가벼운 반론은 허용되나 분위기를 냉각시킬 수 있는 공격적인 반박은 허용되지 않는다. 또 이날의 발언 때문에 부부 싸움을 해서는 안 된다는 약속도 지켜야 한다.

낚시도 하고 이야기도 하다 보면 어느덧 영종도 서편 바다로 저녁 해가 진다. 모두가 방파제에 앉아 낙조를 바라본다. 지중해 산토리니 섬의 낙조가 아름답다 한들 소주로 불콰해진 마음에 오래된 친구들, 평생 동반자인 아내와 같이 바라보는 낙조보다야 아름다울 수 있으랴. 모두가 점점 붉어져 가는 저녁 바다와 낙조를 보면서 오늘 하루의 의미와 가족, 친구의 존재를 다시 한번 느껴본다.

# 빈라덴주를 버리다

　　며칠 전 오랜만에 만난 지인과 저녁 식사를 할 자리가 있었다. 저녁 반주에 흥취가 돋아 한잔 더 하러 가자는 그의 제안을 흔쾌히 받아들였다. 그런데 옮긴 자리에서 이 사람이 불쑥 말한다. "손 형, 우리 그거 한잔 해봅시다." "그거라니, 뭘?" "아, 그 빈라덴주酒 있잖아요." 그러면서 내 말은 들어보지도 않고 바로 제조에 들어갔다.

　　아! 빈라덴주.

　　나는 직장 생활의 많은 시간을 영업 현장에서 보냈다. 한 기업의 CEO가 된 지금도 '영업은 전쟁이다. 승패에는 이유가 없다. 오로지 고지를 점령할 뿐이다'라는 기본적인 생각에 큰 변화가 없다. 온 몸과 마음으로 목표를 위해 투쟁하고 부딪치는 것이 두려워 영업을 기피하는 사람이 많다. 그러나 나는 영업을 좋아했다. 물론 일이 잘 안 풀릴 때는 괴로워했고, 내 자신의 무능함과 분함에 눈물도 흘려보았다.

　　흔히 영업의 전제 조건으로 친화력과 두주불사斗酒不辭를 말하지만 나는 정반대였다. 일견 발끈하는 까칠한 성깔(?)에 술은 의무 방어 수준에 머물렀다. 그럼에도 영업과 술의 관계는 떼려야 뗄 수가 없었으니 술에 얽힌 애환과 일화들이 오죽했겠는가.

술에 대한 긍정과 부정의 담론이 많지만 나는 긍정 쪽에 가깝다. 그러나 결코 술에 지배당하지 않으려고 했다. 오히려 술을 공부해서 지배하고 이용하려 했다. 지금은 전설로 묻혀가고 있지만, 내가 개발한 영업 현장용 무기는 그 탁월한 효과로 지금도 후배들이 자주 애용한다. 일명 빈라덴주다. 제조법은 간단하다. 먼저 움푹 파인 접시 위에 맥주잔, 그 위에 젓가락을 받치고 앙증맞은 양주잔을 품은 또 하나의 맥주잔, 마지막으로 그 머리 위에 양주잔을 얹는다. 그렇게 맥주와 양주로 삼층탑을 쌓고 상대방과 마주한다. 첫 잔은 너와 나의 삶을 위해, 제일 마시기 힘든 두 번째 잔은 고통을 이겨내고 성공한 우리의 일을 축하하며, 세 번째는……. 허물어져 가는 삼층탑과 함께 우정 어린 회유와 협박이 곁들여진다. 네 번째 마지막 잔이 압권壓卷이다. 접시에 찰랑찰랑 고여 있는 화합주는 절대 손으로 건드려서는 안 된다. 상대방에 대한 존경의 마음을 담아 머리를 숙여 혀로만 마셔야 한다. 물 먹는 강아지 꼴이다. 이쯤 되면 너무나 비참한 현실이 아닐까 하지만 답은 물론 아니다.

빈라덴주가 두어 순배 오가고 나면 우정과 신뢰가 쌓이는 효과를 본다. 그곳에는 결코 간교함이나 이면의 계산 같은 치밀함이 존재하지 않는다. 서로를 순수하게 격려하고 존경하는 것, 이것이 빈라덴주의 참맛이다.

그러나 이제 빈라덴주를 버릴 때가 된 것 같다. 빈라덴주의 참뜻이 빛을 발했던 당시 현장과 사람들은 가고, 진솔하고 순수했던 사람들의 마음들이 영악해지고 계산적으로 변해가고 있기 때문이다. 그럼에도 마음이 통하는 좋은 친구를 만나면 빈라덴주를 한잔하면서 그 속에 담긴 추억과 의미를 즐겨보고 싶다.

## 감상열 OCI 부회장, sangyeolkim@korcham.net

- 1947년생
- 연세대학교 행정학과, 미국 미주리 대학교 경제학 석사, 경희대학교 경제학 박사
- 1975년 제18회 행정고시 합격
- 1997년 통상산업부 무역정책국장
- 2001년 산업자원부 자원정책국장
- 2002년 산업자원부 생활산업국장
- 2003년 무역위원회 상임위원
- 2004년 대한상공회의소 상근부회장
- 현재, 민관합동 규제개혁추진단장

# 마중물의 교훈

마중물의 교훈 | 처칠의 딱지 | 교육의 허기

이제 우리 사회도 나와 내 가족만을 생각하지 않고 주위를 돌아볼 수 있는 여유가 생겨 어려운 이웃을 자발적으로 돕는 활동이 확대되고 있는 것 같아 가슴 뿌듯함을 느낀다. 인디언 속담에 "빨리 가려거든 혼자 가고, 멀리 가려거든 함께 가라"라는 말이 있다. 우리가 희망하는 바람직한 선진국이 되기 위해서는 성장의 과실을 함께 나누고 고통 받는 이웃과 함께 가야 한다. 어느덧 가을의 한가운데에 서 있다. 기쁨은 나누면 배가 되고 슬픔은 나누면 반이 된다고 했다. 한 그릇의 마중물처럼 작은 정성이 어려운 이에게 큰 희망을 줄 수 있다는 자세로 오는 겨울을 맞이하고 싶다.

# 마중물의 교훈

　　　　　　　　요즈음 우리나라 대부분의 가정에는 사시사철 냉온수를 공급하는 시설이 구비되어 있다. 그러나 수도가 보급되기 이전에는 두레박으로 집 마당이나 마을 공동으로 파놓은 우물물을 긷던 때가 있었다. 형편이 좀 나은 집에는 수동식 펌프가 있었다. 평소 바짝 말라 있는 펌프에 한두 바가지 정도의 물을 붓고 '딸깍 딸깍' 소리를 내면서 열심히 손잡이를 저으면 땅속 물이 빨려 올라온다. 일단 물이 올라오기 시작한 다음부터는 힘들게 젓지 않아도 된다. 이처럼 펌프 위로 붓는 물을 '마중물'이라고 한다. '마중물'이라는 말 속에는 작은 수고가 큰 결과를 가져온다는 뜻이 숨어 있다.

　2008년 발생한 금융 위기 이후 정부가 적극적으로 재정집행에 나서면서 우리 경제가 다른 나라에 비해 비교적 빨리 위기를 벗어나는 것으로 평가받고 있다. 정부의 재정 지출도 국가 경제 측면에서 보면 일종의 마중물에 해당한다. 기업 투자와 가계 소비가 여의치 않은 상황에서 정부가 대신 지출을 늘려 경제에 활력을 불어넣기 때문이다. 굳이 국가 경제라는 큰 이야기를 하지 않더라도 우리의 조그마한 손길이 어렵고 소외된 이웃에게 큰 힘이 되고 자립을 위한 기반이 될 수 있다. 마치 마중물이 깊은 땅속에서 물을 끌어올리는 이치와도 같다.

외국에서는 취약 계층의 자활을 돕기 위한 제도가 활성화되어 있다고 한다. 마이크로 크레디트의 씨앗을 뿌린 방글라데시의 그라민은행, 미국의 사회적 기업 액시온ACCION, 영국의 글래스고 갱생 펀드GRF가 대표 사례다. 현재 우리나라도 30여 개의 민간단체가 서민들의 재정적인 어려움을 덜어주기 위해 활동 중이지만 아직 기대만큼의 성과를 거두고 있다고 보기는 어려운 실정이다. 최근 영세자영업자와 저소득층의 자활을 목표로 논의되고 제도화되는 '미소금융'의 마중물 역할을 기대해본다.

필사가 일하고 있는 대한상공회의소는 2006년 말부터 전국의 71개 상공회의소에 '사랑나눔기업봉사센터'를 설치해 지역사회에서 나눔문화의 구심체 역할을 하고 있다. 사랑나눔기업봉사센터를 통해 1사 1복지시설 결연 사업을 추진하고 있는데 우리 기업들의 관심이 높아 지금까지 약 950개 기업이 참여해 2600여 건의 결연을 맺었다.

이제 우리 사회도 나와 내 가족만을 생각하지 않고 주위를 돌아볼 수 있는 여유가 생겨 어려운 이웃을 자발적으로 돕는 활동이 확대되고 있는 것 같아 가슴 뿌듯함을 느낀다. 인디언 속담에 "빨리 가려거든 혼자 가고, 멀리 가려거든 함께 가라"라는 말이 있다. 우리가 희망하는 바람직한 선진국이 되기 위해서는 성장의 과실을 함께 나누고 고통 받는 이웃과 함께 가야 한다. 어느덧 가을의 한가운데에 서 있다. 기쁨은 나누면 배가 되고 슬픔은 나누면 반이 된다고 했다. 한 그릇의 마중물처럼 작은 정성이 어려운 이에게 큰 희망을 줄 수 있다는 자세로 오는 겨울을 맞이하고 싶다.

# 처칠의 딱지

법질서 준수 여부는 그 나라 국민의 의식 수준과 사회 발전의 정도를 말해주는 척도다. 법이 있으되 제대로 지켜지지 않는 사회는 혼란과 불신을 초래해 더 이상 발전하기 어렵다. 법치가 이루어지지 않는데도 선진국이 되려는 것은 마치 모래 위에 성을 쌓으려는 것과 다를 바 없다.

우리는 짧은 기간에 세계 10위권의 경제대국이 되었으며 올림픽과 월드컵 등 세계 스포츠 무대의 강자가 되었다. 2010년 11월에는 G20 정상회의를 개최할 정도로 국제사회에서의 위상도 높아졌다. 그러나 우리의 법질서 수준과 국민들의 준법 의식은 이러한 외형적인 성장에 비해 매우 뒤떨어지는 모습을 보여준다. 경제협력개발기구OECD에 따르면 우리나라의 준법 수준은 30개 회원국 중 27위로 일부 동구권 국가를 제외하면 최하위권에 머물고 있는 안타까운 실정이다.

그동안 우리는 집단의 힘에 의해 법과 원칙이 훼손되는 현실을 자주 보아왔다. 국가 사회의 안위를 책임지고 있는 공권력에 도전하는 불법과 폭력의 현장도 흔히 경험했다. 불법 시위로 인한 사회적 · 경제적 손

실 비용이 최대 12조 원, 국내총생산GDP의 1.5퍼센트에 달하는 것으로
추정되고 있다.

영국이 어떻게 세계에서 가장 모범적인 법치국가가 될 수 있었는지
를 알려주는 일화를 지금의 우리가 되새겨보아야 할 대목이다. 윈스턴
처칠이 의회에 늦자 신호 위반을 지시했다. 교통경찰에게 적발된 운전
기사가 '수상이 탄 차'라고 하자, 경찰관은 뒷자리의 처칠을 보며 처칠
수상 같은 분이 위반을 할 리 없다면서 딱지를 뗐다. 처칠은 며칠 후 경
찰관의 근무 자세를 높이 평가하며 경시청장에게 특진을 지시했는데
경시청장 역시 경찰인사법에 특진 규정이 없다며 이를 거부했다.

우리는 그동안 땀 흘린 대가로 오늘의 대한민국을 이루었다. 이제 조
금 더 노력해 명실상부한 선진국의 반열에 올라서기를 우리 모두 바라
고 있다. 그러나 수도 한복판에서 불법과 폭력이 난무하는 나라에 투자
를 하고 공장을 세우고 싶어 하는 외국 기업은 없을 것이다. 이제 우리
사회에서, 불법도 밀어붙이면 합법이 된다거나 대한민국에는 헌법 위
에 떼법이 있고 떼법 위에 국민정서법이 있다는 말이 더 이상 들리지
않도록 해야 한다.

국민이 법질서를 준수하고 정부가 엄정한 법집행을 통해 공권력의
권위를 바로 세우는 일이야말로 법치의 출발점이자 어려움에 처한 우
리 경제를 살리고 선진 한국을 앞당기기 위한 첫걸음이다.

# 교육의 허기

　　　　　　　　　　　　얼마 전 고국을 방문했던 하인스
워드의 성공담은 우리 민족이 자식에게 얼마나 헌신적인지를 보여주는
한 편의 휴먼스토리였다. 그런데 이제 국내에서는 자식에 대한 투자를
인생의 제일 큰 보람으로 여기며 온갖 뒷바라지를 하는 것이 반드시
미덕이라고만 보기 힘든 것 같다.

　많은 부모가 초등학교 때부터 자녀를 방과 후에는 학원으로 보내고
방학 때마다 해외 연수를 보내느라 자녀 교육에 등허리가 휘고 있지만,
이런 열성이 아이들의 장래와 국가 사회 발전에 과연 얼마나 도움이 되
는지 의문을 갖게 된다. 자식에게 더 나은 학군에서 더 좋은 교육을 받
게 하고 싶은 소박한 욕심이 집값 상승의 원인으로 지목되고, 자식 교
육 부담이 저출산·고령화 문제를 낳고 있다는 지적이 나오는 것처럼
사교육의 폐해가 상당히 심각한 수준에 와 있다.

　투자한 만큼 보람이라도 나타난다면 다행이지만 청년 실업자가 34
만 명에 육박하고 실업자로 분류되지도 않는 취업 준비생이 54만 명을
넘어섰다는 통계가 보여주듯, 주변에는 20년 자식 농사가 당장은 헛고

생처럼 느껴지는 안타까운 사례가 비일비재하다. 대졸자의 절반이 고졸 학력으로 충분한 일을 하고, 실업자 소리를 듣기 싫어 대학원에 진학하는 경우가 많다고 하며, 심지어 명문대 석사가 자전거 수리공으로, 프랑스 철학 박사가 술집 계산대에서 일한다는 이야기마저 들린다.

옛말에 교육에 대한 투자만 한 것이 없다는데 왜 이렇게 교육을 많이 시켜 문제가 되고 또 어렵게 고등교육을 마치고서도 제 대접을 못 받는 것일까. 여러 가지 이유가 있을 수 있겠지만 교육 시스템이 제 기능을 못하는 점이 가장 큰 원인이 아닌가 생각한다.

사회는 창의성과 문제 해결 능력을 갖춘 인재를 원하지만 학교에서는 지식의 양 위주로 학생을 선발하고 가르치는 경향이 여전하다.

고등학교 때 배우는 미적분 공식이나 대학 때 배우는 학과 지식이 대입의 좁은 문을 통과해 대학 졸업장을 받기 위한 방편에 그치고 마는 실정인데, 어떻게 급변하는 산업구조에 적합한 인재를 양성할 수 있겠는가.

교육계가 배출하는 인재군은 양적으로 공급과잉 상태지만 사회가 필요로 하는 인재상은 질적으로 못 미치다 보니 대졸 청년들은 일자리를 찾지 못해 아우성이고, 기업에서는 거액의 재교육비를 들여도 제대로 일하기까지 3년 정도가 걸린다는 불평이 나오고 있다.

인적 자원 개발에 얼마나 더 투자해야 하는지 말하기에 앞서 무엇을 어떻게 교육할 것인지를 먼저 고민해야 한다. 대입을 위한 교육, 대학을 위한 교육에서 벗어나 사회의 수요에 맞게 교육 시스템을 개편하는 일이 시급하다. 그것이 선진국형 교육이며, 우리 교육의 허기虛氣를 채워줄 수 있는 길이다.

# 이상호 우리들병원 그룹 이사장, shlee@wooridul.co.kr

- 1950년생
- 부산대학교 의과대학, 국립의료원 신경외과 전문의, 연세대학교 의과대학 대학원, 파리 제5대학 데카르트 의과대학 대학원
- 1976년 현대문학 등단
- 1982년 이상호 신경외과의원장
- 1998년 어린이보호재단 이사
- 2007년 국제디스크치료학회(IITS) 회장
- 2009년 세계신경외과학회(WFNS) 부회장
- 저서 : 《우리는 함께 시간 속을 걸어가네》

# 떴다, 안창남

떴다, 안창남 | 인연 | 터키 소녀 부세

"우리는 잘하고 있습니다"라는 문구를 썼던 한 광고가 생각난다. 오늘도 실패를 멀리하지 않은 채 새로운 기술에 도전하는 수많은 분야의 모든 이에게 박수와 격려를 보내고 싶다. '떴다, 보아라, 안창남'의 긍지가 '떴다, 우주 한국', '떴다, 의료 한국'처럼 전방위적으로 이어지기를 기대한다.

# 떴다, 안창남

일곱 차례나 발사를 연기하며 국민들의 가슴을 졸이게 하다 마침내 발사된 대한민국 최초 우주발사체 나로호. 세계에서 10번째로 인공위성 자력 발사에 성공한 나라로서, 우리도 우주시대의 주역으로 나설 수 있다는 희망과 비전을 실은 채 웅장하게 지상을 박차고 올랐지만 궤도 진입에는 실패한 채 소멸되고 말았다.

이를 두고 절반의 성공이라거나 부분 실패라는 등 평가가 분분하지만 대체적으로는 7년이라는 짧은 시간 동안 습득한 첨단 기술과 노하우만으로도 성공적이라는 긍정적인 의견에 주목했으면 한다. 실패라는 결과를 보기보다는 전체 과정에서 이루어낸 것을 통해 우주 강국에 대한 기대와 자부심 쪽으로 공감대가 모아졌으면 싶은 것이다. 항공 분야의 기초 기술이 부족한 상태에서 지난 7년간 반복되었을 연구원들의 크고 작은 도전과 실패, 성취 과정을 생각하면 더욱 그렇다.

이번 발사 과정을 지켜보면서 비록 꿈꾸었던 독립 운동에는 실패했지만 반복된 도전을 거치며 앞선 비행 기술을 습득해 일제 강점기 억압된 우리 민족에게 희망과 자부심을 심어주었던 한국인 최초의 비행사

안창남이 떠올라 이런 생각은 더 분명해진다.

안창남은 31세라는 짧은 생을 살았지만 "문명의 진전, 이기利器의 발달에 선각하는 자는 흥하고 낙오하는 자는 망한다"라며 한국인 최초로 비행 기술을 습득했다. 그의 비행술은 일본에서도 화제가 될 정도여서 사고로 삶을 마감하기까지 꺾인 민족의 자존심을 세우는 한편 조선과 중국의 독립운동가를 대상으로 한 항공학교 교관으로도 활발하게 활약했다. 국민들은 이런 안창남에게 힘입어 일본인을 향해 "떴다, 보아라, 안창남"을 소리치며 훼손된 자존심을 회복했다고 한다. 이제는 그럴 필요가 없어진 지 오래지만 각 분야에서 실패를 감수한 도전을 반복해 첨단 신기술을 습득하는 일은 여전히 중요한 과제 중 하나다.

눈을 돌려 필자가 종사하고 있는 의료 분야를 살펴보게 된다. 국제학회에서 만나는 의료 선진국 의사들의 평가나 각종 조사를 통한 지표에 비추어 볼 때 우리 의술 수준은 이미 세계적임에 틀림없다. 이 역시 실패와 도전을 피하지 않고 헌신적인 연구를 통해 새로운 의료 기술을 도입해온 점도 중요한 요인 중 하나다. 이런 분위기는 우주항공이나 의료뿐 아니라 전 분야에서 일어나는 것 같다. 머무르지 않는 우리 국민들의 모습 또한 고무적이다.

"우리는 잘하고 있습니다"라는 문구를 썼던 한 광고가 생각난다. 오늘도 실패를 멀리하지 않은 채 새로운 기술에 도전하는 수많은 분야의 모든 이에게 박수와 격려를 보내고 싶다. '떴다, 보아라, 안창남'의 긍지가 '떴다, 우주 한국', '떴다, 의료 한국'처럼 전방위적으로 이어지기를 기대한다.

# 인연

해외에서 열리는 학회 등에 다녀오면 그간의 국내 상황을 보고받고 결재 사항을 검토하는 데 적잖은 시간이 걸린다. 부재중 남겨진 연락 메모를 살피는 일도 중요하다. 책상 위에는 국내외에서 필자를 찾은 메모들이 두텁게 쌓여 있곤 하는데, 하나하나가 소중한 인연의 끈이라고 생각한다.

올해 초에도 해외 출장을 다녀와 비서실에서 정리해놓은 메모들을 훑고 있는데 낯선 이름 하나가 눈에 띄었다. '마르쿠스 조세프 로스, from 홍콩.' 이름만으로는 얼른 생각이 나지 않다가 아래에 적힌 메모를 보고서야 반가운 기억이 떠올랐다. 5년 전 중국의 한 공항에서 스쳤던 독일인이 연락을 해왔던 것이다.

당시 필자는 독일의 한 국제학회에서 강연을 한 뒤 귀국하던 길이었다. 비행기를 갈아타는 과정에서 몇 시간의 연착이 있었고, 모두들 분주한 가운데 홀로 무료해하던 대합실에서 마침 옆에 앉아 있던 사람이 바로 마르쿠스 씨였다. 그는 홍콩에 거주하며 국제 비즈니스를 하고 있다고 했다. 업무적으로 세계 각국을 돌아다닌다는 점에서 공감대가 형성되었고, 금세 친한 친구처럼 서로에 대한 이야기를 나누었다. 대화 중 필자가 척추 디스크 전문의라는 것을 알게 된 그는 자신이 얼마 전 디스크 수술을 받았다는 말을 꺼냈다. 이에 환자 중심의 최신 의술 경향과 한국 의료의 수준 등에 대해 알려준 것으로 기억된다. 그런저런 대화 끝에 작별했는데 그때의 짧은 만남이 인연이 되어 다시 연락이 닿은 것이었다.

마르쿠스 씨는 다시 허리가 아파 좀 더 안전하면서도 예후가 검증된 의료 기관을 찾다가 한국을 선택했다고 한다. 나중에 보니 결정한 병원이 바로 필자가 있는 곳이었다고 했다. 반가움에 통화를 먼저 하고 국제환자센터를 통해 수속을 밟도록 했다. 병원 수속 등 국내 체류와 관련한 모든 일정을 확정한 그는 부인과 입국해 허리 수술을 받은 뒤 간단한 관광까지 즐겼다. 사흘간의 입원 기간을 포함해 일주일간 체류했는데, 자신의 딸이 한국의 아이돌 그룹 '빅뱅'의 팬이라며 CD까지 챙겨 돌아갔다. 척추 수술 후에는 재활이 중요해 홍콩에 있는 자이로토닉이라는 운동센터를 소개해주었는데, 최근까지도 경과가 좋아 만족한다는 이야기를 들었다.

누구나 업무적으로 또는 개인적으로 많은 만남을 가질 것이다. 본인은 기억하지 못해도 상대는 깊은 인상을 받기도 하고, 그 반대의 경우도 헤아릴 수 없다. 그리고 이런 인연은 세상이 변하면서 개인의 활동 범주가 동네에서 지역으로, 국내로, 세계로 넓어짐에 따라 이제는 국경을 넘는 일까지 흔해지고 있다.

작은 인연들이 빚어내는 인상 역시 개인에 국한되지 않고 범위를 넓혀가는 세상이 되었다. 거리에서 스치는 옷깃의 인연에도 진심으로 대해야 하는 이유다.

# 터키 소녀 부세

공기 중의 눅눅함이 가시고 아침 바람이 소슬해지는 가을 느낌과 함께 3년 전 이맘때가 문득 떠오른다. 그끄러께 가을의 어느 날 밤새워 고민을 거듭하다 집을 나서면서 느꼈던 새벽 공기를 오늘 아침 똑같이 느끼며 당시의 기억이 고스란히 떠오른 것이다. 프랑스 소설가 프루스트는 어떤 향기를 통해 그와 관련한 예전 일들이 기억나는 경우를 작품 속에서 묘사했는데, 비단 냄새뿐 아니라 음악이나 촉각, 온도 등도 그런 자극을 불러오는 것 같다.

당시에 고민했던 것은 7세 된 터키 소녀 부세의 수술이었다. 부세는 태어나면서부터 목뼈가 90도 가까이 휘어 있었다. 굽은 척추는 장기를 눌러 숨 쉬는 것조차 힘들 지경이었다. 더 큰 문제는 성장할수록 상태가 심해진다는 것이었다. 더구나 목뼈가 신경을 눌러 오른쪽 팔과 손가락에 마비가 진행되고 있을 만큼 심각했다. 시급히 수술하지 않으면 호흡 곤란으로 사망에 이를 수도 있었다.

터키의 어느 병원에서도 수술에 나서지 못하자 마지막 희망으로 한국을 찾았던 것이다. 실제로 부세의 치료는 어려운 조건을 두루 갖추고 있었다. 우선 터키에서 우리나라까지 12시간에 이르는 장거리 비행을 견딜 수 있을지부터가 문제였다. 면역력이 약하고 수시로 호흡 곤란을 일으키는 상태에서는 긴 시간의 이동 자체가 심각한 위험이었다. 큰 수술을 견디기에는 환자가 너무 어리다는 점도 망설이게 했다. 척추 변형이 과도해 신경과 장기가 심하게 눌려 있다는 것은 아예 다음 문제일 정도였다.

하지만 수술을 받지 않을 경우 부세가 내일을 기약할 수 없고, 자국에서는 수술에 나서는 병원이 없다는 명백한 사실 앞에서 결단을 내렸다. 자국 주치의이자 터키 앙카라 국립대학교 의과대학 교수인 야자르 박사를 통해 수술 결정 사실을 알렸고, 부세 부모는 이동에 따르는 위험을 감수하겠다고 했다. 부모의 절실함에 비해 형편은 여의치 못함을 전해 듣고 경비와 수술비 일체를 병원에서 제공하기로 했다. 마침내 부세는 2006년 12월 한국 땅을 밟았다.

수술은 예상보다 어려워 보였다. 수일간의 정밀 검사와 의료진의 강도 높은 회의가 계속되었다. 지난 20여 년간 쌓아온 첨단 의술과 장비, 임상 경험을 총동원해도 26시간이 걸린 벅찬 수술이었다. 수술 전, 아이는 파랗게 질린 작은 입술을 떨며 본능적인 두려움을 보였다. 부모 역시 자식의 고통을 대신해주고 싶은 연민에 눈물만 흘릴 뿐이었다.

다행히 결과는 성공적이었다. 아이의 목은 곧게 펴졌고 호흡과 마비도 회복되어 건강한 7세 소녀의 모습으로 귀국할 수 있었다. 의사로서 보람을 느끼게 했던 일련의 과정이 떠오른 아침이었다. 오늘 아침의 커피 향이 몇 년 뒤 좋은 기억을 끄집어낼 수 있도록, 부끄럽지 않은 하루를 다짐하게 된다.

# 김순진   놀부NBG 회장, kimsj@nolboo.co.kr

- 1952년생
- 우송대학교 관광경영학과, 경원대학교 관광경영학 석사·박사
- 1987년 놀부 창업
- 2002년 산업포장
- 2004년 한국언론인협회 '자랑스런 한국인 대상'
- 2008년 국민훈장 동백장
- 현재 사단법인 21세기 여성 CEO 연합회장, 농림수산식품부 한식세계화포럼 운영위원, 한국외식경영학회 자문위원, 사단법인 한국외식산업협회 공동대표

# H군의 배려



기업마다 인재상은 다르겠지만, 지나친 창의력과 경쟁력을 강조하다 보면 나만 생각하고 주변을 둘러보지 않는 경향이 생긴다. '사람'과 '역량' 중에서 내가 '사람'을 먼저 생각하는 것은 배려의 힘을 믿기 때문이다. 가끔 강의를 나가면 '훌륭한 인재상'에 대한 질문을 받는다. 그럴 때마다 대청봉 오름길에서 타인을 배려하며 팀원을 이끌어준 한 직원의 아름다운 리더십을 전하곤 한다. 또 대청봉까지 10시간이 넘는 거리를 "30분만, 조금만 더"라며 용기의 메시지를 건네 준 산행인들의 아름다운 배려도 잊을 수 없다.

# H 군의 배려

　　　　　　　　머잖아 설악산도 붉은 옷으로 갈아입을 것이다. 가을만 되면 설악산이 떠오르고, 한 가지 일화가 생각난다. 1994년 10월 직원들과 설악산 대청봉에 올랐다. 1700미터나 되는 태백산맥 중 가장 높다는 대청봉까지 오른다는 것은 체력적으로나 정신적으로 대단한 각오가 필요했다.

　출발 후 서너 시간을 지나 대청봉까지 얼마나 남았는지 궁금했다. 내려오는 사람들에게 "얼마나 더 가야 하나요?"라고 묻자 이구동성으로 "조금만 가면 됩니다. 힘내세요"라고 말했다. 몇 시간이 지난 후에도 조금만 가면 된다며 똑같은 대답이었다. 모래주머니를 찬 듯, 다리가 무거워지면서 한 발도 앞으로 나갈 수 없을 정도로 처지기 시작했다. 그때 누군가 내게 희망의 끈을 내밀었다. 우리 조의 조장인 H 군이 내민 배낭 끈이었다. "사장님, 이 끈을 잡고 따라오시면 덜 힘드실 겁니다"라며 짐이 가득한 배낭을 앞뒤로 메고 온몸에 땀을 비처럼 흘리며 올라갔다. 힐끔힐끔 나를 뒤돌아보면서 올라가는 속도를 조절하는 H 군의 배려에 털썩 주저앉고 싶었던 나는 끝까지 함께 가야 한다고 마음을 고쳐먹었다.

H 군은 덩치도 크고 체력이 좋았다. 나도 틈나는 대로 운동을 했지만 어디 30대 남자의 체력과 비교가 되겠는가. 경사가 급해지자 휘청거리는 내 두 다리는 의지대로 움직이지 않았다. 그때 H 군이 내 뒤로 오더니 갑자기 내 허리 밑에 두 손을 떡하니 갖다 대는 것이 아닌가. H 군은 뒤에서 받쳐줄 테니 중심을 뒤쪽에 두고 천천히 올라가라고 말했다.

'어차피 올라갈 산이니 H 군이 하자는 대로 따르자' 하고 생각하고 무게 중심을 뒤에 두고 다시 오르기 시작했다. 그런데 신기하게도 힘을 별로 주지 않았는데 앞으로 나가고 있었다. 그렇게 몇 번을 반복하며 급경사를 등반했고, 마침내 날이 어둑해질 무렵 대청봉 정상에 이를 수 있었다.

성상에서 나를 이끌어준 H 군을 유심히 살펴보았다. 조장으로서 조원들을 챙기고, 쓰레기를 처리하고, 짐을 정리하는 모습이 사뭇 달랐다. 이후 회사에서 H 군이 업무에 임하는 태도에 더 관심을 가지게 되었고, 늘 솔선수범하며 팀을 이끌어가는 그를 신뢰하게 되었다.

기업마다 인재상은 다르겠지만, 지나친 창의력과 경쟁력을 강조하다 보면 나만 생각하고 주변을 둘러보지 않는 경향이 생긴다. '사람'과 '역량' 중에서 내가 '사람'을 먼저 생각하는 것은 배려의 힘을 믿기 때문이다. 가끔 강의를 나가면 '훌륭한 인재상'에 대한 질문을 받는다. 그럴 때마다 대청봉 오름길에서 타인을 배려하며 팀원을 이끌어준 한 직원의 아름다운 리더십을 전하곤 한다. 또 대청봉까지 10시간이 넘는 거리를 "30분만, 조금만 더"라며 용기의 메시지를 건네 준 산행인들의 아름다운 배려도 잊을 수 없다.

# '엄마의 손맛'을 뛰어넘어

조선 왕릉이 유네스코 지정 세계 문화유산이 된 데 이어 허준의 《동의보감》이 유네스코 세계기록유산에 등재되었다. 한국의 전통 문화가 세계적으로 인정받는다는 사실에 국민의 한 사람으로서 가슴이 벅차오르는 뉴스였다. 우리의 전통 문화뿐만 아니라 현재의 문화 또한 드라마 등을 통해 세계로 뻗어나가는 것은 매우 고무적인 일이다.

오늘날처럼 글로벌화된 시기에 다시 한번 한국 문화에 대해 주목하는 이유는 그동안 문화 교류에서 너무 해외 선진 문화를 받아들이는 데 치중했다고 생각하기 때문이다. 이제 우리의 좋은 문화를 어떻게 잘 포장해 체계적으로 알려나가야 할지에 대해서도 진지하게 고민해야 한다.

필자가 몸담고 있는 음식 분야 또한 문화와는 떼려야 뗄 수 없는 관계로, 향후 국가 성장 동력으로 한국 음식의 세계화 작업이 중요하다는 것에 모두가 공감하며 그 노력 또한 한창이다. 이러한 과정에서 어떤 점들이 중요하게 고려되어야 할지를 필자의 현장 경험에 비추어 몇 가지 짚어보았다.

먼저 음식마다 조리법을 표준화하는 작업이 선행되어야 한다. 한국 음식은 '엄마의 손맛'이라는 표현에서도 알 수 있듯이, 지역이나 가정마다 조리법이 천차만별인 경우가 많다. 같은 음식인 데도 만들 때마다 간을 맞추지 못해 맛이 달라진다면 한국을 찾은 관광객들은 물론 수출에도 어려움을 겪을 수밖에 없을 것이다. 이럴 경우 해외에서 한식을 처음 접하는 외국인들은 '비빔밥 혹은 불고기'는 어떤 맛이라고 하는 정의를 내리기 어렵고 혼란스러워할 것이다.

음식의 표준화 다음은 각 나라별로 현지인의 입맛을 고려한 식단을 짜는 것이다. 기본은 지키되 양념의 강도를 조절한다거나 지역별로 선호하는 향신료를 첨가할 수 있다. 이런 과정을 통해 세계 각국에서 우리의 음식을 즐길 수 있도록 매력적인 상품으로 만들어야 한다.

한식 세계화는 장기적인 투자와 넓은 안목이 필요하다. 문화가 서서히 스며들며 전파되듯이 음식도 마찬가지다. 빠른 시간 안에 달콤한 결과를 기대하기보다는 지속적으로 노력해가겠다는 의지가 중요하다. 단계별 계획에 따라 접근해나간다면 프랑스나 일본처럼 우리 음식과 함께 문화도 전파되는 결실을 맺을 수 있다.

외국인들에게 한국의 인상 깊은 점을 물어보면 예상외로 음식이라고 답하는 경우가 많다. 조상의 지혜가 담겨 있는 우리의 전통 음식을 어떻게 체계화해 세계에 알려나갈지는 우리 몫이다. 이러한 작업이 장기적 안목으로 진행된다면 우리 후손들은 한국 음식을 통해 커다란 자부심을 느낄 수 있을 것이다. 또 한국 외식 문화 상품의 다양화와 확산을 통해 많은 외화까지 벌어들여 일석이조의 효과를 누릴 수 있다. 그런 시대가 빨리 오기를 기대해본다.

# '빨리빨리' 다시 보기

　　　　　　　　텔레비전을 보다 보면 외국인들
이 어색한 한국어 발음으로 '안녕하세요'나 '빨리빨리'를 머쓱하게 웃
으며 말하는 장면을 가끔 본다. '안녕하세요'는 대표적 인사말이니 그
렇다 치더라도 '빨리빨리'는 아마도 한국에 와서 자주 들었기 때문에
불쑥 튀어나왔을 것이다.

　이처럼 한국인을 표현하는 대표 단어 중 하나가 바로 '빨리빨리'다.
하지만 아쉽게도 '빨리빨리'는 그동안 긍정적 측면보다 부정적 측면이
많았다. 사람들은 '빨리빨리' 문화로 우리가 큰 후유증을 겪고 있다고
진단하기도 한다. 부실 공사로 인한 사고와 아픔들이 대표적인 예다.

　하지만 필자는 '빨리빨리'가 없었더라면 지금의 풍요로운 대한민국
또한 존재할 수 없었을 것이라고 생각한다. '빨리빨리' 문화는 1960~
1970년대 눈부신 경제성장의 원동력으로 작용했고, 이를 바탕으로 현재
정보 기술IT, 조선 등의 분야에서 세계 최고의 기술력을 갖게 되었다. 특
히 제반 IT 인프라가 발달해 세계 최고의 인터넷 강국으로 부상한 상황
에서 '빨리빨리' 문화는 고쳐야 할 단점이 아니라 오히려 우리의 경쟁

무기로 인식된다.

필자는 '빨리빨리' 문화가 인터넷 강국의 발판을 마련했을 뿐만 아니라 앞으로 급변하는 인터넷 신기술을 도입하고 적용해나가는 데도 큰 힘이 될 것이라고 생각한다. IT 측면에서뿐만 아니라 '빠름'의 경쟁력은 사회 전반으로 확산되고 있다. 이제 큰 기업이 작은 기업을 장악하는 시대가 아니라 빠른 기업이 느린 기업을 이기는 시대다. 기업 내에서도 직원이 일을 빨리할 수 있다는 것은 좋은 경쟁력이다. 직장에서도 생산성과 효율성이 높은 사람은 더 많은 기회를 가질 뿐 아니라 삶의 여유도 가질 수 있기 때문이다. 즉, 스피드가 경쟁력이라는 데 우리 모두가 공감한다.

이러한 관점에서 본다면 '빨리빨리' 문화와 습관은 어쩌면 사계절이 뚜렷하고 농경이 중시되었던 우리에게 신이 내린 축복일지도 모른다. 전통 농경 사회의 경우 계절이 바뀔 때마다 다음 단계를 준비해야 하기 때문에 스피드가 몸에 밸 수밖에 없었으리라.

목표가 있어야 가는 길을 재촉하고, 꿈이 있어야 세월을 재촉한다고 했다. '빨리빨리'는 이처럼 본인이 설정한 목표나 꿈에 이르게 하는 열정을 상징하기도 한다. 또 그 열정은 우리가 어떤 분야에서 성공하기 위해 없어서는 안 될 중요한 요소다. 우리 국민들이 가진 '빠름'의 경쟁력과 열정은 국가 경제력 13위에 만족하지 않고 세계 1등을 바라보고 달릴 '희망의 윤활유'와도 같은 능력이 아닐까.

## 김선구 카디프생명보험 부사장, sunkoo2000@yahoo.co.kr

- 1953년생
- 서울대학교 경영학과
- 1979년 체이스맨해튼 은행 서울 심사역
- 1995년 캐나다로얄 은행 한국 총괄 부대표
- 1996년 주한 외국은행단 한국인 대표 8인 위원회 의장
- 2000년 신한은행 대기업 및 투자금융 담당 선임 심사역
- 2004년 신한은행 여신감리부장
- 2008년 SH&C생명보험(현 카디프생명보험) 부사장
- 역서 : 《글로벌 경제의 위기와 미국》(2005)

# 쓰레기종량제 봉투의 교훈

쓰레기종량제 봉투의 교훈 |작지만 소중한 일들 | 송곳니와 어금니

웬만한 가정집의 종량제 봉투 값이라야 한 달에 비싼 커피 몇 잔 값에 지나지 않을지 모른다. 일반 쓰레기는 재활용 쓰레기보다 훨씬 적으니 재활용에 열심히 참여할수록 절약 금액은 늘어나게 마련이다. 종량제가 성공적으로 안착하는 데에는 높아진 환경보호 의식도 도움이 되었겠지만, 쓰레기 처리 과정에서 개인적으로 관심이 없어 생기던 국가적 낭비를 종량제 봉투를 통해 눈에 보이는 개인적 낭비로 전환시켰기 때문일 것이다.

# 쓰레기종량제 봉투의 교훈

나이 들면 어린아이와 같아진다는 말이 괜한 것이 아닌 듯하다. 조심한다고 하는데도 와이셔츠나 넥타이에 음식을 떨어뜨릴 때마다 턱받이를 하고 이유식을 먹는 아이들 모습이 떠오른다. 물수건 등으로 열심히 닦아보지만 흡족하게 지워지는 경우는 거의 없다. 최근 한 음식점에서 물수건과 함께 표백세제를 줘 잘 문질렀더니 상당히 깨끗해지는 것을 보며 작지만 세심한 서비스에 감탄했다.

물자는 부족하고 제때 빨래하기는 쉽지 않던 시절, 아이들 옷은 기장과 품 모두 크고 색깔 또한 더러워져도 눈에 덜 띄는 것으로 골라 입히던 부모님들의 고충도 이해하게 된다. 그렇지만 위생용 마스크나 장갑 등은 주로 흰색을 쓴다. 눈에 보이지 않으면 더러워진 것도 깨끗하다고 여겨 계속 사용할 가능성이 높기 때문일 것이다.

우리 아파트 단지에서는 재활용 쓰레기 수거를 월요일 밤부터 화요일 오전까지 딱 반나절만 한다. 종류에 따라 분리시켜 갖고 나갈 때마다 매주 그렇게 많은 양의 쓰레기를 만들어내는 생활 방식에 놀라지 않을 수 없다.

1995년 1월부터 시행된 쓰레기종량제는 우리 생활에 커다란 영향을 미쳤다. 과거에는 집집마다 매월 일정액을 내면 배출량에 신경 쓰지 않아도 되었는데 종량제 시행으로 배출량에 민감해지게 된 것이다. 환경부 통계에 따르면, 종량제 시행 10년간 재활용률은 15.4퍼센트에서 49.1퍼센트로 증가하고 매립률은 81.1퍼센트에서 36.4퍼센트로 감소해 이를 사회경제적 비용으로 환산하면 8조 원 이상이라고 한다.

웬만한 가정집의 종량제 봉투 값이라야 한 달에 비싼 커피 몇 잔 값에 지나지 않을지 모른다. 일반 쓰레기는 재활용 쓰레기보다 훨씬 적으니 재활용에 열심히 참여할수록 절약 금액은 늘어나게 마련이다. 종량제가 성공적으로 안착하는 데에는 높아진 환경보호 의식도 도움이 되었겠지만, 쓰레기 처리 과정에서 개인적으로 관심이 없어 생기던 국가적 낭비를 종량제 봉투를 통해 눈에 보이는 개인적 낭비로 전환시켰기 때문일 것이다.

개인이나 회사, 국가 할 것 없이 낭비적 요소는 널려 있다. 대부분 눈에 보이는 작은 낭비에는 신경 쓰면서 큰 낭비는 지나치기 십상이다. 보험업의 경우 IT 개발 비용이 전체 예산의 5~20퍼센트로 상당히 높은 편이다. 회사마다 폭주하는 개발 요청을 선별하는 데 여념이 없지만 개발 후 효과에 대한 관리는 부족해 보인다. 수정 개발을 하는 일도 잦다.

개발 후 개발 대비 사용의 편익이 거의 없거나 수정을 하게 될 때 누구 혹은 어느 부서에 책임이 있는지 관리하고 그 관리된 정보를 공유한다면 낭비는 크게 줄어들 것이 틀림없다. 모든 낭비는 관리되면서 사람들의 시야에 들어와 인지된 뒤에야 감소되게 마련이다. 쓰레기종량제처럼 낭비를 눈에 보이게 해서 스스로 낭비를 줄이도록 유도하는 관리가 사회 전체로 퍼져나갔으면 싶다.

# 작지만 소중한 일들

〈생활의 달인〉이라는 텔레비전 프로그램이 있다. 부메랑 던지기 같은 취미의 달인도 소개되지만 대부분 소규모 일터의 수작업을 동료들보다 훨씬 빠르고 정확하게 해내는 근로자들이 주인공이다. 작은 일이지만 자신만의 프로세스나 도구를 고안한 뒤 꾸준한 연습을 통해 달인의 경지에 오른 이들을 볼 때마다 가슴이 뭉클해진다. 얼마 전에는 조폐공사 직원 가운데 5만 원짜리 지폐 다발을 두 손으로 넘겨가며 불량 지폐를 골라내는 달인을 보게 되었다. 두꺼운 지폐 더미를 한장 한장 빠짐없이 넘기는 손동작도 놀랄 만큼 신속하지만 보통 사람 눈에는 잘 뜨이지도 않는 작디작은 흠까지 순식간에 정확하게 찾아내는 숙련도에 그만 감탄하지 않을 수 없었다.

숙련도 하면 경기도 기흥의 신한은행 연수원에서 있었다는 일이 떠오른다. 신한은행 연수원은 음식이 맛있는 것으로 유명하다. 연수에 참가한 임직원들에게 좋은 식사를 제공하려는 은행의 배려가 첫째 요인이지만 식당 아주머니의 손맛 덕도 컸는데, 어느 날 갑자기 그 아주머니가 그만두겠다고 했다는 이야기였다. 사연인즉 월급 수령 장부에 도장을 찍는 대신 사인을 하라고 한 것이 원인이었다. 한글을 모른다는 것인데 그동안 영양사가 팩스로 보내준 식단을 보고 차질 없이 음식을 장만했던 만큼 그런 사정이 있다는 생각조차 못했다는 것이다. 본점에서 배송된 식자재만 보고도 메뉴가 뭔지 알았다니 도사가 따로 없는 셈이다.

1960년대 후반 외국 은행이 들어온 이래 정부와의 대화는 주한 외국은행단을 중심으로 이루어졌다. 외환 위기 전까지 외국은행단은 미국계, 유럽계, 일본계, 기타로 나누어졌다. 같은 서양이라도 미국계와 유럽계는 지점장의 나이부터 달랐다. 미국계에는 30대 초중반 지점장이 드물지 않은 데 비해 유럽계에는 50대 중반 이후가 주류였다.

알고 보니 두 지역의 은행업을 바라보는 인식의 차이가 원인이었다. 유럽계의 경우 오랜 경험이 중요하다고 믿는 반면 미국계에서는 새로운 변화를 시도할 수 있는 능력을 더 중시했다. 2008년 금융 위기 발생 전까지 수없이 많은 신상품이 금융공학의 뒷받침 아래 개발되었고 그 같은 흐름 앞에는 미국식 금융 모델이 있었다.

게다가 엄청난 성과 보수 시스템으로 큰 수익에 관심이 집중되면서 작지만 기본적인 업무는 경시되었다. 세계 금융 위기의 도화선이 된 서브프라임 사태만 해도 자산유동화 시장이 폭발하듯 커지는 동안 까다로운 절차가 생략되면서 최초 대출 취급 은행 업무에서 기본 절차나 원칙이 무너진 것이 사태를 악화시킨 것으로 밝혀졌다.

산업재해 또한 대부분이 단순하게 반복되지만 꼭 지켜야 할 안전 수칙을 제대로 지키지 않아 발생한다. 우리의 경우 비교적 빨리 위기에서 벗어나고 있다고 한다. 그렇더라도 이번 금융 위기를 통해 화려하고 빛나는 업무도 중요하지만 작고 하찮아 보이는 업무를 소홀히 할 때의 위험이 얼마나 큰지 다시 한번 깨달았으면 싶다.

# 송곳니와 어금니

이웃에 사는 친구가 아흔 살 가까운 장모께서 틀니를 잃어버려 식사를 잘 못하신다고 걱정하는 것을 들었다. 나이 든 분들의 경우 틀니 맞추는 일이 쉽지 않은데 잃어버린 것은 다행히 잘 맞게 만들어져 큰 불편 없이 쓰셨다는 것이다. 치과에 가는 횟수가 많아지면서 건강한 치아가 오복 중 하나라는 사실을 절감하게 된다.

최근 30~40년 새 평균수명이 크게 늘어난 요인을 꼽자면 예방주사 접종으로 줄어든 영아사망률과 좋은 영양 섭취, 가까워진 의료 서비스를 빼놓을 수 없다. 특히 치과 진료의 혜택은 이루 다 말할 수 없을 정도다. 이가 아파 고생해본 사람은 통증으로 제대로 먹지 못하고 소화도 안 되어 괴로웠던 일을 잊기 어려울 것이다.

사자 같은 맹수도 나이 들어 이가 빠지면 죽음에 이르는 과정이 가속화된다지만 사람의 생로병사를 가장 잘 보여주는 것도 치아다. 태어난 지 6개월쯤 지나면 젖니가 돋아나 식구들을 기쁘게 하고, 6년 정도 지나 젖니를 영구치로 갈기 시작하면 성장 단계에서 하나의 이정표를 무사히 지나고 있다는 표시로 받아들여진다.

20세 전후 사랑니가 나면서 겪는 아픔은 이제 다 자랐다는 신호가 되고, 성년을 지나 노년기로 접어들며 한둘 흔들리다 빠지는 모습은 어쩔 수 없는 삶의 유한함을 전한다. 임플란트 등 최신 의료 기술의 효과는 대단하지만 비용이 만만치 않다.

젖니는 20개이고, 간니는 사랑니(4개)까지 총 32개인데 보통 사랑니는 별 소용도 없이 문제만 일으킨다고 빼버리는 수가 많다. 사랑니를 제외하면 송곳니 4개, 앞니 8개, 어금니 16개로 약분하면 1 : 2 : 4의 비율을 보인다. 송곳니는 고기를 먹는 데 필요하고, 앞니는 채소를 씹는 역할을 하고, 어금니는 곡식을 먹는 데 적합하다고 한다. 따라서 육류와 채소류, 곡류를 치아 구조대로 1 : 2 : 4의 비율로 섭취하는 것이 자연의 섭리라고 수장하는 사람도 있다. 어쩌면 치아의 그런 구조 자체가 오래전 식량 사정에 따른 음식물 섭취 행태를 반영한 결과일지도 모른다. 그렇다면 치아 구조에 맞춘 비율로 음식물을 섭취하는 것은 수동적이자 과거 지향적 행동이라고 할 수 있다.

지금은 고기도 송곳니로 뜯어 먹는 것이 아니라 어금니로 씹어 먹을 때가 더 많다. 다지거나 잘게 썰어 요리하고, 큰 덩어리를 통째로 다룰 때도 연육제 등을 사용해 부드럽게 만드는 까닭이다. 이런 방식은 오래전 삶의 흔적으로 남아 있는 치아 구조의 한계에 얽매이지 않으면서 현실에 적응하는 능동적 자세로 볼 수 있을 것이다.

송곳니와 어금니 같은 인체 구조만 그런 것이 아니다. 기업과 행정기구를 비롯한 조직도 과거 어떤 환경에 적응하기 위해 만들어진 뒤 조직이 안정 궤도에 들어가면 그만 그대로 굳어지기 쉽다. 어떤 조직이든 발전하려면 지금의 환경과 현재 상태, 곧 조직 구도와 체계가 잘 어울리는지 늘 의문을 가져야 하는 이유다.

# 홍성표 신용회복위원회 위원장, ccrschairman@ccrs.or.kr

- 1953년생
- 성균관대학교 법학과, 성균관대학교 경영대학원 석사, 대전대학교 법학 박사
- 1973년 재무부 세제국 직세담당관실
- 1981년 서울보증보험 신용보험부장
- 2000년 서울보증보험 서울지역본부장
- 2001년 서울보증보험 상무
- 2007년 서울보증보험 전무
- 2008년 SG신용정보 대표

# 어머니의 치부책

어머니의 치부책 | 빚에서 빛으로 | 짧은 사랑 긴 사랑

외상 장부는 아니지만 우리네 어머니와 할머니들도 '치부책'이라 불리는 장부를 하나씩 갖고 계셨다. 집안 대소사를 기록하고 각종 거래 내역을 기록한 치부책은 일기 역할도 해서 그 자체가 살아 있는 가족사가 되기도 했다. 몽당연필에 침을 묻혀가며 삐뚤삐뚤한 글씨로 맞춤법을 틀리게 쓰거나 글을 모르는 할머니들은 그림으로 치부책을 작성했다. 언제 누구에게 얼마를 빌려주었고 빌렸는지, 언제 갚을 예정인지가 꼼꼼히 적혀 있던 우리네 어머니들의 치부책은 그 자체가 신용 관리 도구였지 싶다. 이 치부책으로 신용 관리를 하고 미래를 설계해 빠듯한 살림에도 자식들을 가르치고 결혼을 시킬 수 있었다. 돌아가실 때조차 자식들에게 치부책을 넘겨주시면서 남은 빚을 갚아달라고 유언을 남기는 분도 있었다.

# 어머니의 치부책

벌써 30년도 더 된 대학 시절 이야기다. 어느 날 학교 근처 대폿집에서 친구들하고 어울려 술을 한잔하고 어김없이 외상을 하기로 했다. 매달 중순께면 집에서 부쳐주는 이른바 향토장학금이 떨어지게 마련이었다. 늘 하던 대로 친구들 중 하나가 시계를 풀어 맡기려 하자 주인아주머니께서 말없이 계산대 옆에 있는 서랍을 열어 보여주셨는데, 거기에는 비슷비슷한 손목시계 수십 개가 들어 있었다. 거절의 뜻이 담겨 있었지만 인심 좋은 주인은 결국 시계를 받아주었고 그 다음 달 초에 갚았던 기억이 있다. 외상술과 함께 낭만과 추억을 함께 팔았던 이런 풍경을 요즘은 찾기가 쉽지 않다.

외상이 사라진 데에는 신용카드의 등장이 큰 역할을 했다. 신용카드 자체가 외상 혹은 신용거래를 편리하게 하고자 만든 것이다. "외상이면 소도 잡아먹는다"라는 속담이 있지만 추억 속의 외상 거래를 떠올리면 개인이 감당할 만한 소박한 규모였다.

2000년대 초반 개인의 신용 한도를 초과한 과도한 신용카드 사용과 무리한 대출은 결국 신용카드 대란으로 이어져 사회문제가 되기도 했다. 카드 대금과 대출이자를 갚지 못한 이들은 '카드 돌려 막기'에 나섰고, 결국 신용불량자로 전락하는 경우가 부지기수였다.

외상 장부는 아니지만 우리네 어머니와 할머니들도 '치부책'이라 불리는 장부를 하나씩 갖고 계셨다. 집안 대소사를 기록하고 각종 거래 내역을 기록한 치부책은 일기 역할도 해서 그 자체가 살아 있는 가족사가 되기도 했다. 몽당연필에 침을 묻혀가며 삐뚤삐뚤한 글씨로 맞춤법을 틀리게 쓰거나 글을 모르는 할머니들은 그림으로 치부책을 작성했다. 언제 누구에게 얼마를 빌려주었고 빌렸는지, 언제 갚을 예정인지가 꼼꼼히 적혀 있던 우리네 어머니들의 치부책은 그 자체가 신용 관리 도구였지 싶다. 이 치부책으로 신용 관리를 하고 미래를 설계해 빠듯한 살림에도 자식들을 가르치고 결혼을 시킬 수 있었다. 돌아가실 때조차 자식들에게 치부책을 넘겨주시면서 남은 빚을 갚아달라고 유언을 남기는 분도 있었다.

현대는 신용을 통한 금융거래가 일상화되었다. 어머니들의 시절보다 경제는 더 발전하고 세상은 좋아졌는데도 신용의 중요성에 관한 사람들의 인식은 오히려 퇴보한 것 같은 느낌이다. 영국 옛 증권거래소 빌딩의 벽에는 'Dictum Meum Pactum'이란 라틴어가 새겨져 있다. '나의 말은 나의 문서'라는 뜻이다. 신용을 강조하는 이 말이 영국 금융을 지배하는 정신이라고 한다. 우리나라의 경제 규모는 세계 13위지만 국가 브랜드 파워는 33위라고 한다. 이는 국가 및 개인의 신뢰도와도 무관하지 않다. 그동안 신용회복위원회가 시행해온 신용 관리 교육에 치부책에 담긴 알뜰함과 신용 관리 노하우를 담아 교재로 활용해야겠다는 생각이 든다.

# 빛에서 빛으로

2008년 4월 위원장에 취임 후 일선 현장의 업무 파악을 위해 상담소에서 직접 상담을 한 적이 있다. 당시 만난 40세 여성인 K 씨에 관한 기억을 잊을 수 없다. 필자와 마주 앉은 그녀는 말없이 한동안 울기만 했다. 우는 동안 무수한 상념이 떠올랐으리라. 병고에 시달리는 남편, 끊임없이 계속 걸려오는 채권자들의 독촉 전화, 자신만을 바라보고 있는 아이들의 맑고 고운 눈망울. 필자도 눈물을 꾹 참으며 가만히 앉아 있었다. 한참을 운 후에 그녀는 맺혔던 한을 풀어내듯, 그때까지 누구에게도 이야기하지 못한 살아온 이야기와 당시 겪고 있던 어려움을 풀어내며 조금씩 진정되기 시작했다. 마주 앉아 이야기를 들어주는 것만으로도 힘겨운 삶을 겪고 있는 이들에게 힘이 될 수 있다는 것을 깨닫는 계기였다.

개인 워크아웃을 졸업하고 빚을 완전히 해결한 사람들이 보낸 감사 편지를 읽을 때면 힘든 여정을 성실히 마친 그분들께 필자가 오히려 고맙다는 생각이 든다. 45세인 L 씨는 처음 방문했을 때 상담을 기다리면서 안내 책자에서 보았던 "빛에서 빛으로"라는 문구가 가장 인상적이었고 가슴에 와 닿았다고 한다. 당시에는 과연 자신이 다시 빛을 찾을 수 있을까 하는 회의가 들었고 주위에서는 손쉽게 파산을 신청하라는 권유도 있었지만, 지금까지 성실하게 살아온 삶이 수포로 돌아가고 자신을 믿고 보증을 서주었던 지인들에게 피해를 줄 수 있다는 사실을 견딜 수 없었다. 더군다나 가장으로서 아내와 아이들에게 패배자로 비치는 것이 죽기보다 더 싫었다고 한다.

채무조정을 받은 후에는 시간이 어떻게 흘러갔는지도 모를 정도로 성실하게 살았다. 번 돈의 절반 이상을 꼬박 채무를 변제하는 데 사용했으며, 명절에도 고향을 찾는 것은 꿈도 꾸지 못했다. 가끔 전화로 아내와 아이들과 통화하는 것이 힘든 생활 중 유일한 낙이었다. 성실히 일한 결과 조그만 집도 얻었고 최근 마지막으로 변제금을 완납했다.

이들 모두는 불가피한 사정으로 과중한 채무를 지게 되었지만 포기하지 않고 자신의 힘으로 어려움을 해결하려는 의지가 누구보다 강했던 사람들이다. 이들에게 올 추석의 보름달은 더 크고 환하게 보일 것이다.

신용을 잃었다가 되찾은 중년의 L 씨처럼 한순간의 판단 착오로 갚을 수 없는 빚을 지게 된 이 땅의 금융 소외자들이 건전한 경제생활을 할 수 있도록 도와주는 것은 보람된 일이다. 유대인의 지혜서인 《미드라시》에 있는 "이 또한 지나가리라"라는 경구처럼 불행과 고통의 터널은 길고 험하지만 반드시 끝이 있게 마련이다. L 씨가 새롭게 찾은 빛이 더 많은 사람에게도 돌아갈 수 있도록 신용회복위원회가 최선을 다해 올 추석 보름달이 한숨과 한탄으로 얼룩지지 않고 희망을 상징하는 빛이 되기를 기대한다.

# 짧은 사랑 긴 사랑

지난 주말 난생처음으로 결혼식 주례를 섰다. 신랑이 필자의 회사 직원이다 보니 신랑 신부는 물론이고 하객들이 한 구절이라도 기억할 수 있는 주례사를 쓰기로 했지만 만만치 않은 도전이었다. 마침 신랑은 경제적으로, 또 간호사인 신부는 육체적으로 아픈 사람들을 돌보는 일을 하고 있다는 데 착안하여 사랑에 대해 말했다. 두 직업 모두 인간에 대한 사랑이 없으면 지루한 업무일 수밖에 없기 때문이다. 사랑에는 여러 가지 정의가 있지만 가장 중요한 것은 '짧은 사랑'과 '긴 사랑'의 차이다.

젊은 시절 열정적인 사랑은 보기에는 그럴듯하지만 오래 지속되기 어렵다. 젊은 연인들의 안타까운 사랑을 보여준 〈로미오와 줄리엣〉이나 〈타이타닉〉에서 남녀 주인공 잭과 로즈가 보여준 사랑은 짧은 사랑으로, 서로에게 끌리고 눈과 눈이 마주치면 사랑은 시작된다. 그러다 보면 한 이불을 덮고 싶게 마련이다. 자연의 섭리다. 그러나 결혼을 하고 살면서 50~60년 긴 사랑을 하려면 젊은 날의 그것과는 다른 조건이 필요하다.

긴 사랑을 위해서는 내면세계가 중요하다. 젊은이들이 흔히 말하는

'얼짱'보다는 성격, 가치관, 도덕성 등 내면에서 나오는 인간적 매력이 있어야 한다. 그리고 가장 중요한 것은 부부의 내면세계가 같은 방향성을 가져야 한다. 프랑스 문호 생텍쥐페리는 "젊은 시절의 연인들은 서로를 바라보지만, 부부가 되어 살아가자면 서로 같은 방향을 바라볼 수 있어야 한다"라고 했다.

긴 사랑을 위해 부부가 한 방향을 바라보는 것 못지않게 중요한 것이 상대방의 아픔과 정서를 이해할 수 있는 감수성이다. 부부의 사례는 아니지만, 퇴계 이황 선생이 이를 잘 보여준다. 아들이 스물한 살의 젊은 나이로 죽고 며느리가 자식도 없이 청상과부가 되자 일부종사라는 조선 시대 윤리관을 깨뜨린다는 비난을 받으면서까지 며느리를 친정에 돌려보내 재가할 수 있게 했다. 인간의 고통과 정서를 이해하지 못하는 것은 도덕도 윤리도 아니라는 이황 선생의 시대를 앞선 생각에 인간적인 매력을 느낀다. 세종대왕의 애민 정신 역시 긴 사랑의 실천이다. 한글을 창제한 것은 글 없는 백성들의 입장에서 생각하고, 그들의 아픔과 고통을 자기 것처럼 느끼는 감수성이 없었다면 불가능한 일이다.

긴 사랑은 결혼한 부부에게뿐만 아니라 국가와 사회를 이끄는 리더십에서도 힘을 발휘한다. 근대에는 총칼, 그 이후에는 인사권에서 힘과 권력이 나왔다. 이제는 상대방의 아픔과 고통을 이해하는 인간적인 매력을 갖추어야 리더십을 오래 지탱할 수 있다. 정책 마련에도 긴 사랑이 필요하다. 신용회복위원회의 책임자로서 어려운 이웃들의 아픔을 보듬기 위해 갖추어야 할 내면의 아름다움이 무엇인지 끊임없이 고민해본다.

# 심윤수 철강협회 고문, yoonsoo.sim@ekosa.or.kr

- 1952년생
- 성균관대학교 경제학과, 서울대학교 행정대학원 행정학 석사, 미국 아메리칸 대학교 경영학 석사, 성균관대학교 경영학 박사
- 1975년 행정고시 18회
- 1999년 산업자원부 기획예산담당관
- 2000년 중소기업청 기획관리관
- 2001년 주중국 대사관 상무관
- 2004년 산업자원부 무역위원회 무역조사실장
- 2005년 한국철강협회 상근 부회장

# 비움과 채움

비움과 채움 | 칸트의 산책 | 겨울나무

법정 스님은 행복의 비결은 얼마나 가지고 있느냐가 아니라 불필요한 것으로부터 얼마나 자유로우냐에 달려 있다고 했고, 《채근담》에서는 바람은 대나무 숲에 소리를 남기지 않고 기러기는 연못에 그림자를 남기지 않는다고 했음을 선배는 내게 가르쳐주었다. 소유하기보다는 스치고 지나가는 것들을 반기며 새로운 손님을 위해 비워두어야 한다는 것이었다.

# 비움과 채움

　　　　　　　　며칠 전 오랜만에 찾아본 과천의
가을은 눈부셨다. 이 도시의 아름다움은 예나 지금이나 다름이 없다.
수많은 나무가 한껏 빛깔의 축제를 벌이고 있었다. 마침 저녁 무렵이었
고 석양 아래의 단풍잎은 현란한 빛의 스펙트럼을 연출하고 있었다. 문
득 이런 생각이 들었다. 신은 자신의 존재를 확인시키기 위해 이렇게
눈부신 아름다움을 인간에게 선사하는 것일까. 이런 풍경 앞에서 나는
기꺼이 유신론자가 되고 만다.

가을 단풍은 나무 나름대로의 생존 전략이련만 그 아름다움 속에서
나는 신의 존재를 느낀다. 그리고 삶에 대해 깊은 사색에 빠진다. 언제
고 가을은 사람의 정신을 일깨우는 매력이 있다. 올해도 여느 해처럼
틈틈이 독서를 해왔지만 그중 금년과 특별한 인연이 있는 두 사람에 관
한 책에서 깊은 인상을 받았다.

다윈 탄생 200주년을 계기로 읽은 《다윈의 식탁》에서는 '진화'가 새
롭게 적응하는 자를 계속해서 만들어내는 '창조'의 과정이라는 자연법
칙을 새삼 이해하게 되었고, 안중근 의사 의거 100주년을 계기로 읽은

《안중근 전쟁 끝나지 않았다》는 안 의사의 공판 기록을 통해 민족의 독립과 동양 평화를 위한 불멸의 애국심을 피부로 느낄 수 있었다. 나름대로 금년은 내게 뜻 깊은 한 해였다.

그러나 내게 가을은 어려운 질문이며, 아직도 나는 가을 앞에 부끄럽다. 지난여름, 나보다 일찍 과천을 떠나 새로운 분야의 모험을 하고 있는 친구를 만났다. 저간의 살아온 이야기 끝에 친구는 최근 《육도삼략》에 심취해 있다며 정치인이 아닌 경영인의 처세를 위해서도 필독을 권장했다.

《육도삼략》은 강태공 여상이 집필했다는 치도와 병법의 책이지만, 80세에 주 문왕을 만나 인생 후반기에 불꽃같은 삶을 산 그의 족적을 음미해볼 만하다는 것이었다. 아직도 가야 할 길이 남아 있기 때문에 준비하고 때를 기다려야 한다고 했다. 뒤로 미룰 수 있는 내일은 없다고. 그 친구에게 인생의 가을은 여전히 비움이 아닌 채움인 것처럼 보였다. 그러나 나는 이제는 내면을 비워가라고 한 고향 선배도 생각이 난다.

법정 스님은 행복의 비결은 얼마나 가지고 있느냐가 아니라 불필요한 것으로부터 얼마나 자유로우냐에 달려 있다고 했고, 《채근담》에서는 바람은 대나무 숲에 소리를 남기지 않고 기러기는 연못에 그림자를 남기지 않는다고 했음을 선배는 내게 가르쳐주었다. 소유하기보다는 스치고 지나가는 것들을 반기며 새로운 손님을 위해 비워두어야 한다는 것이었다.

친구의 모습도 아직은 보기 좋은데, 평정심을 가지고 세상을 관조하며 채움이 아닌 비움으로 세상을 살아가는 선배의 모습 또한 좋아 보이니 나는 아직도 잘 모르겠다. 가을의 아름다운 변화를 통해 신은 우리에게 무슨 암시를 주려는 듯하건만……

# 칸트의 산책

철학사를 통틀어 가장 위대한 철학자 중 한 사람인 칸트는 매일 같은 시간에 동네를 산책한 것으로 유명하다. 그는 평생 고향 쾨니히스베르크를 떠나지 않았으며, 그곳에서 교수 직을 얻는 데 두 번이나 실패했음에도 그를 교수로 맞으려 한 다른 대학들의 제안을 받아들이지 않았다. 베를린 대학교는 많은 특권을 부여하면서까지 교수로 초빙했으나 이것도 거절했다. 그는 고향에서 조용한 가운데 사색하면서 자신의 철학을 발전시키고 완성해가기를 더 원했다고 한다. 그의 정신세계는 풍성했으나 생활은 무척 단조로웠을 것이다.

우리가 살고 있는 시대는 이런 단조로움을 용인하지 않는다. 어디선가 전쟁이 끊일 사이 없고 폭탄 테러가 일어나고 있으며, 그 사실이 시시각각 보도됨으로써 우리를 늘 불안하게 만들고 있다. 마을에서 일어나는 조그만 일, 예를 들어 갑돌이와 갑순이의 로맨스 같은 일이 커다란 화제가 되던 시대는 지나가 버렸다.

하지만 요즘에 종종 인터넷이 되지 않는 산속 깊은 곳으로 들어가 사는 사람들을 볼 수 있다. 자연과 더불어 살아가는 이들을 보는 시선도 바뀌어서, 이제는 그들이 추구하는 삶의 방식을 많은 사람이 이해하고 받아들인다.

필자는 단조로운 칸트의 생활을 꿈꾸며 시간이 날 때마다 동네를 산책한다. 한강이 가까이 있어 강바람을 맞으며 산책할 수 있는 것은 큰 행운이다. 산책 코스는 매일 같지만 상념은 매일 다르다. 산책길이 단조롭기 때문에 편안하게 생각을 가다듬을 수 있다. 구경거리가 많은 길이라면 그 풍광에 홀려 사색하는 일은 불가능할지도 모르겠다. 잔잔한 강물 위에 이따금 지나가는 유람선이나 물장구치는 오리들이 잠시 발길을 붙잡지만, 생각을 방해하는 일은 없다.

산책은 삶의 영약 같은 것이다. 삶이 지루하고 권태로울 때 산책을 나서자. 자신도 모르는 사이에 기분이 전환되고 신선해진다. 상처 받거나 우울해질 때도 산책을 하자. 어디서부터인지 모르지만 새로운 에너지를 선사받게 된다. 해결하기 힘든 문제를 만났을 때나 아이디어를 구할 때에도 산책을 하자. 한 걸음 한 걸음 내디딜 때마다 내 안의 문제가 객관화되어 나도 모르게 해결의 실마리를 찾을 수 있다. 감당할 수 없을 것 같았던 괴로움이나 해결할 수 없을 것만 같았던 문제가 집으로 돌아올 때쯤이면 가볍게 여겨지니 참으로 신기하다.

칸트의 사색적 산책을 잃어버린 사람이 너무도 많은 것 같다. 산책길에 만나는 사람들 대부분은 운동이라는 인식 때문인지 걸음걸이가 필사적이다. 두 손에 아령을 든 채 복면과도 같은 마스크를 둘러쓰고 서둘러 걷는 모습이 무섭기까지 하다. 그들이 조금 안되었다는 생각이 드는 것은 나의 오만인가.

# 겨울나무

겨울 숲에 가본 일이 있는가. 겨울나무를 바라본 일이 있는가. 잎을 모두 떨어뜨리고 맨몸으로 매서운 바람을 맞고 있는 메마른 나무를. 욕심을 다 버리고 가벼운 본질로만 남은 나목의 모습이 아름답다고 느껴지는 것은 나이 탓인지도 모르겠다. 며칠 남지 않은 달력을 보며 시간의 유한성을 생각하니 새삼 떠오르는 단어가 있다. '메멘토 모리Memento mori.' 라틴어로 '죽음을 기억하라' 라는 말이다. 중세 수도사들은 늘 책상 위에 해골을 놓아두었다고 한다. 견디기 힘든 금욕 생활을 하는 그들이 욕망을 경계하기 위해 필요로 했던 소품이었다.

끝없이 이어지는 송년 모임과 화려하게 도심을 장식한 빛의 향연이 또다시 한 해의 끝 자락을 일깨워 준다. 인간에게 시간적 구분이 없었다면 우리의 삶은 어찌 되었을까. 중세 수도사의 '메멘토 모리' 처럼 연말이라는 시간적 한계 설정은 내게 각성제 역할을 한다. 신년 아침 떠오르는 태양을 보며 기원했던 온갖 소망과 계획을 다 이루지 못한 것에 대한 아쉬움이 몰려온다. 그리고 건강하게 살아왔다지만 영원히 살 것처럼 행해온 오만과 채워질 줄 몰랐던 욕심은 어찌할 것인가. 연말은 그렇게 흐트러진 나 자신을 제자리로 되돌려놓는 것이다.

어느 목동의 이야기가 생각난다. 성심으로 양을 돌보던 목동이 임금의 눈에 띄어 궁에 들어가게 되었다. 성실하고 능력 있는 그는 임금의 총애로 재상의 지위까지 올랐으나 다른 신하들의 시샘을 받게 되었다. 부정 축재의 혐의가 있다는 상소가 잇달았다. 하루에 한 번씩 자물쇠로 잠가둔 골방에 들어가는 것이 수상하다는 혐의였다. 임금과 신하들이 지켜보는 가운데 골방을 열어보니 금은보화가 아니라 양치기 시절의 낡은 옷과 장화가 놓여 있었다는 이야기다. 이제 그 목동이 잊지 않고자 했던 초심을 되새긴다.

얼마 전 텔레비전에서 재개발을 앞둔 재래시장을 르포 취재하는 장면을 본 적이 있다. 상인 대부분이 앞날을 걱정하고 있었다. 그런데 자투리 공간에서 채소를 팔고 있는 한 아주머니의 대답이 신선한 충격을 주었다. "장사도 안 되고 어려우시지요?" 하고 묻는 기자의 질문에 "괜찮습니다. 예전에 비하면 정말 호강이지요. 먹을 게 흔하고 싸고 좋은 옷도 많은데 뭐가 그리 힘듭니까. 사는 거 많이 좋아졌습니다. 힘들다면 엄살이지요."

나는 그의 웃음 띤 얼굴에서 겨울나무의 모습을 보았다. 내년 봄은 더욱 아름다울 것이다.

# 김희정 한국인터넷진흥원 원장, khjkorea@kisa.or.kr

- 1971년생
- 연세대학교 정치학 학사 · 석사 · 박사 과정 수료
- 2004년 제17대 국회의원 최연소 당선(부산 연제)
- 2004년 국회 과학기술정보통신위원회 위원(4년 연속 우수의원 선정)
- 2007년 연세대학교 행정대학원 겸임교수
- 2008년 사이언스 아카데미 명예학장
- 2009년 한국인터넷진흥원장

# 헨젤과 그레텔의 쿠키

헨젤과 그레텔의 쿠키 |접속과 선택 | 파랑새를 찾아서

찾고자 노력한다면 네트워크라는 전 지구적인 신경통신망에 걸리지 않을 사람이 없다고 해도 과언이 아니다. 그런 의미에서 인터넷에서 완벽한 익명성을 보장받기는 쉽지 않다. 물론 인터넷이라는 가상공간에서 생각과 행동의 자유는 마음껏 누릴 수 있어야 한다는 것이 전제다. 일상생활에서 인터넷 공간의 비중은 커져가고 있다. 이제 디지털 흔적에 대한 '관리'가 중요한 세상이 되었다. 디지털 흔적을 '보호'하는 것과 디지털 산업을 '활성화'하는 일의 '균형'이 절실히 요구되는 때다.

# 헨젤과 그레텔의 쿠키

단풍이 절정이다. 어느새 노랗게 변한 나뭇잎이 바람과 함께 눈처럼 흩날린다. 겨울이 멀지 않은 것 같다. 한 해가 정신없이 흘러간다. 새벽 출근길에 아파트 한쪽에서 낙엽 태우는 장면을 보았다. 낙엽이 한 줌의 재가 되는 순간이었다.

얼마 전 오랜만에 동창들을 만나 이야기를 나누다 인터넷 애호가였던 동창 A의 이야기를 전해 들었다. 결혼 전 사귀던 친구와 함께 찍었던 사진이 배우자에게 알려져 곤경에 빠졌다는 이야기였다.

A는 대학 시절부터 인터넷 동호회 카페에서 운영자로 왕성하게 활동했다. 하나의 아이디로 각종 게시판이나 사이트에 의견을 개진하기도 했다. 인터넷 쇼핑몰 사용 후기도 빼놓지 않았다. 그러다 한 이벤트에 당시 사귀던 친구와 찍은 여행 사진을 응모했다가 당첨되었는데, 그 사이트에서 10여 년 전의 사진을 그대로 남겨두고 있었다는 것이다. 그 일이 있고 난 후 A는 인터넷에서 본인의 흔적을 찾아다니며 몇 년씩 묵은 게시물과 사진을 삭제했다. A는 아무 생각 없이 남겨두었던 흔적들에 대해 무척 속상해하고 있다.

인터넷에서 아이디나 메일로 검색을 하면 한 사람의 과거 흔적, 심지어 신상명세까지 떠오른다. 인터넷을 떠도는 이들은 헨젤과 그레텔처럼 과자(쿠키)를 흘리고 다닌다는 사실을 잊고 산다. 쿠키(cookie : 인터넷 접속 시 PC의 하드 드라이브에 저장되는 사용자의 인터넷 이용 정보)라는 기술이 그것이다. 접속하는 순간 자신도 모르게 여기저기에 발자국을 남기고 있는 것이다.

우리는 인터넷상에서 익명이라는 이유로 우리의 흔적에 방심했는지도 모른다. 인터넷 그물망이 그토록 촘촘하고 단단할 줄 몰랐던 것이다. 인터넷에 접속하거나 교통카드를 사용하거나 휴대전화를 휴대하기만 해도 디지털 흔적을 남기게 된다.

찾고자 노력한다면 네트워크라는 전 지구적인 신경통신망에 걸리지 않을 사람이 없다고 해도 과언이 아니다. 그런 의미에서 인터넷에서 완벽한 익명성을 보장받기는 쉽지 않다. 물론 인터넷이라는 가상공간에서 생각과 행동의 자유는 마음껏 누릴 수 있어야 한다는 것이 전제다. 일상생활에서 인터넷 공간의 비중은 커져가고 있다. 이제 디지털 흔적에 대한 '관리'가 중요한 세상이 되었다. 디지털 흔적을 '보호'하는 것과 디지털 산업을 '활성화'하는 일의 '균형'이 절실히 요구되는 때다.

가상공간에서 이루어지는 삶의 모습도 한 사람의 살아간 흔적이고 자취다. 경계 없는 세상에서 자기만의 색깔을 지닌 아름다운 자취를 남기고 싶은 것이 우리의 본능이다. 흔적 없이 재로 사라지는 낙엽처럼 디지털 세상에서는 아무렇게나 원할 때 그것을 태워버릴 수도 없기에……. 학창 시절 책갈피 속에 끼워둔 마른 단풍잎 같은 흔적과 추억을 꺼내보고, 디지털 공간에서 만난 정겨운 친구들이 그리워지는 계절이다.

# 접속과 선택

　　　　　　　　　　사무실 창밖 햇살의 유혹에 창문을 활짝 열었다. 순간 가슴으로 밀려오는 바람의 청량감이 늦은 오후 상쾌한 행복감을 선사했다.

지난 시간을 되돌아보면 잊혀졌던 꿈들도 떠오르곤 한다. 어린 시절, 하고 싶은 것도 되고 싶은 것도 많았다. 아마 그 시절부터 늘 '희망'으로 꿈의 세계에 '접속'하려 노력했던 것 같다. 그 때문인지 그 희망은 꿈을 이루어주곤 했다.

현대인들은 인터넷 '접속'과 함께 하루를 시작한다. 그 접속은 일상이 되었다. 초기 '인터넷'에 접속하는 일은 신천지를 향한 희망의 접속이었다. 그러나 잘못된 접속은 음란물, 범죄 사이트, 심지어 자살 등 어두운 길로 유도하기도 한다. 이처럼 우리는 행복에 접속하기도 하고, 때로는 절망에 접속하기도 한다.

'선택'은 키보드를 조작하는 우리의 손끝과 마음에 달려 있다. 인터넷 초기에 미래를 예측하고 도전적인 선택을 한 마이크로소프트, 아마존, 야후, 구글, 이베이와 같은 IT 기업들은 지금 전 세계를 선도하고 있다. 그 주인공들은 한구석에서 새로운 변화에 도전하면서 희망을 키웠다.

10여 년이 지난 지금, 한편에서는 인터넷 비즈니스가 한계에 다다른 것이 아니냐는 부정적인 전망도 나온다. 하지만 인터넷은 계속 진화하고 있고, 그 진화 속도를 앞지르는 아이디어나 기술, 소프트웨어를 가진 이들은 인터넷 금광 캐기를 계속하고 있다. 페이스북, 트위터 등과 같이 새롭게 진화된 인터넷 발명품이 속속 나오는 것만 보아도 쉽게 알 수 있다. 《구글, 성공 신화의 비밀》을 쓴 《워싱턴포스트》 기자는 구글 검색을 통해 자료를 구해서 책을 완성했다고 고백했다. 검색엔진은 무한대의 정보를 무료로 얻을 수 있는 기회를 누구에게나 동일하게 주고 있다. 모든 사람이 평등한 정보 접근권을 가져 합리적인 결정을 할 수 있는 환경을 구축해준 것이다.

40년 전 세계 최초로 컴퓨터를 통한 데이터 전송에 성공하면서 '인터넷의 아버지'로 알려진 레오나드 클라인락 미국 UCLA 교수는 최근 한 모임에서 "인터넷에서 스팸 메일과 온라인 사기, 악의적인 소프트웨어 등 예기치 못한 어두운 면이 드러났다. 이제 인터넷을 끌 수도 없으며, 우리는 그냥 인터넷 시대에 머물고 있을 뿐"이라고 우려의 목소리를 냈다.

지난 30년간 우리의 삶을 변화시킨 최고의 혁신적인 발명품은 바로 '인터넷'이라는 조사 결과가 있었다. 자연이 선사한 최고의 선물이 불이라면, 인류가 만든 최고의 생산적인 산물은 바로 인터넷이다. 인터넷 신천지에서 희망의 세계를 개척할 것인지, 인류에게 해를 주는 기피 대상을 만들 것인지는 우리의 '선택'에 달려 있다.

# 파랑새를 찾아서

크리스마스 전날 밤, 어린 남매 치르치르와 미치르는 요술 할머니의 부탁을 받고 파랑새를 찾아 떠난다. 추억의 나라, 미래의 나라 등 험난한 여정을 거치지만 파랑새는 어디에도 없었다. 그리고 꿈에서 깬 뒤 집 안의 새장에서 파랑새를 찾게 된다. 벨기에의 극작가이자 시인인 마테를링크는 동화 《파랑새》를 통해 행복은 가까운 곳에 있다고 전한다.

지금 우리 사회의 청년들에게 과거의 파랑새가 '파랑새 증후군'으로 다시 돌아왔다. 이태백(20대 태반이 백수), 장미족(장기간 미취업 졸업생), 이퇴백(20대에 스스로 퇴직한 백수) 등에 이어 '파랑새 증후군'이라는 신조어가 등장했다. 파랑새를 뒤쫓듯, 뚜렷한 목표 없이 현재에 만족하지 못하고 짧은 기간에 이직을 반복하는 현상을 뜻한다.

2009년 11월, 미국 경제지 《포천》은 '최근 10년 최고경영자CEO of the Decade'로 애플의 스티브 잡스를 선정했다. 그는 태어나자마자 부모에게 버림받고 스물한 살에 지금의 애플을 설립해 성공의 대로를 걷지만 10년 만에 쫓겨난다. 그리고 애니메이션 업계에 뛰어들어 영화 〈토

244

이 스토리〉로 대성공을 거두고, 적자에 허덕이는 애플로 돌아와 흑자로 돌려놓는다. 스스로를 'iCEO(interim CEO)'라 칭하고 정식 CEO가 된 후에도 'iCEO(internet CEO)'라 불리기 원했던 그는 췌장암과 간이식 수술 등 두 번의 죽을 고비를 넘기면서도 아이맥·아이팟·아이폰 등으로 전 세계에 디지털 판타지를 보여주고 있다. 결국 컴퓨터뿐 아니라 영화·음악·휴대전화 등 4개 산업의 시장을 재정의하고 진로를 바꿔놓았다.

그는 어려울 때마다 고객에게 탄성과 기쁨을 안겨다 줄 혁신적인 제품을 만들 생각에 몰입했다고 한다. 그에게 힘의 원천, 꿈의 파랑새는 '고객'이었다. 2005년 미국 스탠퍼드 대학교 졸업식 축사에서 그가 전한 "계속 갈망하라. 늘 우직하라 Stay Hungry, Stay Foolish"라는 한마디는 많은 이에게 진한 감동을 주었다.

심화되는 취업 한파로 젊은 세대의 어깨가 처져 있다. 젊은 세대의 절망은 그들만의 문제가 아니다. 동시대를 살아가는 우리 모두가 해결해야 하는 문제다. 힘든 시기에 그가 전한 한마디가 생각난다. 우리 젊은 세대에게 인내하고 좌절하지 말라고, 다시 해보라고, 힘을 내라고 속삭이며 위로해준다.

클릭과 터치, 무선에서 사물통신, 가상현실로 이어지는 미래 인터넷 세상. 상상하는 모든 것을 현실로 만드는 힘은 꿈꾸는 자의 몫이다. 편리하고 안전한 미래 인터넷은 이용자를 얼마나 세심하게 배려하느냐에 달려 있다. 바보스러울 만큼 우직하게, 자신 안의 파랑새를 찾아가며 놀라운 미래 인터넷 세상을 열어줄 제2의 잡스가 우리 젊은 세대에서 나오기를 기대한다.

# 박철원 에스텍시스템 회장, cwpark@s-tec.co.kr

- 1944년생
- 서울대학교 상학과, 서울대학교 경영대학원 수료, 고려대학교 AMP 과정,
  한국과학기술원 최고정보경영자 과정
- 1975년 삼성물산 입사
- 1977년 삼성물산 런던 지사 근무
- 1985년 삼성물산 이사
- 1989년 삼성물산 상무
- 1993년 상섬물산 전무
- 1997년 삼성물산 부사장
- 1998년 삼성SDS 상근감사
- 1999년 에스텍시스템 회장

# 어머니의 심부름

어머니의 심부름 | 'please'의 힘 | 북극곰같이 살리라

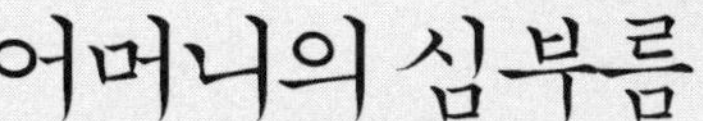

모성母性은 무한히 주고 온몸으로 보호하는 것이다. 괴테는 "여성스러움이 인간을 구원한다"라는 고상한 명구도 남겼다. 누구나의 기억 속에 새겨진 어머니의 모습이야말로 인생의 경이로움과 은혜로움의 가장 확실한 증거다. 자식들이 사회에서 제대로 자리도 잡기 전에 서둘러 떠나가신 나의 어머니. 조병화 선생님의 시에서처럼 지금 사는 것도 어머니의 심부름이라 여겨보아도 죄스러움과 그리움은 잘 덜어지지 않더니 "언젠가 심부름 다 마치고 어머니께 돌아갈게요"라고 해보니 마음이 한결 편안해진다.

# 어머니의 심부름

'어머니 심부름으로 이 세상 나왔다가 이제 어머니 심부름 다 마치고 어머님께 돌아왔습니다.'

필자의 중학교 시절 은사이신 조병화 시인의 시 〈꿈의 귀향〉의 한 구절이다. 조병화 선생님은 이 시를 자신의 묘비명으로 새겨달라고 후손에게 유탁을 하셨고, 2003년 3월 타계하신 후 고인의 뜻대로 고향인 안성 난실리에 이 작품을 새긴 시비詩碑가 세워졌다. 세상에 태어난 것 그 자체로부터 삶의 과정 전체를 어머니의 심부름으로 생각하고, 삶의 모든 것을 어머니에게 돌아가기 위한 과정으로 여기는 순박한 사모思母의 정이 마음 깊이 와 닿는다. 김수환 추기경께서도 비슷한 이야기를 남기셨다. 소년 김수환의 어머님은 많은 형제 가운데 유독 "수환이 너는 신부가 되거라"라고 늘 말씀하셨고, 그 말씀을 따라 살아가며 종국에는 추기경의 자리에 오르셨다는 것이다.

누구나 어릴 적 어머니의 심부름을 한 경험이 있을 것이다. 필자도 두부 사오기 등의 심부름을 했는데, 꼼꼼하게 임무(?)를 수행하지 못해 꾸중을 들은 기억도 있다. 곗돈을 전달하러 가서 어머니 친구 분에게

귀여움 받고 맛있는 음식을 얻어먹기도 했다. 어릴 때는 어머니가 시키는 잔일을 하는 것이 심부름이었지만 어머니가 떠나가신 지금은 어떻게 사는 것이 큰 심부름을 잘하는 것인지 생각하게 된다. 하지만 필자의 어머니는 평소 출세에 대한 목표를 주입하시거나 무엇을 하거나 무엇이 되라고 하신 기억이 별로 없으니 과연 어머니가 내게 생명과 함께 내려주신 심부름은 뭘까.

어머니는 맏며느리로서, 함께 사는 열 명 대가족 살림을 통솔하셨다. 살림살이는 항상 쪼들리고 집안 대소사에 해마다 번갈아 닥치는 애들 진학, 군 입대, 면회 뒷바라지를 하시느라 어느 짬에 세상 사는 낙을 삼으셨을까 싶다. 그 시절, 부산스럽게 시작하는 아침 통학 시간이면 부엌 앞마루에 줄줄이 놓여 있던 도시락이며 기워진 양말짝늘이 지금도 눈에 선하다. 1960년대 일등병으로 군에 복무하던 시절, 어머니는 몸이 아픈 내 꿈을 꾸셨다며 면회도 안 되는 어느 날 무작정 시외버스를 몇 번씩 갈아타고 산골 부대로 오셨다. 기어이 나를 만나 보시고 어스름 저녁에 위병소를 돌아 나가시던 뒷모습은 아직도 마음을 아리게 한다.

모성母性은 무한히 주고 온몸으로 보호하는 것이다. 괴테는 "여성스러움이 인간을 구원한다"라는 고상한 명구도 남겼다. 누구나의 기억 속에 새겨진 어머니의 모습이야말로 인생의 경이로움과 은혜로움의 가장 확실한 증거다. 자식들이 사회에서 제대로 자리도 잡기 전에 서둘러 떠나가신 나의 어머니. 조병화 선생님의 시에서처럼 지금 사는 것도 어머니의 심부름이라 여겨보아도 죄스러움과 그리움은 잘 덜어지지 않더니 "언젠가 심부름 다 마치고 어머니께 돌아갈게요"라고 해보니 마음이 한결 편안해진다.

# 'please'의 힘

그러니까 1979년쯤의 이야기다. 삼성물산 런던 지점에서 근무하던 때였다. 당시 아들이 네 살이었지만, 영국의 경우 유아교육을 일찍 시작하기 때문에 유아학교Infant School에 다녔다. 영국 유아학교는 대개 4~7세의 어린이들이 다니는 의무교육 과정이다.

하루는 아내와 아들의 학교생활에 대한 이야기를 나누게 되었다. 식사 시간에 물을 달라는 표현을 하는데, 학교의 배급 담당 선생님께 아들 녀석이 아마 "기브 미 워터Give me water"라고 말했던 모양이다. 그때 선생님의 교육이 시작되었다. 그럴 경우에는 "기브 미 워터 플리즈Give me water, please"라고 말해야 한다고 네 살짜리 어린이를 가르친 것이다. 사소한 차이 같지만, '플리즈'라는 단어를 빼고 보면 일방적인 명령조의 의사소통이 된다. 이 한 단어를 추가함으로써 상대방을 존중하는 뜻을 담게 된다는 이야기다.

일본 유아교육 내용도 배울 만하다고 생각한다. 그중에서도 특히 '오·아·시·스'의 교육 내용이 마음에 와 닿는다. 이는 다름이 아니

250

라 '오 : 오하요고자이마스(아침 인사)', '아 : 아리가토고자이마스(항상 감사하기)', '시 : 시쓰레이시마스(실례하게 되어 죄송합니다)', '스 : 스미마 셍데시다(결례했습니다)'를 뜻하는 말이다. 일상생활 속에 배어 있는 감사와 겸손을 함축적으로 나타내는 표현이 아닌가 생각한다.

우리나라도 만나는 사람마다 먼저 인사하고 상대방을 항상 배려하는 예의범절 있는 사회가 되어 '동방예의지국東方禮義之國'의 명성을 되살렸으면 한다. 이건희 전 삼성그룹 회장도 강조했듯이, 기본 인성의 토대로서 매너와 에티켓을 갖추고, 더불어 살아가는 공동체 사회에서 모두가 겸손하고 서로가 서로를 배려하는 밝은 사회를 만들어야 할 것이다. 이는 요즈음 강조되는 친환경(맑은 물, 맑은 공기) 조성이나 '녹색 산업' 육성 못지않게 중요하나고 생각한다.

2009년 초 대통령 직속기관으로 '국가브랜드위원회'가 만들어질 정도로 국가 브랜드가 강조되고 있다. 또 2010년 11월 예정된 'G20(주요 20개국) 정상회의' 한국 개최를 통해 우리 사회 전반의 국격國格을 높이는 계기가 될 것이다. 이러한 시점에 국민 개개인의 인격人格이 높아져야 바람직한 국가 브랜드가 조성될 것이라고 생각한다.

1960년 이후 경제적으로나 정치적으로 압축 성장을 해온 우리나라는 국민의 민도民度도 몰라보게 향상되기는 했다. 이제 우리 사회도 선진국형으로 업그레이드되어야겠다는 생각을 해본다.

# 북극곰같이 살리라

1991년부터 약 2년간 삼성물산 모스크바 주재원으로 근무한 적이 있다. 당시 러시아는 고르바초프가 개혁·개방을 주도하는 가운데 사회주의 체제가 붕괴되고 15개 공화국으로 이루어진 독립국가연합CIS으로 해체되어가는 격변기였다.

부임 초 소련의 사회주의 한림원 고위 경제연구원에게서 들은 자조적인 이야기가 그 시절 소련을 상징했던 것 같다. 소련 사회와 경제에는 여섯 가지 역설이 있다는 것이다. 첫째, 모든 인민을 국가가 고용하고 연금까지 책임지지만 모든 사람은 준실업 상태이고 국가의 생산성은 바닥이다. 둘째, 생산성이 바닥으로 떨어져도 계획경제상 수치는 항상 초과 달성이다. 셋째, 계획경제 목표는 달성되지만 시장에는 상품이 태부족이다. 넷째, 시장에 상품이 태부족인데도 각 가정에 가보면 나름대로 생필품이 있다. 다섯째, 가정에 생필품 공급이 이루어지는데도 국민의 불만 지수는 매우 높다. 여섯째, 인민들은 항상 불만인데 선거만 하면 정부가 의도한 대로 찬성표를 던진다. 이 연구원이 소련을 이해하려면 이 여섯 가지 역설을 잘 음미해보아야 한다며 씁쓸한 미소를 짓던 기억이 난다.

놀라웠던 것은 이렇게 음울한 현실과 불안한 격변 속에서도 모스크바 시민들이 보이던 러시아 특유의 여유와 문화적 자긍심이다. 볼쇼이 발레, 연주회 등 각종 음악 예술 활동이 평시처럼 이루어졌음은 물론이고, 찬 공기 속에 삼삼오오 저녁 산책을 하는 시민들의 모습이나 연회가 열리면 이방인에게 술을 권하는 모습에서도 순박한 여유가 보였다.

주재 기간에 러시아 경제인들과 교류하는 과정에서 발견한 러시아인들의 감성과 술 문화는 한국과 너무도 닮아 놀랐다. 그들은 한국인처럼 손님에게 술을 많이 권하고, 손님이 대취하면 매우 좋아했다. 진정한 친구가 되려면 만취해 식탁 밑에서 어깨동무를 하고 뒹굴며 정을 나누어야 한다는 것이다. 그래야 비즈니스 상담에 응할 수 있다는 이야기다. 지방의 경우 손님이 떠날 때 헤어짐을 애석해하며 동구 밖까지 술상을 차려 나와 '나 파샤쇼크'라는 건배를 외치고 헤어진다는 '미풍양속'이 있다. '나 파샤쇼크'는 '당신이 말에 오르니 마지막으로 건배하세'라는 뜻을 담고 있다.

문화적으로는 푸슈킨, 톨스토이, 도스토예프스키, 차이코프스키 등 기라성 같은 예술인이 많고 자긍심도 대단하다. 선배의 딸이 볼쇼이 발레학교에 재학 중일 때는 후견인 역할을 한 적이 있다. 당시 러시아는 이미 주 5일 근무제를 실시하고 있었는데, 볼쇼이 발레학교는 저녁 늦게까지 훈련하고 토요일에도 정규 수업을 했다. 이런 모습은 경제 수준으로만 평가했던 러시아를 다시 보게 만들었다.

그로부터 20여 년이 지난 지금, 러시아는 시장경제로 바뀌면서 생산성이 많이 향상되고 우리나라와의 교류도 급증했다. 찬 바람 부는 겨울이 오면 내게 북극곰같이 살라는 모토를 심어준 러시아를 떠올린다.

# 매튜 디킨 HSBC코리아 은행장, ceohsbckorea@hsbc.com

- 1962년 영국 출생
- 영국 트렌트 칼리지
- 잉글랜드 및 웨일스 공인회계사
- 1987년 KPMG 입사
- 1988년 HSBC 그룹 입사
- 2002년 Grupo Financiero HSBC 기획 총괄 책임
- 2006년 Grupo Banistmo S. A. 인수 및 통합 총괄 책임
- 2009년 5월 한국 HSBC 은행장

# 기업의 국적

기업의 국적Is It Important Who Owns Companies?
한국이 나를 놀라게 한 것What Korea Surprised Me
한국어를 배우는 즐거움Learning Korean

21세기에는 누가 기업을 소유하느냐가 그다지 중요하지 않다. 중요한 것은 정부가 투자하고 싶은 환경을 조성하고 투자를 장려하는 규칙과 법률을 만드는 것이다. 한국은 투자하기에 좋은 장점을 갖고 있다. 큰 내수 시장, 높은 교육 수준, 근면한 노동력, 뛰어난 인프라를 갖고 있다. 그러나 기업의 국적이 정말로 중요한 문제인지는 생각해볼 필요가 있다. 정답은 간단하다. 국적은 중요하지 않다. 세계가 글로벌화되면서 점차 국적의 의미가 퇴색되고 있다. 글로벌 시대에 한국의 발전을 위해서라도 지나친 민족주의는 지양해야 한다. 월드컵과 국제 스포츠 경기 때 말고는 말이다.

# 기업의 국적

한국에서는 기업의 국적이 중요한 관심사인 것 같다. 언뜻 보기에는 그 이유를 짐작할 수 있을 것 같지만 좀 더 생각해보면 기업의 국적이 그렇게 중요한 문제인지 의아해진다. 필자가 18년을 보낸 멕시코와 파나마에서 휴대전화 통신업자는 에스파냐 회사였으며 은행들은 미국과 에스파냐, 캐나다인들이 소유했다. 철도는 미국 회사가 운영했고, 자동차는 유럽과 아시아, 미국산이었다. 필자가 처음 멕시코에 갔을 때 대부분의 기업은 국가 소유였지만 민영화를 추진했다. 그 결과 경쟁 원리가 도입되어 서비스가 개선되고 값이 내려갔다.

한국에서는 필자가 알고 있는 그 어느 나라보다도 한국 기업의 시장 점유율이 높다. 아마도 한국인이 기업의 주식 대부분을 보유하고 있으면 좋을 것이라고 생각하는 것 같다. 일부 타당한 말이기는 하지만 기업의 관리자는 주주 수익에 최선으로 부합하는 방향으로 회사를 이끌어가야 한다. 주주들은 투자에 대한 최선의 수익을 요구하기 때문에 경영자들은 가장 합리적인 곳에 투자해야 하는 것이다. 최근 중국에 대한 투자가 많이 이루어지고 있는데, 이는 투자에 대한 상대적인 수익이 높기 때문이다. 돈과 투자에는 국경이 없다.

필자의 고향인 영국에서 가장 두드러진 예는, 영국인이 사랑하는 축구에서 찾아볼 수 있다. 맨체스터 유나이티드와 리버풀을 미국인이 소유하고 있는 것을 아는가. 첼시는 러시아인, 맨체스터 시티는 아부다비인이 소유하고 있다. 잉글랜드의 프리미어리그는 세계 최고 선수들을 끌어모으고 있으며 박지성 선수도 그중 하나다. 맨체스터 유나이티드는 영국의 아이콘이다. 그렇다면 이를 외국인의 손에 넘겨준 결과는 무엇일까. 사실 구단을 영국인이 소유하든 외국인이 소유하든 차이는 없다. 왜냐하면 누가 팀을 소유했든 선수들은 프리미어 리그, UEFA, FIFA가 정한 규칙에 따라 경기를 하며 뛰어난 실력을 보여주기 때문이다.

중요한 것은 '누가 어떤 규칙을 정하느냐'이다. 규칙은 소비자들의 공평한 거래를 촉진하기 위해 만들어지는 것이며, 투명하고 공정해야 한다. 또 다른 좋은 예는 영국의 HSBC 그룹이다. 영국인이 아닌 외국인이 HSBC 그룹 주식의 대부분을 보유하고 있지만 이것이 문제가 된 적은 한 번도 없었다.

21세기에는 누가 기업을 소유하느냐가 그다지 중요하지 않다. 중요한 것은 정부가 투자하고 싶은 환경을 조성하고 투자를 장려하는 규칙과 법률을 만드는 것이다. 한국은 투자하기에 좋은 장점을 갖고 있다. 큰 내수 시장, 높은 교육 수준, 근면한 노동력, 뛰어난 인프라를 갖고 있다. 그러나 기업의 국적이 정말로 중요한 문제인지는 생각해볼 필요가 있다. 정답은 간단하다. 국적은 중요하지 않다. 세계가 글로벌화되면서 점차 국적의 의미가 퇴색되고 있다. 글로벌 시대에 한국의 발전을 위해서라도 지나친 민족주의는 지양해야 한다. 월드컵과 국제 스포츠 경기 때 말고는 말이다.

# Is It Important Who Owns Companies?

I get the sense that in Korea, it is important to the general public who owns a company. Public opinion is a powerful force. At first glance, I can see why that would be the case. But on further inspection I have my doubts as to if it really makes a difference. In Mexico and Panama, where I spent my last 18 years, my cellphone operator was a Spanish company. The banks were owned by Americans, Spaniards and Canadians. The railroad was owned by an American company. The auto manufacturers were from Europe, Asia and North America. I could go on. When I first went to Mexico, most were state owned. Privatisation improved the service given to consumers and prices drifted lower as competition came in. More than anywhere else I know, Korean companies dominate here in Korea more than nationally owned companies dominate in any other local market.

Maybe the thinking is that if the shares are majority owned by nationals of the country, then they will do best for that country. There may be some truth in that, but managers in a company should always do what is best for their shareholders. And shareholders want the best return for their money. So managers invest where it makes most sense, not in the country where the shareholders live. There is so much investment in China these days because of the returns available. Money and investment does not carry a passport.

Thinking of examples in my home country of England, the most striking example could be in football, our national passion. Did you know Manchester United and Liverpool are owned by Americans? I am guessing most Koreans would be surprised by that. Chelsea is owned by a Russian, and Manchester City is owned by people in Abu Dhabi. They are the best teams in England. And the English Premier league attracts the best players from around the world – Ji Sung Park is one of them! Manchester United is a national icon. What has been the result of letting them fall into foreign hands? The truth is that it makes no difference whether they are owned by British nationals or foreigners because they continue to play by the same Premier League, UEFA and FIFA rules as the teams owned by national interests.

The important thing is "who sets the rules". The rules are set to ensure that the consumers are given a fair deal. It is also important to have rule which are clear and the same for everyone. Another good example is HSBC Group which is based in the UK. Non British shareholders own the majority of HSBC shares, but such a fact has never been an issue.

In the 21st century, it no longer matters who owns companies. The key thing is for countries to create an environment in which companies want to invest. And the governments must set rules and laws which protect the consumer but encourages investment. Korea has so many things going for it. It is a large market, has a well educated, hard working and honest workforce and consumers, wonderful infrastructure and so on. But we need to think about whether it really matters who owns a company. The answer is simply NO! As the world gets increasingly globalized, nationality is becoming meaningless. For the sake of national development in the globalized world, nationalism is something Korea needs confine to the World Cup and international sports competitions.

# 한국이 나를 놀라게 한 것

필자는 한국 발령이 확정되자마자 인터넷에서 한국에 대한 정보를 검색했다. 가장 놀라웠던 것은 믿을 수 없을 정도로 긴 노동시간이었다. 한국인들이 어떻게 일과 생활의 균형을 맞출 수 있는지 궁금했다. 노동생산성에 대해서도 의문이 생겼다. 연초에 발표된 연구 결과에 따르면 한국의 노동생산성은 5만 1214달러로 미국의 57퍼센트에 불과하며 OECD 30개 회원국 중 23위다. 정보기술IT, 통신, 도로, 공항, 철도 등 인프라가 뛰어나고 교육 수준이 세계 최고인 점 등을 종합해보면 이해가 안 된다. 한국에서 6개월째 살고 있는 필자는 그 원인을 두 가지로 생각해보았다.

먼저 유연성이 부족한 노동법이다. 한국에서는 근속 연수에 따른 혜택이 매우 중요하다. 이런 이유로 직장을 바꾸는 사람도 드물다. 회사 입장에서는 상대적으로 생산성이 낮은 직원도 함께 이끌고 가야 한다. 최근 통계에 따르면 전체 근로 활동 기간 중 한국인들은 평균 3번 이직하는 반면 미국인은 10번, 영국인은 7번 이직하는 것으로 나타났다. 한국의 낮은 이직률이 숙련된 노동력과 회사에 대한 충성도를 증명하는 것일 수도 있겠지만 한편으로는 업계의 우수한 사례가 공유되지 못하거나 장기근속으로 인한 경제적인 이점을 이유로 본인의 적성과 무관하게 직장을 계속 다니는 것일 수도 있다. 한국에서는 직원을 고용하는 것이 평생을 책임진다는 의미이기 때문에 명문대 출신을 고용하는 편이 훨씬 안전하다고 생각하는 것 같다. 대학 입학시험은 18세에 치르는 것인데도 말이다. 필자의 경우 18세 때 치른 시험 결과는 만족스러운 수준이었지만 결코 뛰어나지는 않았다. 뛰어난 학업 성적과 직무 수행 능력 사이에는 큰 연관성이 없음을 종종 발견하게 된다.

두 번째는 한국의 승진 관행이다. 한국에서 연공서열은 매우 중요하다고 들었다. 이를 알고 있던 필자의 상사는 필자를 HSBC 은행장으로 임명하기 전 실제로 나이를 확인하기도 했는데, 그때는 나이가 왜 중요한지 몰랐다. 다행히 과거 HSBC에서 맡았던 어려운 업무로 인해 흰머리가 늘면서 현 직책에 어울려 보이기도 했고, 개인적인 생각에는 자격 요건을 잘 갖추었던 것으로 보인다. 승진은 실적 위주로 이루어져야 한다. 연공서열식 승진은 비효율적이다. 실적에 따른 승진제도하에서는 젊은 관리자나 여성도 능력에 맞는 직무를 맡을 수 있다.

지난 50년간 한국이 이룬 놀라운 성장을 볼 때 필자가 과연 조언을 할 수 있는 입장인지 주저하게 된다. 대부분 한국 대기업의 경영진이 해외 경험을 풍부하게 쌓았기 때문에 이들의 자질이 뛰어나다고 생각한다. 또 필자가 가장 잘 알고 있는 나라인 영국과 멕시코보다 한국이 더 많은 것을 이루어냈다. 그러나 기업이 평생고용에 대한 두려움 없이 직원을 채용할 수 있도록 노동법을 유연하게 조정할 때 한국은 더 바람직한 방향으로 진일보할 것이다.

# What Korea Surprised Me

As soon as my job in Korea was confirmed, I searched the internet for information on Korea. One of the first things that I found that struck me most was the incredibly long working hours. I wondered how Koreans could manage "work and life balance," and soon became curious about the labor productivity level. According to the research early this year, Korea°Øs labor productivity across the whole industry is 51,214 dollars, which is only 44% of Luxemburg and 57% of the US. It ranked 23rd out of 30 OECD member countries. How could that be? Korea's infrastructure both for IT/Communications and its physical infrastructure (roads, airports and trains) is first rate. And Koreans are highly educated, with some of the best engineering and mathematical minds in the world. The legal system is relatively efficient and the country has a low crime rate. All this should result in excellent productivity.

After 6 months of being here I have a theory. It is basically a combination of how workers and managers are hired and progress through a company, plus the problems imposed by inflexible working laws.

First I will start with the inflexible working laws. The benefit of years of service is very important in Korea, so few people change jobs once they get one. And companies cannot remove less productive workers. Recent statistics show that Koreans change employers 3 times during their working life whereas Americans and British change 10 and 7 times each. While that can mean that staff are well trained and know a company well, it could also result in best industry practice not being shared and particularly in workers not being suited to their role, and probably not enjoying it, but staying because of the financial benefit of longevity.

And because taking on a worker in Korea is close to a lifetime commitment, it is much safer to hire one from a SKY University. Which manager wants to take a chance on hiring on a worker for life who is a bit less con-formist? So we have a nation who has been hiring people at 25 after national service and University, based on an exam which was taken when the kid was 17. I don't know about you, but I changed quite a bit between 17 and 25. And my exam results at 17 were acceptable, but nothing special. At the end of the day, I often find that a good academic record does not necessarily make someone the right person for the job. But if you don't have that top degree in Korea, your opportunities are limited. I do pity the 13-16 year olds in Korea who I see returning from extra maths and English classes at midnight.

Then there is the practice of promotions in Korea. I hear that seniority is very important. Aware of this sensitivity, my boss actually checked how old I was while I was being evaluated for my current role. I wondered why age was impor-tant. Fortunately I have quite a few grey hairs from some of my more challenging jobs in HSBC in the past, so I look the part as well as being, in my humble opin-ion, well qualified for it. I believe that promotions should be given on merit. Giving promotions on seniority as opposed to merit results is inefficiency. And that could mean younger managers being given a role, or even women. I am pleased to point out that my first appointment to the HSBC senior management team was a lady to the key role of head of operations and IT, and that was very defi-nitely on merit. I see few other senior positions filled with women in Korea and young, bright managers.

I always hesitate to make any suggestion of ways in which Korea could improve because of its remarkable progress over the last 50 years. So clearly the country has done most things right. And many more things right than the UK and Mexico, the two countries I know best. But I am sure that freeing up the labour laws to give companies the confidence to hire new work-ers without fear that it is a lifetime commitment would be a major step in the right direction. I guess attitudes towards giving younger managers and women the chance to shine will take longer to install, but I believe that HSBC is more efficient than most because of it.

# 한국어를 배우는 즐거움

외국에서 살다 보면 그 나라의 언어를 통해 역사와 문화에 대해 많은 것을 배우게 된다. 필자의 경우 멕시코에서 18년을 보내면서 에스파냐어를 배운 것이 멕시코인과 그들의 삶의 방식을 이해하는 데 큰 도움이 되었다. 요즘은 매일 한국어를 공부하고 있는데, 한국어에 차용된 영어 단어를 발견하는 것이 또 다른 재미다.

인터넷·컴퓨터·이메일 등 현대에 만들어져 보편적으로 사용되고 있는 것도 있지만, 필자의 흥미를 끄는 것은 20세기부터 사용되어온 것들이다. 헬스클럽이나 골프장의 목욕탕에서 작은 의자에 앉아 바가지로 머리에 물을 끼얹는 장면을 볼 때면 이전에는 없었던 '샤워'라는 새로운 개념의 영어 단어가 왜 필요한지 알 수 있을 것 같다. '테이블'도 마찬가지다. 필자도 한국의 전통적인 낮은 상 앞에 양반다리를 하고 앉아보고 싶지만 아쉽게도 그 정도로 유연하지 못하다. 무릎보다 높은 '테이블'은 현대에 와서야 도입된 개념이다. 빌딩, 커튼 등 다른 예도 많다.

더 흥미로운 것은 남녀 간의 친밀한 관계를 나타내는 말 중에는 로맨스, 로맨틱, 데이트, 키스처럼 영어 단어가 많다는 것이다. 근대 이전의 한국에도 이러한 감정이나 행동이 존재했을 텐데 왜 그것을 표현하는 단어가 없었을까. 아마도 뿌리 깊은 유교 사상 때문이 아닐까 싶다. 한국인들은 분노, 기쁨, 슬픔의 감정을 잘 표현하는 반면 남녀 간의 친밀함에 대한 표현은 삼가는 경향이 있는 것 같다. 그 결과 이를 표현하는 단어가 제한되어 있고 그 대신 영어가 도입된 것이다. 필자의 한국어 선생님 중 한 분은 1930년대에 자신의 할아버지와 할머니가 결혼식 날 처음 만나 결혼했다는 이야기를 해준 적이 있다. 살아가는 방식이 그러했다면 ‘데이트’나 ‘로맨스’ 같은 단어가 필요하지 않았을 것 같기도 하다.

얼마 전 HSBC 은행의 송년회에서 알게 된 또 다른 사실은 한국인들은 무엇을 할 때 단체로 하기를 좋아한다는 것이다. 적어도 HSBC 은행에 근무하는 외국인의 경우에는 부족한 재능에노 무내에서 홀로 칭피당하는 것을 개의치 않는 듯하다. 필자의 변변치 않은 노래와 키보드 실력도 물론 여기에 포함된다. 반면에 한국인들은 단체로 하는 것을 선호하는 경향이 있다. 이 같은 집단 문화는 일상 곳곳에서 발견된다. 식당이나 극장에서 혼자 앉아 있는 사람을 찾아보기 힘들다. 쇼핑이나 등산을 혼자 즐기는 사람도 드물다.

이러한 집단 문화는 ‘우리’라는 말에도 반영되어 있다. ‘우리 집’, ‘우리 회사’처럼 한국인들은 ‘나’ 대신 ‘우리’를 사용한다. 에스파냐어를 배우면서 알게 된 라틴 문화는 이보다 더하다. 남미인들은 자신의 집을 소개할 때 ‘내 집’이 아닌 ‘당신의 집’이라는 표현을 사용한다. 언제라도 당신을 위해 자신의 집을 개방할 수 있다는 의미다.

한국 문화를 배우는 것은 한국에서 살아가는 큰 기쁨 중 하나다. 한국어 실력이 늘면 더 많은 것을 배울 수 있을 것으로 기대된다. 내년이 더 기다려지는 이유다.

# Learning Korean

If you live in a foreign country, you can learn a lot about its history and culture by learning the language. I spent nearly 18 years in Mexico, and learning Spanish was greatly helpful in understanding the Mexicans and the way they live their life.

Now, I am studying daily to learn Korean. What is fascinating is observing which English words have been adopted in Korean. There are some obvious ones which have have been created in the modern era. They are universal : Internet, Computer and Email.

But I am more interested in the words which must date back to the last century. Having seen health and golf club bathing facilities where one sits at a stool and ladles water over ones head, I can see why a "shower" is a new concept, and hence the English word is needed. A "table" is also new. I wish I were flexible enough to sit cross legged at a traditional low Korean table, but I am not. But clearly a table which is above knee height is a concept brought in since in the modern era. Other examples are "building" and "curtain", and I am sure there are many more.

Most interestingly, in the category of intimate relationship, there are many English words adopted : 'romance' 'romantic' 'date' and 'kiss'. I couldn't help but wonder why since those feelings and acts are universal regardless of culture and time, and must have existed in pre-modern Korea. I guess the answer is because of the deeply rooted influence of the Confucianism over Koreans. Koreans tend to express their emotions whether they are anger, joy or sadness. But when it comes to intimacy, it seems that they are quite reserved. The result is limited vocabulary describing intimate feelings or acts and adoption of those words from English. One of my Korean teachers explained that her grandparents married in the 1930s and that they met on their wedding day. I guess you did not need the words for "romance" and "date" if that was the way things worked.

Here is another observation I have made about Koreans. Attending the Bank's year end party, I noticed that Koreans prefer to do things in coordinated groups, rather than being individuals. The non-Koreans (at least in the bank), generally lack talent but do not seem to mind making a bit of a fool of themselves alone on a stage. That included my rather poor singing and piano playing. Koreans tend to prefer doing things in groups, and practice until they become very good at what they do! I came to realize that such a group oriented culture could be observed in many parts of daily life in Korea. At restaurants, coffee shops and movie theatres, you can hardly see anyone who is sitting alone. Shopping and hiking are not enjoyed alone either.

Such a group culture is also reflected in the word, "our." Instead of saying "mine," Koreans say "our" – our house, our parents, our son/daughter, our country, our company etc. The Latin culture takes it even further, as I discovered as I learned Spanish. If a Latin American tells you about his home, he will almost certainly refer to it as "your home" (not "mine" or "ours"), as he intends to open it up to you.

Learning about the Korean culture is a great joy of living in Korea. I am sure that as my Korean improves, I will be able to learn more about it. I really am looking forward to it next year.

# 김병일 민주평화통일자문회의 사무처장, kimparis2000@yahoo.co.kr

- 1957년생
- 연세대학교 정치외교학과, 일본 사이타마 대학교 정책과학 대학원 석사, 파리 4대학(소르본) 국토 · 도시 공간정책학 박사
- 1978년 행정고등고시 22회
- 1982년 국무총리 행정조정실 서기관
- 1990년 서울특별시 국제교류과장, 경제진흥과장, 기획담당관, 자치행정과장
- 1998년 대통령 비서실 정무수석실 국장
- 1999년 지방자치단체 국제화재단 파리사무소장
- 2002년 서울시 지역균형발전추진단 단장, 뉴타운사업본부 본부장, 대변인
- 2006년 서울시 제3정책보좌관, 경쟁력강화추진본부 본부장
- 2007년 이명박 대통령직인수위원회 전문위원(법무행정)
- 2008년 여수세계박람회 사무총장(차관급)

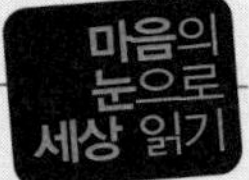

# 만만디 중국의 속도전

만만디 중국의 속도전 | 신주쿠와 세종시 | 서민과 군불론

바로 사회적 신뢰, 근면, 창의, 이 세 단어에 해답이 있다. 절차를 단순화하려면 구성원 간 신뢰가 쌓여야 한다. 그러나 절차를 아무리 단순화시켜도 절차가 필요 없는 국가와 경쟁할 때는 의미가 없다. 좀 더 부지런하게 움직여야 한다. 그러나 이 둘을 뛰어넘는 것이 창의다. 새로운 제도 · 인프라 · 경제 등 창의적 아이디어와 도전이 가장 중요하다.

# 만만디 중국의 속도전

　　　　　　　　2010년 엑스포가 열리는 상하이는 필자에게 남다른 도시다. 2012여수엑스포의 성공을 상하이엑스포와의 경쟁에서 찾아야 하기 때문이다. 자연히 자주 방문하게 되는데, 상상을 초월해 빠르게 개조되는 상하이를 보면서 중국과 상하이 시 정부의 의사 결정 속도에 혀를 내두르게 된다. 상징적인 것이 푸둥국제공항과 상하이의 신중심을 8분 만에 이어주는 세계에서 가장 빠른 자기부상열차(420km/h)다. 이 열차는 독일 기업 지멘스가 개발한 것인데, 정작 본국에서는 안전성 검증으로 시도조차 못하고 있을 때 장쩌민 당시 주석이 도입을 결정하여 세계 최초로 상용화한 것이다.

　　사실 경쟁은 달리기처럼 속도의 전쟁이다. 더욱이 노마드 사회로 표현되는 21세기 경쟁은 속도 중에서도 도전할 것인가 말 것인가에 대한 최초 의사 결정 속도가 성패를 가르는 핵심 요소다. 휴대전화가 전통 통신 시장을 장악하고 인터넷 전화가 기존 통신 회사의 목줄을 죄듯이, 열심히 잘하는 것만으로는 안 되고 새로운 환경에 맞는 새 기술과 상품 개발에 신속하게 도전해야 생존과 번영의 확률을 높일 수 있다.

국가 간 경쟁도 도전과 속도가 중요하다. 국가사업에는 항상 민주주의 견지에서 의사 결정 절차의 합리성과 투명성이 요구되어 효율을 앞세운 '속도'와 비용 및 시간을 수반하는 '절차'가 충돌한다. 양자를 어떻게 조화시킬 것인지는 선택의 문제이지만 국가 경쟁력의 기반을 결정하게 된다.

이 점을 동북아 한·중·일 3국에 대비해보면 흥미롭다. 우선 중국은 상하이의 자기부상열차가 상징하는 것처럼, 상하이~베이징, 우한~홍콩 초고속열차 프로젝트를 진행하는 등 모든 면에서 국가 차원의 속도전을 전개하고 있다. 이런 중국이 노마드 사회의 생존과 경쟁 원리에 가장 충실한지 모른다. 반면 일본은 잃어버린 10년이 이야기해주듯, 컨센서스 존중의 전통으로 속도의 탄력이 느슨해져 버렸으나 그래도 경제대국이다. 우리는 민주주의가 성숙되면서 다소 과장되게 절차가 강조되고 있는 상황으로, 진부하지만 일면 타당한 '샌드위치론'을 극복하려면 절차를 중시하면서도 중국의 속도를 따라잡는 것이 과제다.

바로 사회적 신뢰, 근면, 창의, 이 세 단어에 해답이 있다. 절차를 단순화하려면 구성원 간 신뢰가 쌓여야 한다. 그러나 절차를 아무리 단순화시켜도 절차가 필요 없는 국가와 경쟁할 때는 의미가 없다. 좀 더 부지런하게 움직여야 한다. 그러나 이 둘을 뛰어넘는 것이 창의다. 새로운 제도·인프라·경제 등 창의적 아이디어와 도전이 가장 중요하다.

2012 여수세계박람회가 막대한 물량이 투입되는 상하이박람회와 경쟁할 수 있는 것은 바로 새로운 콘텐츠, 새로운 전시 연출 방안, 새로운 목표인 'Blue Economy(신해양녹색경제) 창조'라는 전혀 새로운 창의가 있기 때문이다.

# 신주쿠와 세종시

　　　　　　　　　　오랜만에 방문한 도쿄에는 팽팽
한 긴장감이 돌고 있었다. 흡사 병영을 떠올릴 정도로 절제된 공무원
들의 복장과 방향성 있는 눈빛에서 긴장감을 쉽게 읽을 수 있었다. 혹
시나 하는 마음에 신주쿠 경찰서를 찾아가 보았다. 역시 옛 모습 그대
로였다.

　일본을 조금은 아는 나를 정작 두렵게 하는 것은 보이지 않는 곳에서
도 명백히 존재하는 기율이다. 출근길의 신주쿠 경찰서 앞은 제복을 입
은 경찰이 지키는 것이 아니라 사복을 입은 중년의 간부가 긴 방망이를
들고 근엄하게 서 있다. 출근하는 직원들은 이 사람에게 공손하게 인사
를 하고 들어간다. 21세기에 방망이를 든 사복 차림의 문지기. 어딘지
어색하다고 느낄 수 있으나 현장에서 보면 비장감마저 느껴진다. 출근
하는 직원들에게 하나하나 자신들의 목표가 무엇이고 이를 위해 모두
가 일체가 되어 전진한다는 방향성을 무언으로 확인하고 다짐하는 것
이다. 이것이 일본이다. 이러한 국가적 동력이 메이지 유신, 서구화, 동
북아 공영, 패망 후 경제대국 건설로 이끈 것이다. 때로는 이 동력이 방

향을 잘못 잡아 임진왜란, 러일전쟁, 청일전쟁, 중일전쟁, 태평양전쟁으로 이어졌다.

그들이 다시 밖으로 방향성을 갖고 긴장하기 시작한 것이다. 잃어버린 10년을 겨우 극복하나 했더니 또다시 밀어닥친 세계 금융 위기 격랑의 한가운데서 전후 처음으로 뒤로 밀리는 현실을 직시한 것이다. 경제 면에서는 G2 자리를 중국에 넘겨주었고, 휴대전화·텔레비전·반도체 등 일부 제품은 한국에 확실히 뒤져 있는 스스로를 발견하고 정권을 교체해가며 제2의 메이지 유신이라는 구호로 힘을 모으고 있는 것이다.

마찬가지로 우리 사회의 긴장도 높아지고 있다. 다만 우리의 긴장은 일본과 달리 외국과의 경쟁이 아닌 국내에서의 제로섬 경쟁이라는 점에서, 국민 의지의 결집이 아닌 분열이라는 점에서 전혀 다르다. 논란의 핵심인 '세종시'와 '4대강' 문제를 세계적 관점에서 보았을 때, 그리고 경쟁력 확보를 위한 국가 자원의 투입이라는 시각에서 보았을 때 그 결과는 어떠할까. 금융 위기, 중국의 급부상, 두바이 몰락 등이 세계화라는 큰 흐름 속에서 표출된 경쟁력의 산물이라고 생각할 때 모골이 송연해지는 것은 필자뿐이 아닐 것이다.

종래 우리는 일본을 벤치마킹 하면서 이기는 것이 목표였다. 그러나 저들이 불황의 늪에서 허우적거리고, 김연아와 같은 스타급 선수가 스포츠에서 승리하고, 삼성이 소니를 이기는 작은 현실들이 우리를 착각하게 만드는 것은 아닐까.

발전을 위해 변화는 필요조건이고 국민 의지 결집은 충분조건이다. 국민에게 이러한 당위성을 이해시킬 구체적인 국민적 목표가 필요하다. 우리가 자칫 잊고 있는 일본의 저력은 신주쿠에서 계속되고 있었다. 신주쿠의 아침 산보는 흐트러진 마음의 구두끈을 다시 매게 했다.

# 서민과 군불론

　　　　　　　　　　　　며칠 전 한 송년 모임에 참석했다
가 '풀빵주'라는 의미 있는 술 한 잔을 나누었다. 이명박 대통령이 소년
시절 풀빵 장사하던 것에 착안해 즉석에서 만든 고진감래의 뜻이 들어
있는 술이다. 당연히 화제는 대통령의 서민 행보가 되었다.

　생각해보면 우리의 집권자들은 오래전부터 저소득층의 어려움을 달
래면서, 군불을 지피면 아랫목부터 뜨거워지고 서서히 윗목으로 온기
가 퍼진다는 이른바 군불론을 주장했다. 그런데 세상이 많이 변한 지금
도 비슷한 논리가 인구에 회자된다. 항상 서민들은 위기가 닥치면 먼저
타격을 입고 회복은 가장 늦다. 구들장이 없어지고 바닥 배관으로 아랫
목과 윗목의 구별이 없어진 지금까지 우리 사회의 시스템은 발전하지
못하고 있는 것이다.

　많은 사람이 그 원인 중 하나로 관료주의를 지적한다. 대통령을 정점
으로 많은 인력이 일을 해야 하는 정부는 필연적으로 복잡한 조직이 될
수밖에 없고, 이 때문에 관료주의는 비능률을 상징하는 용어가 된 것이
다. 경영의 신이라고까지 불린 잭 웰치가 MBA 과정 학생을 상대로 한

토론에서 CEO가 가장 흔하게 하는 실수에 대해 질문을 받자 "회사 내에 무슨 일이 일어나는지 가장 마지막에 아는 점"이라고 답했을 만큼 소통 부재의 관료주의는 정부뿐만 아니라 민간 부문을 포함한 동서고금의 문제다. 물론 많은 지도자가 이 문제를 해결하려고 노력해왔지만 기대만큼 개선되지 않고 있다. 방법이 없는 것일까.

필자는 감히 현 정부에서 그 해답의 단서를 찾았다고 말하고 싶다. 이 대통령은 부지런한 분으로 유명하다. 재래시장, 근로 현장, 노점에서 서민을 챙기는 그의 모습에서 관료주의의 벽이 없음을 확인한다. 추운 윗목에 있는 서민들에게 따뜻한 온기가 아랫목과 동시에 전해지게 하는 방법은 아랫목에 있는 대통령이 직접 온기를 가지고 윗목으로 가는 것 이상의 방법은 없을 것이다.

최근 들어 신드롬이 되고 있는 막걸리의 부활이나 풀빵 폭탄주의 유행에서 대통령이 가진 '서민천하지대본庶民天下之大本'의 사고가 관료주의를 넘어 우리 사회에 확고히 자리 잡아 가고 있음을 느낀다.

크리스마스를 상징하는 자선냄비는 1891년 "이 솥을 끓게 합시다!"라는 온정의 구호로 지금까지 이어지고 있다. 이렇게 사회를 움직이는 힘은 상징성에 있다. 대통령이 겨울에는 따뜻한 목도리로, 여름에는 시원한 부채로 힘든 이들에게 다가가는 상징처럼 사회를 단합시킴으로써 공직자들의 마음을 가다듬게 하는 것보다 더 좋은 방법은 없다고 생각한다. 물론 자선냄비가 118년간 계속되고 있듯이, 그 상징 행위는 지속되어야 한다. 그리고 이 대통령의 목도리는 쉬지 않고 어려운 이들을 찾아가리라고 믿는다.

# 마음의 눈으로 세상 읽기

지은이 | 구자균 외
펴낸이 | 김경태
펴낸곳 | 한국경제신문 한경BP
등록 | 제 2-315(1967. 5. 15)

제1판 1쇄 인쇄 | 2010년 6월 10일
제1판 1쇄 발행 | 2010년 6월 15일

주소 | 서울특별시 중구 중림동 441
홈페이지 | http://www.hankyungbp.com
전자우편 | bp@hankyung.com
기획출판팀 | 3604-553~6
영업마케팅팀 | 3604-595, 555    FAX | 3604-599

ISBN 978-89-475-2760-6    03810
값 12,000원

파본이나 잘못된 책은 바꿔 드립니다.